紅樓夢

紅樓浮影,從
看清現實的真情假意

園的愛恨情仇中,看見人心底的柔情與倔強

解讀《紅樓夢》中的細節,分析人物的選擇與遺憾

藉由大觀園裡的情仇糾葛,映照出生活的孤獨、掙扎與柔情
透過經典小說看透人世間的人情冷暖
從寶釵的圓滑、黛玉的倔強,學習優雅地面對命運
浮華的背後是深情與無奈

百合 著

目錄

自序　我要好好寫，才能留下來

靈性篇　這世界不能沒有林黛玉

這世界不能沒有林黛玉 ……………………………………… 012

又美又乾淨的姑娘，願你能活成妙玉的樣子 ……………… 019

寶玉：護花與揩油，也就一線之隔 ………………………… 027

迎春：為什麼生活總是欺負老實人 ………………………… 035

做樊勝美還是賈探春，就看你關鍵時刻夠不夠狠 ………… 043

寶琴贏過寶釵，靠的不只是美貌，還有率真 ……………… 048

賈母：為什麼老年人那麼愛過年 …………………………… 055

香菱：我講一個姑娘的故事，你可別哭 …………………… 061

夏金桂：吃相太難看，做人也必定不好看 ………………… 070

嬌杏：為什麼命運給你的都是恰恰好 ……………………… 076

王夫人：母親要的並不多 …………………………………… 082

黛玉告訴你，哪有人喜歡孤獨 ……………………………… 089

她們那麼美，卻都說自己不讀書 …………………………… 095

目錄

智慧篇　終於，我們都活成了薛寶釵

- 終於，我們都活成了薛寶釵 …………………………………… 104
- 林黛玉：我多心有什麼錯？ …………………………………… 112
- 賈璉的「璉」，原來是可憐的「憐」 ………………………… 119
- 探春為什麼不和王善保家的對嘴 ……………………………… 127
- 女人之間有一種友誼叫「不過如此」 ………………………… 131
- 麝月：拎得清，才能花開荼蘼 ………………………………… 137
- 賈敬：《紅樓夢》裡的「科學怪人」 ………………………… 143
- 王道士：歷來高手在民間 ……………………………………… 150
- 多姑娘：我的生存之道是蕩亦有道 …………………………… 155
- 尤氏姐妹花的母親尤老娘，是一個怎樣的娘 ………………… 161
- 賈代儒：長大後你還不如我 …………………………………… 168
- 馮紫英：《紅樓夢》裡最有男子氣的男子 …………………… 174
- 《紅樓夢》告訴你，人心的地界裡不講先來後到 …………… 182

職場篇　人生需要一點彈性

- 鳳丫頭說了：給我一個舞臺，我絕不會跌倒 ………………… 190
- 《紅樓夢》告訴我們，一個人是怎麼失去別人尊重的 ……… 194
- 墜兒：出身底層的年輕人，犯不起的錯不要犯 ……………… 200
- 柳嫂子：勢利乃人之常情 ……………………………………… 206
- 金釧兒：人生多艱，需要一點彈性 …………………………… 211

李嬤嬤：得體退出有多麼難⋯⋯⋯⋯⋯⋯⋯⋯⋯⋯⋯⋯⋯⋯⋯ 218

焦大：我情願你是個精緻的利己主義者⋯⋯⋯⋯⋯⋯⋯⋯ 224

王住兒媳婦：刁人都有自己的邏輯⋯⋯⋯⋯⋯⋯⋯⋯⋯⋯ 231

寶玉：你們叫不醒一個裝睡的人⋯⋯⋯⋯⋯⋯⋯⋯⋯⋯⋯ 238

芳官：天分越高越要當心，運氣越好越要低調⋯⋯⋯⋯⋯ 245

《紅樓夢》告訴你，人生實苦，願你有處可訴⋯⋯⋯⋯⋯⋯ 255

細節篇　風吹哪頁讀哪頁

《紅樓夢》怎麼讀：風吹哪頁讀哪頁⋯⋯⋯⋯⋯⋯⋯⋯⋯ 264

是不是真正的貴族，細節說了算⋯⋯⋯⋯⋯⋯⋯⋯⋯⋯⋯ 268

《紅樓夢》裡的杯子，不只是杯子⋯⋯⋯⋯⋯⋯⋯⋯⋯⋯ 273

哪有一味良藥，能治得了黛玉心中的委屈⋯⋯⋯⋯⋯⋯⋯ 278

《紅樓夢》告訴你：不讀書的人生有多可憐⋯⋯⋯⋯⋯⋯ 286

87版《紅樓夢》的編劇厲害在哪裡？讓這些細節告訴你⋯⋯ 292

目 錄

自序　我要好好寫，才能留下來

　　離我的第一本紅評集的出版，堪堪又是三年過去。

　　三年來，一切未變，我還在寫，書還在再版，日子飛花一樣飄走；

　　三年來，一切都在改變，不動聲色中已物是人非。

　　許多人悄悄進入生命，也有許多人在漸漸淡出，誰走誰留都充滿變數，無法預測。

　　許多改變命運的節點不會敲鑼打鼓地來，那一天往往平淡無奇，卻在無聲無息中完成了起承轉合。

　　習慣堅持，再習慣改變，在改變中堅持，這是我三年來唯一在做的一件事情。

　　從本系列第一本書上架至今，銷量當然沒法和那些百萬暢銷書相比，唯一讓我欣慰的是網路上一千多條評論，好評率100％，這意味著：我沒有讓每一個看過書的人失望。

　　終於沒有辜負那些週五下午，公司人去樓空後，在鍵盤上一個一個敲字的日子；那些從天亮敲到天黑，忘了開燈，直到寫完關機，才意識到自己早已陷在黑暗裡的日子。

　　時間過得真快啊，這樣下去，人一眨眼就老了。

　　到現在，我還會偶爾想起若干年前的那個秋冬之交的黃昏，火車站老舊的候車室，空氣混沌卻讓人無端感到安全。我在等一列姍姍來遲的火車。車晚點了，外面的天色漸漸暗下來。我百無聊賴地閒逛，在二樓書攤上順手買了一本雜誌打發時間。翻到一篇評「紅」文章，心想我是不是也

自序　我要好好寫，才能留下來

可以寫一篇投投稿……是的，你不知道契機什麼時候來，它非常有可能在無數懶散不經意的瞬間乘虛而入。

我還記得，七年前第一本書出來的時候，正逢書展召開，剛好趕上參展。我遠遠地看著它，不敢上前。怕有人認出我是作者，要羞死的──其實想多了，哪有人認識我？書放在書櫃子最高處，根本沒人注意到它，我鼓了好大的勇氣走上前遮遮掩掩地要買，買下來後卻並沒有帶走，而是偷偷摸摸放到了低處，希望來來往往的人們能多看它一眼。

「苔花如米小，也學牡丹開」，可是它開的時候，怎麼那麼心虛理短。

就這麼摸索著試探著，又走了三年。現在，系列書第二本也要上架了，卻仍然有「三日入廚下」的忐忑不安。

和第一本一樣，這本書還是在生活的縫隙裡寫就，在同現實的更新打怪中寫就，在上一秒崩潰下一秒開懷大笑的歲月裡寫就。

常常在寫的時候左右搖擺：一方面告誡自己要重視讀者的閱讀體驗，不要只顧著自嗨；一方面又警惕自己，怕不由自主地開始迎合，流於庸俗。

一方面擔心自己沒有進步一味重複；一方面留神切勿譁眾取寵誤入歧途。

一方面提醒自己流暢簡潔才會讓文章讀起來清爽，因為資訊量過多會分散讀者的注意力；另一方面又覺得為了外觀光滑而平白砍掉許多知識點，對讀者來說算不算偷工減料……

好糾結。

自媒體時代到來，大家都已經開始習慣「快閱讀」，在這樣的潮流中，我不免有邯鄲學步之感。儘管，寫出了不少所謂的熱門文章，我仍然會忍不住一次次審視提醒自己：「不要因為走得太遠，而忘了當初為什麼

出發。」

　　就在這樣的糾結與硬撐中，迎來了我的第二本書。如果有意願和精力，靈感和才華又肯眷顧，我會把這個系列一直寫下去。

　　如果你在讀的過程中，一會看到一個不疾不徐娓娓道來，往深處一走再走，卻有幾分夾雜囉唆的作者，那是一以貫之的、笨拙硬碰硬的我；當你一會又看到一個行雲流水，不著痕跡，輕鬆到底卻有點油嘴滑舌的作者，那是一個忽然間想要擺脫地心引力放飛自己的我。

　　除了繼續保持了第一本從人物心理性格分析入手的特色，第二本的不同之處在於，我漸漸開始把目光從人本身轉移到人物關係上，饒有興味地研究人與人交往中的幽暗與微妙。

　　第一本的人物分析追求全面與深刻，而第二本中，從已經分析過的人物身上，發掘讀者們容易遺漏的亮點或槽點，力求展示人性的多面和複雜。畢竟我不能一再重複自己，如果到了寫無可寫那一天，我會識趣擱筆。

　　無論如何，寫作給予我太多。

　　至少，它讓我不再孤單。

　　當文字被散落在這個世界上的人們閱讀，也許千里之外，也許一牆之隔，他們給我回應，與我討論，或者表達不滿，哪怕氣勢洶洶地來挑剔，我也通通甜蜜地接受——就像有人在你必經的路上阻攔你，他至少要知道那條路在哪裡不是嗎？

　　同是《紅樓夢》中人，相逢何必曾相識。

　　寫作，還讓我這樣一個原本一眼看到老的平凡人，忽然在這個世界上輕刷了一下存在感。

　　記得第一本書熱賣的時候，我沒有告訴身邊的人們，有簽售活動，我

自序　我要好好寫，才能留下來

都是找其他理由請假前往，上午在眾人矚目裡迎接鮮花與掌聲，下午又靜悄悄潛回公司接著做良民。

我根本不想讓身邊的同事知道我寫書，覺得這畢竟是與工作無關的私事，再說一本書而已，有什麼可得意忘形的？於是瞞得很緊。

直到有一天，一位朋友對我說：「妳不要妄自菲薄。妳想沒想過，一百年後，妳這個人已經不在了，但妳寫的字可能還在世間流傳。」哇，瞬間覺得自己做的事情有點厲害了；而且，還多了一份寫作人的責任感。

是的，百年後，當我死亡，停止呼吸，身體歸於塵歸於土，腐爛在大地深處，而我的文字還完好無損，與有緣的人們一一相遇。我的思想不死，我將以另外一種形式獲得永生。

「太上有立德，其次有立功，其次有立言，雖久不廢，此之謂不朽。」寫字謂之「立言」，位列三不朽之一。一個寫字的人要懂得感恩，蒙上天偏愛，在芸芸眾生中選定了我們，給了我們一隻會寫字的手，理當珍惜。

不忘初心，存一份恭謹，一份謙卑，一份清醒，持潔淨之態鄭重以待，才不算暴殄天物。

蔡康永說：「你如果不好好寫，你就留不下來。」

我要好好寫，才能留下來。

與所有寫字的人共勉。

是為序。

百合
2018 年夏末

靈性篇
這世界不能沒有林黛玉

靈性篇　這世界不能沒有林黛玉

這世界不能沒有林黛玉

一

據說讀《紅樓》的人會隨著時間推移而改變喜好。年輕時多喜歡黛玉討厭寶釵，年歲漸長後會轉而喜歡寶釵，等到老了，又會重新喜歡回林黛玉。

這分明對應了人生的三種境界：看山是山，看山不是山，看山還是山。

青春年少，心中嚮往輕舞飛揚，性格卻橫衝直撞，以為只要真的就是美的對的，一切圓融的世故的，都是虛偽的可厭的；等到成熟一點，行過一些路吃過一些虧，明白了一些人情世故，知道個性是雙刃劍，忙不迭與黛玉劃清界限，讚許起人見人愛的寶釵；等到老了，歷盡滄桑目光洞明，看遍了人間種種的爾虞我詐口是心非，方覺這世上最美的品質是率真，而與率真共存的那些不悅與尖銳，因為心境的寬容早已變得可以忽略不計。

那些不喜歡林黛玉的人，多半還在人生的中段地帶辛苦跋涉，他們不喜歡她，本質上是接受不了林黛玉種種的小情小緒，自己的生活已經夠沉重，實在再也擔負不起一顆額外的玻璃心。從實用角度出發，棄黛玉而捧寶釵，倒也無可厚非。

於是，喜歡黛玉彷彿成了一種情懷，與現實漸行漸遠。其實寶釵與黛玉，根本用不著非此即彼。金蘭契互剖金蘭語，孟光都接了梁鴻案，兩個優秀的姑娘放下猜疑相互接納，形成一種和諧共生的美好氛圍，她們實際上分別代表了應對複雜世界的兩套系統，截然不同卻各有千秋，如同《理性與感性》(Sense and Sensibility) 中的埃莉諾與瑪麗安，沒有對錯之分，

傳達出了一種很包容的人生觀。

　　薛寶釵的好很直觀，因之完全符合世俗評判標準；而林黛玉的好，卻全在曲徑通幽處，驀然回首時。

靈性篇　這世界不能沒有林黛玉

二

「能和林黛玉談一次戀愛，死了都值。」

這不是譁眾取寵，做林黛玉的愛人，該是這世上最幸福的愛人。

沒有人能像她那樣，讓對方在一日內遍嘗戀愛中的所有滋味：一會意綿綿，靜日玉生香；一會酸溜溜，俏語謔嬌音；一會賭氣不理你，讓你摸不著頭緒；一會哭得梨花帶雨，讓你心痛卻手足無措。你的心情像雲霄飛車，一下衝上高空陶陶然，一下跌入谷底痛不欲生，永遠不知道下一秒，她可以提供給你怎樣的人生況味。如果這算折磨，對於戀愛中的人來講，極端的快樂與極端的痛苦都能帶來極致的體驗。這些體驗如同衝浪，讓你一次次接近了人生的真相。萬水千山走遍，才有資格說：我知道什麼是戀愛。林黛玉，便是那個渡你的人。

但是，如果娶妻，很多人仍然不敢選黛玉，因為她太情緒化，實在不適合做一個煙火家常裡的妻子，婚姻需要的是平靜。所以呢，娶妻當娶薛寶釵。真的是這樣嗎？

照這說法，寶玉得到的最完滿才對——與林黛玉談一場戀愛，與薛寶釵共度今生。可他不是一樣「空對著山中高士晶瑩雪，終難忘，世外仙姝寂寞林。縱然舉案齊眉，到底意難平」。有的平靜其實意味著枯索，讓人生了然無趣。

再也遇不到林黛玉那樣的一個人。

她彷彿樣樣不用心，卻樣樣出手不凡。自稱只讀了《四書》，然而無論寫詩填詞卻都那麼別出心裁。天賦超群，在你面前卻從不自傲；

她身體不好不喜女紅，卻願意花心思單給你做個荷包，讓你精精緻致

地戴著；

　　她不逼你追名逐利，卻在你寫不完作業時乖巧地躲起來不讓你分心；看你實在完成不了，她會主動現身當「槍手」，寫詩、臨楷樣樣在心；

　　你捱了打，別人噓寒問暖送醫送藥，獨她沒法前來，因為太心疼你，哭得眼睛像桃子而沒法出門。

　　做為妻子，寶釵給得出理性的關愛，在她是分內；卻給不出黛玉那麼用心的細緻入微。哪一種更可貴？傻子都會分辨。

■ 三

　　寶釵的性格勝在含蓄渾厚，藏愚守拙；林黛玉的性格，則是槽點多亮點也多，乍看小氣，實則大氣；貌似任性，實則聰慧；文藝不假，精明也是妥妥的。她豐富曲折得讓人目不暇接，分花拂柳，繞榭穿橋，是一程又一程的風景。你想讀懂她，得先越過那些不討喜的表象。

　　第二十六回，林黛玉記掛白天被父親叫走的寶玉，晚上特意去怡紅院探望，明明寶釵在裡面，而她卻吃了閉門羹，便哭著回去，第二天寫出了摧人心肝的〈葬花吟〉。

　　她不惱對她無理的晴雯，只惱蒙在鼓裡的寶玉。經寶玉解釋後，她平靜地說：「想必是你的丫頭們懶待動，喪聲歪氣的也是有的。」寶玉說要回去教訓教訓，林妹妹說：該教訓，得罪我事小，萬一將來得罪了寶姑娘貝姑娘，事就大了。調侃之間，這事就這樣過去了，沒對晴雯揪著不放，盡顯大家閨秀的氣量。

　　在櫳翠庵品茶被妙玉嗆聲「大俗人」，她一聲不吭，事後也沒見她記

靈性篇　這世界不能沒有林黛玉

仇；湘雲說她長得像戲子，這氣該生，但是她介意的竟是給湘雲使眼色的寶玉，一邊倒和湘雲有說有笑地結伴而行了；襲人褒釵貶黛時，她明明在窗外聽到，仍然沒計較，只忙著感動於寶玉對她的力挺。生氣都抓不到重點的感覺。

按照人家林黛玉的邏輯，只要她最在乎的人心裡有她就好了，至於其他人，愛誰誰，她全都消化得了。姿容瀟灑，大道至簡，試問有幾人能做到？

說她聰慧應該沒人反對，卻很少有人看到她有做賢妻的潛質。寶玉自以為悟了寫個偈語，寶釵很緊張，辦法是簡單粗暴的家長式，撕個粉碎讓一把火燒了；黛玉說：不該撕，看我的，保管叫他收了這個痴心邪話。她巧嘴隨便一證，證得寶玉啞口無言，自慚連個姑娘家都比不過，還參哪門子禪，從此斷了走火入魔的念頭。高明的規勸如同大禹治水，在疏不在堵，寶釵治的是標，黛玉治的是本。

如果有機會治家理政，黛玉未必會輸給旁人。首先她有知人之明，尤二姐被鳳姐誆進園子，大家都為鳳姐點讚，替尤二姐擔心的只有兩個人，一是寶釵，另一就是黛玉；其次她會用人之長，紫鵑成了她的後天親人，瀟湘館裡從沒有爭吵傾軋；她竟然還有財商，有一次對寶玉說：「我們家裡也太費了。我雖不管事，心裡每常閒了，替你們一算計，出的多進的少，如今若不儉省，必致後手不接。」其精細完全迥異於平日裡的不食人間煙火，不愧是巡鹽御史的女兒。感性的人未必沒有理性，只看她有沒有機會拿出來用。

只拿林黛玉的才華與脾氣說事，就斷定她不宜家宜室，未免有失公允。不懂算了。

四

迎春被奶母欺負時不作為，還可笑地替自己開脫。林黛玉笑說：「真是『虎狼屯於階陛，尚談因果』。若使二姐姐是個男人，這一家上下若許人，又如何裁治他們。」恨鐵不成鋼，對迎春的鴕鳥活法有些含蓄地看不上。

讓下人欺負這種事，在黛玉身上是絕不可能發生的。

處理矛盾，背景強大的寶釵以不變應萬變，而身分特殊的黛玉，也有自己獨有的方式：不藏不掖，直指要害，短平快打得措手不及。冷然一張真臉，無招勝有招。

周瑞家的送宮花，最後一個給她，她沒有接，只就寶玉手中看了一看，不動聲色地問是單給她一個人還是別的姑娘都有？沒有直接問是不是別人都挑完了才給我。

林黛玉看人特別準，她知道周瑞家的是個刁鑽勢利的婆子，便先挖了個坑給她，可見其直覺敏銳、心思細密。周瑞家的不明就裡地跳了下去，瞬間被黛玉反手制住：「我就知道，別人不挑剩下的也不給我。」噎得周瑞家的「一聲不言語」，心虛亦無可辯駁。脂硯齋在這裡批道：姑娘妳到底是有心眼還是沒心眼啊？說妳沒心眼，還知道問問；說妳有心眼，卻又未免太過直白。

脂硯齋不明白，黛玉的不凡恰在這直白上，換個人未必有這銳氣，只能默默生會悶氣算了。

欺軟怕硬的勢利人，他們字典裡最缺的兩個字，第一是厚道，第二是反省。你越厚道他越以為你愚弱可欺，這類人並不少見，君不見連公司食堂掌勺的大師傅都會看人下菜。

靈性篇　這世界不能沒有林黛玉

氣量不夠就不必假裝大度，時間長了會憋出腫瘤，倒不如犀利出手加以警告，總是忍忍忍要忍到什麼時候？設想一下，下次周瑞家的再打交道，還敢不敢隨便怠慢她？私相授受的小紅被寶釵擺一道，詐她說黛玉曾打窗下經過，嚇得小紅惴惴不安。厲害人名聲在外，震懾力不是蓋的。人活到一定階段，才會明白厲害也有厲害的好處，省心、給力，一本萬利。

聰敏靈秀如黛玉，本可以藏起鋒芒，收起稜角，小心翼翼繞過各種雷區，走一條標準化道路，可她沒有。不是不能，是不為也，猶記剛入府時的察言觀色，時年六七歲就已懂得。有心計不用心計，哭笑隨心，喜怒不拘，初看略略刺眼，但這其實也是一種活法。

林黛玉這種人，做朋友她不會害你，做愛人她不會負你，認定了你便會全心全意，個性那點事說起來是瑕不掩瑜，不知不覺間，你樂於為她的小脾氣買單。在書裡，越往後她的交友圈就越大，寶釵、湘雲、妙玉……連寶琴都成了她的小跟班。

所以才說：這世界不能沒有林黛玉。她彷若一個赫然透明的存在，不夠圓滑，稜角參差，卻自帶晶瑩的光芒。難怪喜歡她的人會如獲至寶，全因她實現了他們內心的期許：用最真的面目坦然迎向令人遺憾的世俗，不枝不蔓，不等不靠，乾脆爽利地過自己的小日子。

又美又乾淨的姑娘，願你能活成妙玉的樣子

一

從前讀《紅樓夢》看妙玉，只覺得她矯情、寂寞、冷傲、口不對心，如今再看，忽然就多了一層欣賞。

第四十九回，大觀園天降瑞雪，寶玉早起出門，一個人走走停停。落入他眼簾的，除了遠處的青松翠竹隱隱，天地之間唯餘一片晶瑩透亮，他自我感覺就像是「裝在一個玻璃盒內一般」。他身處的世界，是那麼完整、明淨、精緻、清冽。

當他轉過山腳，一陣寒香忽然撲鼻而來。回頭仰望，漫天飛雪中，只見有十幾株梅花，紅如胭脂，燦如雲霞，一齊開得沉默絢爛。

原文這樣寫：「恰是妙玉門前櫳翠庵中」的梅花在開放。

特特嵌入「妙玉門前」四字，足見作者匠心與苦心。這種讚美和隱喻只可意會，彷彿在說，門裡的姑娘門外的花，一樣冷豔高潔，也一樣熱烈寂寞。

《紅樓夢》每一次重要的聚會場合，曹公都會想方設法幫離群索居的妙玉刷下存在感。中秋賈府團圓，她會悄然一人獨自出庵賞月；寶玉生日，她有一張粉箋生日帖子出現；而這一次，接下來的蘆雪廣聯詩，她的梅花將會成為吟詠對象。她不在江湖，但江湖從未忘記她。

曹公對妙玉，不可謂不偏愛。

靈性篇　這世界不能沒有林黛玉

　　雪落無聲，梅花掩映，居高臨下，暗香浮動。這一刻的櫳翠庵，儼然是一座小小的仙居。

　　其實，「氣質美如蘭，才華阜比仙」的櫳翠庵主人妙玉，才不是一個沒有故事的女同學。

　　人還未出場，讀者們就從林之孝家的口中得知，她出身貴族，是帶髮

修行──敲黑板畫重點：這表示塵緣未斷，可以隨時還俗。她父母雙亡，去歲跟了師父來金陵精進。

今年師父圓寂了，死前明令不讓她扶靈回鄉，如此囑咐：「衣食起居不宜回鄉，在此靜居，後來自然有妳的結果。」

以上為官方版本，但對她知根知底的邢岫煙，透露給寶玉的真相則是：「聞得她不合時宜，權勢不容，竟投到這裡來。」至於來龍去脈倒沒有細說。

因後四十回遺失，這個謎底沒有機會揭開，但也看出妙玉攤上的事應該不小，否則不會在原籍無法立足。熟讀《紅樓夢》便知，佛門中人出於生存所迫，也需要結交奉承權貴階層，在「不合時宜，為權勢不容」背後，是一個耿直女孩不向現實妥協而遭報復的慘痛經歷。

所以，所謂的為觀音遺跡貝葉遺文而來都是避難的幌子，而神算師父留遺言讓她滯留此地，不過是出於保護她的考慮。

恰逢元妃省親，賈府要建省親別墅，本來在西門外的牟尼院棲身的妙玉，就這樣機緣巧合地進駐了大觀園的櫳翠庵。

回頭之路早已被切斷，還俗變得遙遙無期，她借修行之名在這裡靜靜蟄伏，等待命運出現轉機，彷彿被拋在地球上回不去的外星小孩。

二

無親無故一人漂泊，寂寞當然寂寞，妙玉人雖清冷，可是翻遍全書，從未見她顧影自憐，找不到半點「尋尋覓覓，冷冷清清，悽悽慘慘戚戚」的衰樣。相反，她身上有一股能把日子過好的狠勁。

靈性篇　　這世界不能沒有林黛玉

　　她安於一隅，把個原本像收容所一樣的櫳翠庵，拾掇成了一個小而美的文藝會館，閒時自娛自樂培養雅趣，偶爾興起，款待自己喜歡的人們。

　　妙玉擅園藝，是個不折不扣的「綠手指」。打理起花木來，手藝不輸園丁婆子。賈母一進櫳翠庵小院，首讚就給了妙玉養的蔥蘢花木：「到底是他們修行的人，沒事常常修理，比別處越發好看。」畢竟，貴族小姐的審美在那擺著呢。

　　李紈看到櫳翠庵的梅花，眼熱到想折一枝來插瓶，叫寶玉去討一枝，妙玉挑了枝姿態極美的給他：「這枝梅花只有二尺來高，旁有一橫枝縱橫而出，約有五六尺長，其間小枝分歧，或如蟠螭，或如僵蚓，或孤削如筆，或密聚如林，花吐胭脂，香欺蘭蕙⋯⋯」大家讚賞不已。

　　她還深諳茶道。賈母特意向她討好茶喝，她手捧海棠花式雕漆填金雲龍獻壽小茶盤，內放成窯五彩小蓋鍾，奉上香茶一盞，賈母很挑剔，說：「我不吃六安茶。」妙玉馬上接口：「知道。這是老君眉。」六安茶性偏涼味微苦，適於清熱排毒，年老體虛者不宜多喝，妙玉懂茶，於是改奉茶性更溫和的老君眉。賈母又問茶用什麼水？妙玉說是舊年雨水，賈母方吃了半盞。有問有答，都是行家呀！

　　至於她請黛玉寶釵寶玉三個人吃的體己茶，規格就更高了。拿出來的茶杯連名字都稀奇，字一般人都不會唸，什麼「點犀䀉」、「爮斝」，全都是價值連城的古董，寶玉見自己用的是綠玉斗不服氣，她如此回嗆：「只怕你家裡未必找的出這麼一個俗器來呢。」

　　黛玉問了下泡茶水是不是雨水，也遭妙玉貶為「大俗人」，說：「這是五年前我在玄墓蟠香寺住著，收的梅花上的雪⋯⋯雨水那樣輕浮，如何吃得。」

推算一下時間表：五年前收的雪，一年前來的金陵，尋常人出遠門帶足金銀細軟就好，誰會千里迢迢帶一甕沉甸甸的雪水？嗯，看來是真愛。

「心心在一藝，其藝必工」，真不是黛玉俗，也就只有她，舌尖上才能品出雨水和雪水的不同，這和金庸小說裡小龍女被困絕情谷內多年，練就在蜜蜂翅膀上刻字絕技一樣，需要足夠的專注和投入。

驀地想起一首歌正配妙玉：「衷心訴了春過半，平生光影短。兒女情長愁摩愁，不如茶相伴。」

三

除了懂花道和茶道，妙玉還是一位現成的詩仙。荊釵布裙卻端雅有才的邢岫煙，便是她的關門弟子。

中秋之夜，湘黛聯詩聯到「冷月葬花魂」時，正在獨自賞月的她從暗中走出制止，說「太悲涼」了。邀請這二位去她的庵中喝茶，自己則一氣呵成續了半首，一舉扭轉了前半首的傷感消極，「振林千樹鳥，啼谷一聲猿」聲勢英氣，「有興悲何繼，無愁意豈煩」豁達瀟灑，根本不像出自一個女子之手。

在妙玉眼裡，自漢晉五代唐宋以來皆無好詩，除了這兩句：「縱有千年鐵門檻，終須一個土饅頭。」生命裡可依賴的親人們都已離去，在大悲大慟之後，妙玉似乎參透了人生的虛無。

羅曼・羅蘭（Romain Rolland, 西元 1866 年至 1944 年）說：「只有一種英雄主義，那就是在認清生活真相之後依然熱愛生活。」儘管龕焰猶青，爐香未燼，不知道這樣的餘路還要走多久，但這位文藝女生卻不曾辜負在這裡的每一天，「春有百花秋有月，夏有涼風冬有雪」。寫詩養花賞月喝茶

靈性篇　這世界不能沒有林黛玉

她樣樣不錯過。不頹不喪，不疾不徐，找得到自己的節奏，從容擺弄生活而不是被後者牽著鼻子走。

不是人人都有這樣與自己和諧相處的靜氣。「專精而不自閉，開放而有所守」，妙玉的活法，為單身女生們提供了一種優質模範：一個人，也要把日子過成詩。

四

其實妙玉的性格並不悅人。她的潔癖為很多讀者詬病：嫌棄劉姥姥，連後者用過的杯子都要丟出去；不歡迎閒人來櫳翠庵，人走後她還要拿水洗地，而送水的小廝還不能進門，把水放在山門牆根下就好。出家人應慈悲為懷，但她的好惡從不假辭色。

她也從不自認是佛門中人，與黛玉湘雲論詩時說，寫詩不能一味搜奇揀怪，以免「失了我們的閨閣面目」，分明當自己還是個金尊玉貴的閨中小姐。

而大觀園裡的主子們，也沒人拿出家人的標準苛責她，反而對她的小姐脾氣公主病極盡欣賞包容。

喝體己茶，她嗆了寶玉嗆黛玉，但是這二位並沒翻臉記仇，還千方百計體恤維護她。

寶玉去討梅花，黛玉特意交代不要人跟著；妙玉送了寶玉一張署名「檻外人」的生日拜帖，岫煙批評妙玉放誕詭僻，寶玉替她辯解說「他原是世人意外之人」，不能用普通人標準要求。

第四十一回，賈母帶一眾人來庵裡參觀，離去時「妙玉亦不甚留，送

出山門,轉身便將門閉了。」這個動作有點失禮,但賈母也沒覺得被冒犯而慍怒。

就連寶玉親媽,以正統著稱的王夫人,也對妙玉格外客氣。大觀園裡的其他小尼姑是買來的,只有妙玉是請來的。

當從林之孝家的口中聽說妙玉時,王夫人不等把話說完便急切地讓把她立即接來。聽說妙玉不給面子,理由是「侯門公府,必以貴勢壓人,我再不去的」時,王夫人馬上表態:「既是官宦小姐,自然驕傲些,就下個帖子請他何妨。」讓「書啟相公」捉筆,又遣人備車轎去接,鄭重其事。

只有李紈說討厭她的為人,但頂多是不理,不會為難。

只能說,這一次她來對了地方。沒有人嫌她「不合時宜」而不見容,也輪不到婆子們下蛆給她:那丫頭仗著自己長得好點,萬人不放在眼裡。她的家底財力也讓她無欲則剛,不用像馬道婆那樣進府裡四處化緣撈錢,仰人鼻息。

對妙玉這樣的人來講,櫳翠庵就是她的宜居寶地。

五

我們都知道,妙玉的結局並不好。前八十回「雲空未必空」,後四十回「欲潔何曾潔」:她沒能躲開厄運的糾纏,最後是「風塵骯髒違心願」、「無瑕白玉遭泥陷」。

但她的活法,卻值得當下在多元化社會裡躊躇糾結的我們借鑑。

一個既好看又有才華,既清醒又不願向世俗妥協的女生,最好能活成妙玉的樣子,否則就乖乖滾去跟現實握手言和。

靈性篇　這世界不能沒有林黛玉

現實面前，才貌出眾會讓她們早早成為焦點，但個性卻會成為傷人傷己的雙刃劍。要麼成了「憤青」，與周圍格格不入；要麼被修理，有苦難言。

身負傲人才華，被不合群的個性拖累，實在是暴殄天物，但一味勸她們迎合改變，說不定是在削足適履。

如果把人比作植物，環境比作土壤，有一些姑娘，天生就不屬於溫室或苗圃，更無法像《病梅館記》裡那樣，被修剪捆綁得「以曲為美」。她們的資質與個性，更適合去青山綠水間做一朵空谷幽蘭。

有個高人說過，人立於世，可以倚借的東西不外三種：產品、服務、資源。有其一即可，不必事事求全。

另闢蹊徑，避開人際關係的精神損耗，投入自己真正熱愛的事情上來。誰說一定要長袖善舞八面玲瓏才能吃得開？有一些需要專注性或藝術性的工作，更適合單打獨鬥。

不用隨大流，腳下也是路。

六

如果確定自己才華夠，不妨勇敢出走。

全神貫注做自己熱愛的事情，當從中得到了快樂和價值，寂寞便不再熬人，成為美妙的獨處。即便看到別人倚借大平臺所得到的便利風光，也可以心態平和，因為「蘭之猗猗，揚揚其香。不採而佩，於蘭何傷？」

內心篤定，不用左右搖擺患得患失，人自然氣色好看，姿態從容，眼神犀利而寧靜。即使苦點累點，內心也覺得值。就像妙玉，即便車馬勞頓

北上,也不以隨身攜帶的那一甕梅花雪為負累。

找到自己的圈層,交友在質不在量,交往的都是自己喜歡的人,無關利益,只關本心。人與人之間簡單純粹,明目清心,市儈的規則已經搆不著你的空間。

又美又乾淨的姑娘,像妙玉那樣活著,說難其實也不難。關鍵是,你能不能不辜負上天給你的才華,和你來時路上所經歷的那些風霜雪雨,找到自己心中的「櫳翠庵」。

寶玉:護花與揩油,也就一線之隔

一

寶玉是個最會憐香惜玉的人。

可惜這憐與惜,他只給年輕的姑娘,因為女人一上了年紀就成了「死魚眼珠子」,連幫他吹湯的資格都沒了——不對,要年輕更要美貌,傻大姐也很年輕,怎不見寶玉瞅她一丟丟呢。

換句話說,他喜歡向目光所及之處的一切年輕美貌的姑娘獻殷勤,可不只對著林黛玉一人。所以,警幻仙姑才說他是「天下古今第一淫人」,他被這個震古爍今的名號嚇壞了,百般辯解。警幻說:你緊張什麼?你的淫和他們的淫不一樣,你是「意淫」。

呵呵,意淫就不是淫了?

警幻這樣圓:就是你「天分中生成一段痴情」「在閨閣中,固可為良友」。

靈性篇　這世界不能沒有林黛玉

用今天的話說，寶玉就是天賦異稟的公用男姊妹淘。

但是，警幻又說了：我不忍心讓你只在女人堆裡發光發熱，所以我把你引到這裡來，目的是什麼呢？「不過令汝領略此仙閨幻境之風光尚如此，何況塵境之情景哉？而今後萬萬解釋，改悟前情，留意於孔孟之間，委身於經濟之道。」

寶玉：護花與揩油，也就一線之隔

看這一段，真心替警幻仙姑累，為了保護寶玉的小自尊，把話說得那麼委婉好聽。

明明是去接「絳珠妹子的生魂」，打算趁黛玉午休之便讓她在夢裡故地重遊的。不期半路上殺出個程咬金，遇上了寶玉的兩位先祖，殷殷求託，請她幫忙教引寶玉早早從「情慾聲色」中跳出來，做點正事。

礙於面子，對寶玉這個不速之客，她好吃好喝好招待，又是讓他看姑娘們命運的機密檔案，又是用歌舞表演讓他加深理解，把妹妹都白送給他了，「今夕良時，即可成姻」。

如此苦心忙乎，可寶玉纏綣完還是被夜叉海鬼拖進了迷津之中。

這寓意著，這次心靈引渡失敗了。

果然，寶玉一醒來，不但沒有迷途知返，反而食髓知味，彷彿是怕夢裡剛學來的忘了，急著一試身手，把身邊的襲人給「初試」了。

食色性也，真是。春天來了，都擋不住。

二

他在憐香惜玉的路上越走越遠。

湘雲睡覺晾了手臂，他怕風吹了她的「膀子」，上前披好被角；

金釧兒為太太捶腿實在睏得不行了，他會將香雪潤津丹餵到她口中；

平兒捱了鳳姐的打，他又是替鳳姐道歉又是送溫暖；

即便八竿子打不著的尤氏二姐妹面前，來了生人他也要擋在前面護著，怕髒和尚的氣味熏了她們……

這麼看來，他只是喜歡護花而已，並沒有做什麼出格的事。

靈性篇　這世界不能沒有林黛玉

　　但是，如果再看看另一些情節，畫風就變了：第二十四回，寶玉回房看到鴛鴦也在，見她穿著嬌豔，低頭專注地看針線的樣子真美。於是就把臉湊過去，聞人家姑娘脖子裡的香氣，還上手摩挲，發現「其白膩不在襲人之下」，進一步得寸進尺，扭股糖一樣黏在鴛鴦身上，嬉皮笑臉說「把妳嘴上的胭脂賞我吃了吧。」慌得鴛鴦大聲呼救，叫襲人出來管管他。

　　寶玉有男主角光環，讀者暫且也就包容了他。如果換了賈環這麼幹，會不會覺得這就是惡少調戲大丫鬟，要大罵一句「下流」？

　　別說，王夫人還真就破口大罵過賈環是「下流種子」，因為賈環推蠟油燙傷了寶玉的臉。起因是她那寶貝兒子糾纏賈環的丫鬟彩霞，有版本如此寫：他公然抓著姑娘的手往自己衣服裡放。也不知道到底誰才是「下流種子」？

　　第三十回，看到金釧兒打盹，寶玉上去直接把她的耳墜子一摘，這個動作別說是古代，就是放在今天也過於親暱了，畢竟男女有別。後來他和金釧兒那段對話，曖昧挑逗溢得滿紙橫流：寶玉「上來便拉著手」，左一個「我們在一處罷」，右一個「我明日和太太討妳」。金釧兒則借坡上驢，挑唆寶玉去看賈環和彩雲的好事，寶玉油嘴滑舌：「我只守著妳。」王夫人還在榻上躺著呢，兩個人就在榻前嘰嘰歪歪。換哪個母親不惱怒？是可忍孰不可忍，真拿老娘當空氣啊？

　　警幻的那次教引，彷彿是造成了反作用，進入青春期的寶玉，就像一條開蒙的雄性小獸，到處調戲，招這個招那個，直到被賈政結結實實揍了一頓。

　　黛玉哭著叫他「你從此可都改了罷」，他嘴硬說：「你放心……為這些人死了，也是情願的。」

寶玉：護花與揩油，也就一線之隔

　　如果黛玉看到他對女孩子們的動手動腳，聽到他跟她們的打情罵俏，不知道還會不會心疼得把眼睛哭成腫桃子？

　　回想第八回，晴雯往門上貼字手凍僵了，他忙伸出手來幫著「渥」熱，兩人就那麼手拉著手，一起仰頭看門斗上新寫的字，一派天荒地老歲月靜好。這時候黛玉來了，當著黛玉的面，寶玉關切地問晴雯：我留了妳最愛吃的豆腐皮包子給妳，妳吃了嗎？晴雯氣哼哼撒嬌道：快別提了，讓李奶奶給拿走了。茜雪捧茶上來，寶玉才想起叫林妹妹吃茶。

　　眾人笑道：「林妹妹早走了，還讓呢。」好像是笑他的痴情。

　　林妹妹為什麼走呢？她不走，難道在一邊看著你和晴雯兩人繼續膩歪嗎？對寶玉來說，半夜招呼晴雯來他的被子裡「渥渥罷」的事都做得出來，他還寫過「自是小鬟嬌懶慣，擁衾不耐笑言頻」。多溫馨啊！拉拉她的小手，單留個豆腐皮包子給她算什麼呢？

　　林黛玉真心不容易，都說她小性愛吃醋，可是她只能吃寶釵和湘雲這些小姐的醋，卻不能吃任何一個丫鬟的醋，就像張愛玲不能跟小周計較一樣。

　　她的身分，不允許把自己降到和晴雯一個層次上來計較，她自有她的自尊，但是，這並不等於沒知覺對不對？

　　《紅樓夢》讀得越多，就會越心疼林黛玉。因為孤苦無依，寶玉是她心靈唯一的寄託。可是她愛的這個人，卻一邊幫著她搗胭脂膏子，一邊追著吃別人嘴上的胭脂；一邊為了幫她配藥不惜去討死人頭上戴過的珠子，一邊卻盯著別人雪白的膀子──這得需要多強大的內心，才能容得下？

031

靈性篇　這世界不能沒有林黛玉

■ 三

寶玉跟女孩子們親密無間的情節在書裡俯拾皆是。

除了天冷了讓晴雯鑽他的被窩，天熱了還讓碧痕和他一塊洗澡。

麝月頭癢了，他會幫她篦頭；晴雯病了，他要親自煎藥；

聽說有個叫傅秋芳的妹子才貌俱全，於是連她家的婆子都要親自接待；臨考前熬夜溫書，百忙之中都不忘提醒斟茶的人加件衣裳，麝月指著書說：拜託你，先暫時把我們忘了，把心略放在它上面一點吧。

以寶玉這樣的門第和模樣，豪門公子給出這樣的溫暖呵護，沒見過世面的女孩子誰能拒絕？誰又難保自己不會想入非非想攀高枝？

因為資源太稀缺，丫頭們才為此互相爭風吃醋、欺壓擠對，時常鬧得不和諧。

但是，就是有些清醒的姑娘不買他的帳，不蹚這渾水。

平兒聰明。她是賈璉的妾、鳳姐的心腹，知道自己的身分，輕易不和寶玉廝近，讓寶玉深為怨恨。不是挨鳳姐的打，寶玉還得不到一個盡心的機會，伺候平兒梳妝，自作多情地替她洗了手絹熨衣服。除此之外，再無交集。

齡官孤傲。她躺在床上，寶玉往她身邊一坐，她馬上站起來，讓寶玉好生沒趣。

鴛鴦決絕。她說：莫說寶玉，就是寶金寶銀寶天王寶皇帝，我也不稀罕！從此見了寶玉便是躲。

岫煙超脫。寶玉誇她如閒雲野鶴，她淡然一笑，飄然而去，不與他多做敷衍。

紫鵑自律。當寶玉伸手摸她身上的衣服說她穿得太單薄時，紫鵑正色提醒：「從此只可說話，別動手動腳的⋯⋯叫人看著不尊重。」

「無與禍臨，禍乃不存」，這些姑娘懂分寸知自保，事來了也找不上她們。

而另外一些姑娘，就沒那麼幸運了。四兒、芳官、金釧兒攆的攆，死的死，下場都很慘，和寶玉走太近絕不是什麼好事，因為他根本沒有保護她們的能力，事到臨頭，他把頭一縮，連為她們說句話的膽子都沒有。

金釧兒當時跟寶玉調笑說：「你忙什麼！『金簪子掉在井裡頭，有你的只是有你的』⋯⋯」話說得俏皮得很，不想一語成讖，掉到井裡頭的竟是她自己，讀來毛骨悚然。

當初她拉住寶玉調笑「我這嘴上是才擦的香浸胭脂，你這會子可吃不吃了」時，可曾想到有今日？曖昧輕浮一旦成習慣，機率太高遲早有讓抓現行的一天。

她們的人生自此被攔腰斬斷，而寶玉，卻依舊在自己的世界裡心安理得地活著，依紅偎翠，毫髮無損。

■ 四

府裡的人都說：「他還小呢！」

是啊，還小，一個剛剛成年的公子，有「還小」這塊遮羞布在，彷彿得了免罪金牌，暫時還沒人拿成人世界的標準要求他。

但是，他總有長大成人的一天，小鮮肉也會變大叔。他那如「中秋之月，春曉之花」一般皎潔粉嫩的臉上，一樣會長鬍子、添皺紋；

他原本「神彩飄逸，秀色奪人」的體態也會慢慢發福佝僂，甚至有一

靈性篇　這世界不能沒有林黛玉

天,悄悄溢位一種叫「大叔臭」的體會。

如果秉性不改,到那時候,他每一次自以為是地伸出去的護花之手,都叫做鹹豬手;噘起來去舔人家胭脂的嘴,都叫做狼吻口;脫口而出對著每一個女人說「妳死了,我做和尚去」的情話,都將被叫做笑話。

即便是像以前對寶釵那樣,只不過盯著人家雪白的手臂多看幾眼,那表情也只能叫猥瑣。

再老下去,他就成了賈赦。成了「略平頭正臉的,他就不放手了」的寶二老爺,誰管你是不是真憐香惜玉,別人只看到一個貪多嚼不爛的糟老頭子,心心念念要和女孩子膩在一起,有機會就吃人家豆腐。

一樣的事,年少時可以年長後就不可以,這不是年齡歧視,而是人要有與自己年齡相匹配的心智,否則,用《射鵰英雄傳》中黃蓉的話說就是「年紀都活到狗身上了」。

到了那一步,林黛玉還會愛他如初嗎?她沒有嫁給他,倒是造化,那副嘴臉不看也罷。

《紅樓夢》的讀者們,真的不用懷疑寶玉對黛玉的愛。但是,寶玉這樣的男人,如果沒有黛玉那樣「我不做唯一,只做第一」的度量,姑娘們最好還是敬而遠之,否則,這一輩子有生不完的閒氣。

天性細膩體貼的男人,會本能地對女人好,像魚天生會游泳,鳥天生會飛翔一樣,但是,總有一些水域不可以隨便遊進,有一些天空的界限不容僭越,因為很難保證不誤人誤己。

拋開真正的猥瑣,鑑定一個男人的成色,與異性交往的分寸是重要的打分項。有教養的男人,不會隨便做出讓受者不悅而旁觀者尷尬的動作,寧不做暖男,也不陷自己於負心漢。更懂得過猶不及,手短一寸品高一

等，一樣是殷勤呵護，做出來是紳士體貼還是藉機騷擾，全在分寸，因為，護花與揩油，原本也不過就一線之隔。

迎春：為什麼生活總是欺負老實人

一

那一日，湘雲做東，大家一起享用寶釵友情贊助的螃蟹宴，接下來有個菊花詩會，需要一個小小的賽前放鬆。寥寥幾筆，曹雪芹就白描出了一幅仕女享樂圖，花柳園亭之間，美人們各得其樂，無限的慵懶安逸。

林黛玉坐在繡墩上，倚著欄杆，手裡拿著釣竿；寶釵手裡拿一枝桂花，掐了花蕊拋向水面，引魚兒浮上來；湘雲在呼朋引伴地招呼遠處的丫頭們吃螃蟹；探春、惜春和李紈三個，在柳樹樹蔭下看鷗鷺。

只有迎春，「又獨自坐在花陰下拿著花針穿茉莉花」。這一個「又」字分明在說，迎春平素喜穿鮮花花鏈，她是一個花藝愛好者。

在《紅樓夢》面前，讀者常常會覺得自己是個土包子，不是這一筆閒文都不知道，原來古代閨閣女子還有專門串花用的針。花針不同於尋常的金屬縫衣針，是骨骼或象牙製的，並不銳利，這麼講究是為了安全，倘或扎破了纖纖素手，血染了嬌嫩花瓣，豈不兩煞風景。

迎春穿茉莉花做什麼呢？也許是掛在帳子裡代替薰香；也許是直接帶身上做簡易香囊；也許是做頭飾，賈府女眷有簪鮮花的習慣，茉莉花細碎，做成花環倒好簪一點。青絲漆黑，花環潔白，飄著淡淡花香，更顯清雅。

靈性篇　這世界不能沒有林黛玉

　　如果以上都不是，難不成，是套在腕子上做手鍊？肌膚微豐、鼻膩鵝脂的迎春，定然皓腕如雪，戴上這茉莉花鏈，端的是「暗香盈袖」，和寶釵腕上的紅麝串相映成趣。

　　紅麝串是元春娘娘賜的，好東西不假，但太高級就成了供品，寶釵戴著它，更多的是出於對皇權的恭敬，難免失於拘謹，反不比迎春的手作有家常的雅緻隨意，低眉暗嗅間是若有若無的沁人心脾，小小心機勝在悅

己。何況依迎春的性子，她也不會去跟別人攀比這些，茉莉花串配迎春，那叫「歲月靜好」。

如果能一直這樣該多好。

二

迎春的命運分為兩段，出嫁前和出嫁後。

出嫁前，迎春賴探春為首的姊妹們照拂，度過了人生最平靜美好的一段時光。

她天性也淡泊，南安太妃來，同是大孫女，賈母讓探春出來見客，卻沒她這個姐姐的份。但她正樂得自在，反正大家都對她沒要求。元宵節猜謎，猜對的才有獎，一樣是猜錯，賈環憤憤不平，迎春就能一笑了之。

出嫁後，蜜月期還沒過就已經不堪忍受其夫種種劣跡，回門時她向王夫人哭訴：「我不信我的命就這麼不好！從小沒了娘，幸而過嬸子這邊過了幾年心淨日子，如今偏又是這麼個結果！」迎春還有個外號叫「二木頭」，號稱「戳一針也不知噯喲一聲」，能讓她哭成這樣，定是非一般的凌辱。

她怪「命」，殊不知，還有更壞的命運在等著她——見她軟弱孫紹祖便愈發變本加厲，不多久之後就令她一命嗚呼。判曲唱「中山狼，無情獸，全不念當日根由。一味的驕奢淫蕩貪還構。覷著那，侯門豔質同蒲柳；作踐的，公府千金似下流。嘆芳魂豔魄，一載蕩悠悠。」這短短一段話，已經足夠小說家們腦補成一部慘不忍睹的萬言性虐家暴小說了。

靈性篇　這世界不能沒有林黛玉

三

　　縱觀迎春短短一生，哀其不幸，也怒其不爭。

　　她可憐不假，然「可憐之人必有可恨之處」，縱沒有可恨處，亦有可笑、可氣處。

　　迎春不開口尚還是個端莊嫻雅的小姐，一開口就讓人哭笑不得，不單是懦弱一詞可以涵蓋的。唯一一次長篇大論，全方位暴露了自己的奇葩思維。

　　這還要從迎春的乳母說起。一千多年前的日本宮廷女官清少納言也在《枕草子》裡記錄過乳母一筆：本來是宮裡的普通女人，一升為皇太子的乳母，立即變得頤指氣使，像「投胎重生了一樣」——賈府裡的一些乳母也是這一路：前有寶玉奶媽李嬤嬤作威作福，後有迎春的奶媽私自聚賭，以致獲罪。

　　迎春的金釵她也不告而取，典押賭資去了。丫頭繡桔討要，奶媽兒媳不但不給，還藉此脅迫迎春去替奶媽求情，又反咬迎春花了他們的錢，引得司棋聽不下去，也加入進來。那邊廂亂糟糟吵成一鍋粥了，這邊廂迎春兩耳不聞身邊事，一心只讀聖賢書。

　　吵得不可開交時，眾姐妹進來了，本是怕迎春想不開來為她開解的，不想人家手不釋卷，倒很從容淡定。不淡定的反而是探春，不依不饒，一廂情願地定要替沒用的二姐姐出頭。

　　這一段煞是好看。探春既犀利又謀慮周全，抓住奶媽兒媳的話柄連抵其隙，還不忘打個時間差，讓侍書把平兒喊來；寶琴天真，一見平兒，拍手笑說探春會「驅神招將」，快人快語；

林黛玉冰雪聰明，俏皮笑道「這不是道家玄術」用的是兵法；善體察人意的寶釵給二人使眼色制止打趣；

平兒一進門就表態：「誰敢讓姑娘受氣，姑娘快吩咐我」，又是斥退奶媽兒媳又是向探春賠笑，八面玲瓏又不乏決斷。

這幾個人個性迥異卻各有各的不凡之處，風采神韻如在眼前。可是別忘了，她們不過是此事件的配角，迎春才是正經八百的主角。

主角幹什麼呢？看書，看得津津有味，根本沒聽到探春的話，真是「皇帝不急太監急」。平兒問迎春的主意，她給了一段神回覆：「問我，我也沒什麼法子……」這段話太長了囉囉唆唆一大堆，翻譯過來就是：我的下人們隨他們任意胡鬧，我的私人財產他們愛拿就拿，至於你們怎麼看我我無所謂，你們非要幫我那我也不領情。這神一樣的邏輯差點讓人跪了，難得她說得振振有詞，聽得人駭然而笑。好在探春不計較，還是決定管到底，換個人猜想得噴出一口老血。

迎春有神回覆，黛玉就有神評論：「若使二姐姐是個男人，這一家上下若許人，又如何裁治他們。」黛玉七竅玲瓏心，善思多感，既慶幸迎春不是「男人」，又對迎春未來的治家能力婉轉地表示擔憂。這話後來果真應驗：孫紹祖胡作非為，把「家中所有的媳婦丫頭將及淫遍」，迎春一點辦法都沒有，只會哭。

黛玉就是個小女巫。

四

小「女巫」還有一句：「虎狼屯於階陛，尚談因果。」點明迎春的三觀出了問題。

靈性篇　　這世界不能沒有林黛玉

迎春讀的是《太上感應篇》。說不定她就是被手中那本書帶歪了，也或者，她從這本書裡為自己的軟弱找到了理論支撐。

《太上感應篇》是一本道教教化書，宣揚「善有善報、惡有惡報」的因果觀念，認為天上、地上和人體內都有錄人罪過、降禍福於人的神或鬼，人做錯了事自有鬼神懲罰他。書是好書，本義是教人向善，但為了更有說服性，寫了許多真假莫辨的鬼神小故事做佐證案例。

寶釵也湊上來看這本書，但人家是越看越通達。迎春就不行了，她眼界窄悟性差，極易被這些花團錦簇的小故事迷了心竅而誤入歧途。

懦弱自然與成長環境有關，迎春從小沒了娘，又是庶出，養成了凡事退讓，不爭長短的性子。但她那滿嘴的歪理一出來，才知她除了懦弱沒用，還有迂腐。

她說「他們的不是，自作自受」時，基本上就是在轉述這本書上的觀點：

「禍福無門，唯人自召。善惡之報，如影隨形。」她非常有「自信」，坐等命運替她懲罰惡人，目前只是時候未到。

邢夫人責備她對乳母管教不嚴，她一邊低頭弄衣帶，一邊如此自圓其說：「她是媽媽，只有她說我的，沒有我說她的。」這大概也是那本書上教她的，不違逆長輩所謂「忠孝」。邢夫人大怒，叱她「胡說！」只論長幼而不分對錯尊卑，一味為自己的軟弱找藉口。

五

司棋被攆，還存著一絲僥倖指望迎春死保她，哪想迎春大有「憑爾去，忍淹留」的做派。

親戚岫煙住在她屋裡受下人們的氣,她也不能予以庇護,是鳳姐眼裡「有氣的死人」。

這些不奇怪,人家對自己的事也這樣,遑論他人。那金釵不追討尚有情可原,畢竟身外之物,但連自己的終身大事她都能袖手旁觀,「超脫」得可怕。

父親賈赦要拿她頂孫紹祖五千兩銀子的債,叔父賈政尚還為她出面攔阻過幾次,唯她本人悉聽尊便,草草出嫁,還不如不給賈赦做妾敢撕破臉大鬧一場的大丫鬟鴛鴦。

迎春這個人,從始至終無論任何事都對自己沒要求,根本就沒打算儲備一點和生活過招的功底,事事胡亂打發自己。

大概是自認忍功一流,日子馬馬虎虎就行,命運沒有理由太和她過不去,哪知「求其中者得其下」,須臾之間新郎官就向她露出了猙獰的惡魔面目。

這回再沒人為她挺身而出了,這裡是孫家。而她自己呢?一無智謀,二無決斷,三無口齒,四無一點自保的潑辣彪悍,只一味匍匐在惡人腳下,毫無還手之力。

回門那日,如果她能東拼西湊出一點勇氣,向賈母等長輩求助,給孫紹祖一點輿論壓力;或者乾脆向鴛鴦學,「剪了頭髮做姑子」,死都不回去了——無論是哪一種都可以止損,一切也並非來不及。可惜,她只是訴了訴苦怨了怨命,又乖乖回人間地獄去了。

花朵離開花枝,紅顏化為枯骨。迎春受盡凌辱悲慘而死時,離她出閣僅僅一年光景。在不斷走向悲劇的任何一個岔路口,若肯停下為自己呼一聲救,她的收梢就不會這麼悲慘。

靈性篇　這世界不能沒有林黛玉

六

　　如果說黛玉是浪漫主義者，寶釵是現實主義者，探春是理想主義者，那迎春就是一個徹頭徹尾的宿命主義者。

　　這一類人，他們消極退縮，把一切歸咎為命運，對自己的生活採取「三不政策」：不進取、不改變、不抗爭。本來是自己笨、懶、怕，這下好，全都順勢怪在命運頭上。表面上看迎春死於被凌虐，實際她是毒發身亡──死於「宿命主義」之毒。

　　《享受吧！一個人的旅行》(*Eat Pray Love*) 中，有句話：「人們總誤以為幸福靠運氣」，關於幸福，它的正確開啟方式有 N 種，千不該萬不該的是聽天由命。

　　侯門千金迎春對自己最初的幸福設定，應該是隱忍安逸到老，閒時窗前看看閒書，花下穿穿花鏈，不求聞達只求平淡而已。

　　殊不知平淡還有個名字叫「平靜」，如果掌控力差，平靜分分鐘就會被打破，像顛簸在海面上的小紙船，一個潮流就打翻。

　　要受過多少苦，走過多少路，才明白平靜其實是一種高級生活，更需要花費心力經營維繫，對當事人的能力要求更高，並非完全不作為。

　　那些和迎春一樣奉行「鴕鳥」的活法，自以為降低了對生活的期許就能相安無事的人們啊，快別做夢了，一旦生活失控，它第一個欺負的人，恰恰就是你。

做樊勝美還是賈探春，就看你關鍵時刻夠不夠狠

一

我的好朋友嘟嘟，母親節當天終於沒忍住，跟我控訴了她媽媽。

嘟嘟家明明姐弟兩人，可是有時候，在她媽眼裡，只有嘟嘟是親生的。

就是需要出錢的時候。

之前家裡裝潢換車這些事，嘟嘟都要扛起來，小事也是，小到連撈麵條的笊籬都是嘟嘟去購買。現在結婚成家後還是，家裡一有什麼大事該出錢，她媽第一個想到的肯定是她，好像她是一臺提款機，而她那個弟弟就理所應當地一毛不拔。

她媽到了她家，看什麼順眼就拿走什麼，澆花的噴壺用起來趁手，於是拿走；嘟嘟老公的喝水杯，她媽說這個杯子好好，杯口大喝起來不燙嘴，杯身細下面的水還保溫，於是拿走；連櫃子裡的一瓶彭大海也要搜刮走……唯一沒有成功拿走的是菜刀，過安檢時被攔下來了。

有一次，她媽打電話給她，說某營養藥老家賣300塊，市區賣299塊，一盒便宜一塊錢，讓嘟嘟買十盒快遞回去給她。

說得好像是在替嘟嘟省錢似的，其實加上快遞費不是一樣嗎？真正目的其實是讓嘟嘟買給她。

這一切，嘟嘟都忍了，誰讓人家是自己媽媽呢！

不要以為嘟嘟很有錢。她結婚沒幾年就生了一場大病，幾乎送命，後來沒有再出去工作，家裡的經濟一直都是老公在負擔。

靈性篇　這世界不能沒有林黛玉

　　但這事到她媽嘴裡就成了：「妳看妳不用上班有人養，沒孩子就沒負擔；不像妳弟，要養活孩子，自己還連個正職工作都沒有，還是妳日子好過。」

　　不上班不是因為有錢，而是因為有病；沒孩子不是沒負擔，而是未來不可預測的風險更大。嘟嘟不知道她媽是真不明白還是裝糊塗。

二

媽媽病了住院，還是嘟嘟出錢出力全盤照管。媽媽看到同病房的阿姨有件貂皮大衣，跟嘟嘟提出：妳是不是也得買一件給我？

嘟嘟順從習慣了，沒好意思回絕。

一出院，她媽就拉著她去了商場直奔皮草區，逮著「貂」就試。因為特別胖，試了半天只有一件能塞進去勉強扣上扣子，用嘟嘟的原話說就是「穿上就跟個狗熊似的」，真心不好看。標價一萬多，賣衣服的說不貴，她媽也說不貴，看樣子不打算脫了，只拿眼睛直勾勾看著她，等著她表態說「買」。

不知道為什麼，就在那一秒，嘟嘟突然聽到內心深處有一個聲音清清楚楚地響起來：「不能再這麼慣著她了！」

她很堅決地說了不買，並當場表示：「該花的錢一定會花，不該花的先別花，妳身體不好以後生病還有需要花錢的時候，我得存點錢備用。」這是從未有過的拒絕，她媽當場黑臉，好長時間不理她。

這期間嘟嘟弟弟盯上了她的車，對她說：妳現在不上班也用不著車，妳老公也有車，妳放著也是放著，不如妳那輛SUV賣給我？

弟弟出價二十五萬。

她肯定不能答應啊，那是她婚前沒日沒夜做英語教師存了好幾年錢買的，花了一百來萬呢。她弟回去跟她媽委屈了一場，她媽就找上門來了，和她大吵了一架，兩人都哭得差點昏死過去。

現在她媽回去逢人便罵她沒良心不孝順。

靈性篇　這世界不能沒有林黛玉

■ 三

　　母親節剛過，說句不合時宜的話：媽媽也是人，她們不是神，請在歌頌母愛的偉大無私時，也不要迴避她們人性中的陰暗和偏私。

　　我喜歡一位作家在關於母女關係問題上的犀利回答：「誰規定血緣關係一定是讓人產生幸福感的，有些關係大概就是還債的。」一語道破了許多畸形母女關係存在的現實。

　　母女關係也是人與人之間關係的一種，一段健康的母女關係本質上也應該符合正常的人際交往規律，包含了平等、互利、包容、自我價值保護等原則。

　　一味忍讓與遷就並不能解決問題，因為這違背了社會心理學規律，只是暫時姑息，矛盾並沒有真正理順擺平，很難不保證其實醞釀著更大的暴風雨。

　　遇到這種情況，不如都跟著《紅樓夢》裡的三小姐探春學一學──

　　在第五十五回，探春的親舅舅去世，他生前是賈府的奴才，所以需要發放一點撫卹金。因為死者身分特殊，刁奴吳新登家的便給小主子探春挖坑，想誤導她這個新手多賞銀子招人詬病，得虧探春精明，叫吳新登家的把舊帳取來參考。一看發現賞多了，便依規定將四十兩減成了二十兩，避免了徇私之嫌。

　　但不想探春的親娘趙姨娘卻找上門來大哭大鬧，探春請她坐下，翻開帳本一筆一筆講給她聽，她也聽不進去，還說了許多難聽話。把探春氣得臉色煞白淚流滿面，但到底也沒多給她半文錢。

　　有「紅迷」藉此詬病探春冷漠心狠，連親舅舅都不照顧。說這話的人

和趙姨娘是一個思維模式，典型的只講情，不講理，不體諒，不換位思考。一個庶出的小姐好不容易被管理層接納，剛走馬上任還在考察期，這個節骨眼上多少雙眼睛盯著她，盼著她出錯鬧笑話呢，她豈敢走錯一步？當媽的這會幫不上忙就算了，怎麼能去添亂拖孩子的後腿呢？

如果無條件順從才叫孝順，沒有滿足母親的無理要求就叫心狠，我看還是狠點好。

這種狠，其實體現了做人的原則性，也強調了成年人之間應有的界線感。

四

世上的媽媽有千萬種，對待的辦法也就不能一概而論，有些媽媽不講原則，沒有邊界感，視兒女如同自己的私有財產，那講愛的同時也別忘了跟她們講講理。力所能及的當然要付出給予，但如果媽媽所要的真的超出了我們能力的範圍，甚至違背了做人的原則，該拒絕的話就溫柔而堅定地拒絕吧！

也不要忘了告訴她：媽媽，我的生命是妳給的，是妳帶我來到這世上，看風看雨看太陽，走山走水走人生。我當然愛妳，我也必須愛妳，但是，我也不能只為了愛妳，而刪除了愛我自己的能力。

靈性篇　這世界不能沒有林黛玉

寶琴贏過寶釵，靠的不只是美貌，還有率真

■ 一

如果一個女孩對另一個女孩說：「我就不信我哪不如妳。」此話一出，不輸也輸了。

這話在《紅樓夢》裡也出現過。說的人，是眾人眼裡最完美的薛寶釵；聽的人，是她自己的堂妹薛寶琴。

起因是琥珀代賈母的一次傳話吩咐：「老太太說了，叫寶姑娘別管緊了琴姑娘。她還小呢，讓她愛怎麼樣就怎麼樣。要什麼東西只管要去，別多心。」

薛寶琴第四十九回才出場，作為大觀園新來的客人，一來就得到了賈母的盛寵。先是「逼著」王夫人收她做乾女兒，曹雪芹用了「逼著」兩個字，可見賈母迫切成什麼樣子，這可是從來沒有過的事。

這樣一來，寶琴就成了賈母名正言順的乾孫女，賈母把她帶在身邊自己養，晚上也跟她睡，這是一等一的待遇。

賈母寵寶琴，寵到匪夷所思，人神共憤。

天剛下雪，賈母就給了寶琴一件光彩奪目的「鳧靨裘」，這件衣服是用野鴨子頭上的毛織成的，不知道得薅禿多少野鴨子頭才能做這麼一件。這件壓箱底的天價「羽絨衣」，賈母從前都不捨得給寶玉，但現在捨得給寶琴。

寶琴贏過寶釵，靠的不只是美貌，還有率真

　　賈母看到寶琴帶著丫鬟在雪後的山坡上折梅的場景，說仇十洲〈豔雪圖〉裡的美人都比不上：因為畫裡沒有那麼好的衣服，更沒有那麼好看的人！於是很嚴肅地為難惜春，要她把寶琴雪下折梅圖畫出來：「第一要緊把昨日琴兒和丫頭梅花，照模照樣，一筆別錯，快快添上。」

　　不知道惜春會不會在心裡罵寶琴：沒事不好好待著，爬到山坡上折什麼梅，怎麼沒摔死妳呢？

靈性篇　這世界不能沒有林黛玉

這還不算,賈母頭腦一發熱,問起了寶琴的生辰八字,看那架勢是打算幫寶玉提親,幸虧寶琴已有婚約在身,這才作罷。她她她,把林黛玉往哪放?

明明寶釵才是這個園子裡寶琴最親的人,賈母倒不放心起來,唯恐寶琴受了寶釵的委屈,竟派丫頭琥珀來傳了那大一段話給寶釵。這才引出了寶釵對寶琴那句:「妳也不知那裡來的福氣!妳倒去罷,仔細我們委屈著妳。我就不信我哪些不如妳。」

這當然是一句玩笑,卻也是只有足夠親厚的人才敢開的玩笑,因為太過敏感。但能出自圓融的寶釵之口,總是讓人有點小小的意外。

她是在用開玩笑的語氣說自己的心裡話。這話裡,五分酸,五分甜,掩不住淡淡的失落和「有人這麼寵妳我也很開心,誰叫妳是我妹妹」的灑脫和釋然。

二

寶釵心裡,多少是有點想不通的吧?

過年的時候,賈母大宴賓客,在自己榻邊另設一小桌,留下幾個自己最偏寵的孩子:寶玉、黛玉、湘雲、另一個就是寶琴。親戚家的姑娘裡,偏偏沒有她薛寶釵。

她到賈府可比寶琴早多了,對賈母從來都是恭順有加。晨昏定省,承色陪坐,該做的禮數都做到了。說起來賈母對她也夠意思,還出面幫她過及笄之年的生日,給她置酒開戲,色色讓她先選。她也不傻,懂得投桃報李,樣樣都按賈母的喜好來,點吃的她就點甜爛之食,點戲她就點熱鬧諧笑的,賈母也很受用。

但是寶琴一來，一切就變了，她獨得恩寵，一時占盡風頭，連第一號的寶玉都被壓下一頭去。

但寶玉不計較：「不妨，原該多疼女兒些才是正理。」

黛玉也不計較，自從寶玉向她表明心跡以後，她安全感陡增，有愛萬事足，其他人都無所謂。

賈家三姐妹這些年早都習慣了做人肉背景板，安安靜靜看戲就好。

可寶釵不一樣，她和寶琴，都是薛家的女兒。明明從各方面，她都比寶琴做得更好，她更懂事，也更會察言觀色。和她比起來，寶琴為人處世說話行事都不夠成熟，就是長得比她略好些而已。

三

美貌當然很重要。

寶琴是《紅樓夢》裡最美的女孩子，她美得空前絕後，把寶釵都比了下去，她一出場，就像一盞燈一樣照亮了賈母已然昏花的老眼。

越是老人，越難有驚喜，一輩子下來閱漂亮人多矣，但寶琴的出現，則讓見多識廣的賈母產生了巨大的驚喜，光這驚喜就夠她自己興奮一陣子的。

像一個看膩了金銀玉器的人，忽然遇著一顆稀世碩大的天然珍珠，忍不住想據為己有，天天摩挲把玩。想把這世上所有的好東西都給她，獎賞她為自己帶來的精神上的巨大愉悅。

不要小看美貌所蘊含的能量，《京華煙雲》(Moment in Peking)裡姚家老爹看到新來的丫鬟太美貌，以至產生了巨大的恐懼，恐懼對方是天降魔

靈性篇　這世界不能沒有林黛玉

女,在他的老年階段來誘惑。

美就是這麼霸道。

但,難道,賈母疼寶琴,僅僅是因為寶琴長得比別人略好那麼一點點嗎?

四

賈母愛以貌取人,但也不會那麼膚淺到只看臉。

她獨寵寶琴,有更深層次的原因。

不排除因為元春賜禮外加金玉之說帶給她的反感,她是想借寶琴打壓一下王夫人姐妹的勢力,但真正的理由,還是寶琴更符合她內心所看重的個性標準。

除了外貌美,寶琴的內在亦很不凡。

不同於其他養在深閨拿讀書消遣的小姐們,寶琴是個見過大世面的姑娘。「讀萬卷書,行萬里路」,她從小跟著父親走南闖北,家裡各處都有買賣,這一省逛一年,那一省逛半年,薛姨媽說她「天下十停走了有五六停了」。八歲的時候就跟父親到西海沿子上買洋貨,見過如假包換的黃頭髮西洋美人。

寶釵要起社韻作詩,把所有的韻都用盡了。寶琴很不屑地說:「可知是姐姐不是真心起社了,這分明難人。若論起來,也強扭的出來,不過顛來倒去弄些《易經》上的話生填,究竟有何趣味。」

富養的女兒身上,天然帶著一種自信大方,這富養不單單是物質,還包括她的見識,見過更廣闊的世界,看問題的角度便更不拘泥。從小的旅

行讓她膽子更大，不會畏畏縮縮有小家子氣，到哪都不會怯場，該發表意見的時候絕不掩藏，敢說敢當。

這就是賈母喜歡的那一掛啊，有主見有判斷，能說能笑不唯唯諾諾，王夫人說鳳姐不懂規矩時，賈母卻說「我喜歡她這樣」。

又說：橫豎禮體不錯就行了，「沒的倒叫她從神似的做什麼？」從鳳姐到湘雲，從鴛鴦再到晴雯，還有愛耍小性的林黛玉，她從來喜歡的就是有稜有角的女孩。

寶琴雖然初來乍到，但簡單幾句對話便可看出一個人的心性，不怪賈母如獲至寶。

▌五

寶琴的個性很天真直接，有點小小的愣和鈍。

她喜歡林黛玉，就做林黛玉的小跟班，得著什麼好東西都要給林黛玉分一份，黛玉房裡的單瓣水仙，就是她轉送的。

迎春被奶媽兒媳欺負，探春使眼色讓侍書把平兒喊來。一見平兒，寶琴快人快語，拍手笑說：「三姐姐敢是有驅神召將的符術？」林黛玉冰雪聰明，俏皮地笑著跟她解釋「這倒不是道家玄術」，用的是兵法。本來火藥味很濃的場合，二人卻兀自嘰嘰呱呱取笑，弄得一旁的寶釵又是遞眼色又是岔開話地制止。

寶琴一心「粉」黛玉，但個性卻更像湘雲，寶釵說過她和湘雲都是直腸子，這兩人真是直到一塊去了。

湘雲喊她一塊吃烤鹿肉，是這樣喊的：「傻子，過來嘗嘗。」

靈性篇　這世界不能沒有林黛玉

寶琴不吃，直挺挺回了三個字：「怪髒的。」

不吃就算了，人家正吃著呢，這麼說有沒有考慮別人的感受呢？忙得寶釵又替她打一回圓場。

六

滿臉的膠原蛋白下，是未經世故的懵懂和天真。

正是這未經雕琢修剪過的真性情，才是賈母最喜歡寶琴的地方。賈母緊著保護寶琴原始的天性，唯恐她被現實和規矩過早改變失了本真和靈動，成為一個木頭美人。

賈母亦曾年輕貪玩過，在水邊玩耍還掉進水裡跌破了額頭留下了疤，她願意看孩子們正是該瘋該玩的年紀瘋玩瘋鬧，不要有太多框框限制，這樣才不算辜負青春。

所以，她才那麼火急火燎地專門派人來提醒寶釵：她還小，誰也不許拘束她，特別是妳。

特別是妳。

她太了解寶釵了，寶釵的自省自律、深諳世故、進退裁度、言語拿捏，已經遠遠超出了這個女孩子的年齡。賈母承認她很好，哪哪都好，否則不會說「從我們家四個女孩算起，全不如寶丫頭」。那表揚絕對是真心又客觀的。

但妳好歸好，我就是喜歡不起來。就像席上上了素菜，大家都說這個好對身體有益，紛紛夾一小筷子淺嘗輒止，但多汁鮮嫩的小炒肉一上來，都一言不發卻瞬間空盤。理智是一回事，感覺是另一回事，沒有什麼道理可講。

從裡到外無懈可擊的薛寶釵不明白，人對自己要求太高，修練得太圓

滑光溜不見得就能得到鑑寶人的青睞，人家只覺得太完美了一定有詐。俗話說「十寶九裂，無紋不成玉」，不完美的東西人反而願意親近，有點瑕疵反而襯得出本質的真。

這真是一個悖論，但人們偏偏都遵循。

為什麼老曹只塑造了薛寶釵這樣一個無懈可擊的人，因為他知道這樣的人一個就夠，太多了看都看得累。

為什麼如今的我們明明更強大更成熟更懂得安慰，卻再難找到酒逢知己千杯少的知音和真心疼愛我們的人？因為我們都修成了薛寶釵，百毒不侵，也習慣了掩藏真心。

為什麼我們年少時候交的朋友最真，因為那個時候，我們都還是薛寶琴，渾身缺點，稜角未損，總是用最真的面目來對人。

賈母：為什麼老年人那麼愛過年

一

《紅樓夢》裡過年，集中在第五十三、五十四回，這兩回的主角是賈母，幾乎全是圍繞著她的起居行程寫。曹雪芹就像一個全天候跟拍記者，老太太去哪，他就跟到哪。

賈母是春節期間府裡多臺晚會的總導演，指揮統籌著賈府所有的綜藝節目；副導演是王夫人，能力一般但夠資深，讓她掛個虛名；執行導演是鳳姐兒，鞍前馬後精明能幹，深得總導演的歡心。

靈性篇　這世界不能沒有林黛玉

　　賈母手握節目生殺大權，不滿意了可以現場改節目單。比如元宵節的戲曲節目，原本都是要笙笛管簫齊鳴的路數，她卻說「鬧得我頭痛，我們清淡些好」。

她讓主唱芳官唱〈尋夢〉，卻「只提琴與管簫合，笙笛一概不用」，叫他們領便當回家。讓葵官唱〈惠明下書〉，連化妝都省了，只聽嗓音和咬字。從觀眾鴉雀無聲聽到入迷的現場反應來看，這個創新還是很成功的。

但另一些就沒那麼好運了，比如語言類節目《鳳求鸞》，因為本子不親民、三觀不正被她斃了。不但斃，還封殺：「我們從不許說這些書，丫頭們也不懂這些話。」

當然像擊鼓傳花、放煙火、打蓮花落這些群眾喜聞樂見的傳統節目，她也會原封保留。特別是元宵節放煙火，真是神來之筆。

本來大家意興闌珊地都說要散了，賈母提議把炮仗抬出來放一放解酒，一下子把氣氛推到了最高潮，接著大家意猶未盡又來了一輪狂歡。

只篩選出好節目還不夠，絕不能讓舞美燈光掉鏈子。家裡到處張燈結綵、鑼鼓喧天，夜晚燈火通明，通宵達旦狂歡。

在傳承的基礎上改進，去蕪存菁，健康發展。設想賈府裡過年，假如沒有了賈母，年味至少要損一半。有這個老太太在，年才過得熱鬧有趣又不失格調。

二

除夕之夜祭完祖，賈母領著眾人去尤氏上房看茶。因為祠堂就設在寧府，大過節的，既然來都來了，尤氏又盛情招待，沒有不給人面子不去的道理。

尤氏房內的布置，在視覺上相當有衝擊力。她以紅色為主打基調，渲染出了喜慶的節日氣氛：襲地鋪滿紅氈，炕上鋪新猩紅氈，設著大紅彩繡

靈性篇　這世界不能沒有林黛玉

雲龍捧壽的靠背引枕，當地放著象鼻三足鰍沿鎏金琺瑯大火盆，裡面燃著紅彤彤的火。

所以有時候看春晚，特別容易恍惚，以為舞美是花重金請尤氏穿越過來張羅的。

尤氏還特別鍾情於皮草裝飾。

黑狐皮的袱子，白狐皮的褥子，請賈母上去坐著；

兩邊又鋪了皮褥子，是賈母一輩的妯娌坐了；

另一邊的小炕上是邢夫人等坐了，也是皮褥子伺候；

地下相對十二張雕漆椅，是給姊妹們坐的。絕就絕在這十二張椅子上，也都是一色灰鼠椅搭小褥。

畫風挺傷眼。紅通通的房間裡，賈母居中，其他人各就各位，每人屁股下面墊塊皮草，爐火旺旺，大家歡聚一堂，共祝願賈府好。特別是賈母：白狐皮的褥子猩紅的氈，上面坐著個老太太。

對這個分會場的布置，賈母本人滿意不滿意？老人家沒明說，只是「與老妯娌閒話了兩三句，便命看轎」，分明是一分鐘都不想多待。

尤氏笑著挽留：「已經預備下老太太的晚飯。每年都不肯賞些體面用過晚飯過去，果然我們就不及鳳丫頭不成？」殷勤客氣裡帶著點抱怨不甘，更是明知省事也要得了便宜賣乖。

鳳姐兒攙著賈母，笑著應對：「老祖宗快走，我們家去吃飯，別理她。」

賈母也笑：「妳這裡供著祖宗，忙的什麼似的，那裡擱得住我鬧。況且每年我不吃，你們也要送去的。不如還送了去，我吃不了留著明兒再吃，豈不多吃些。」

賈母：為什麼老年人那麼愛過年

　　老祖宗能把場面話說得這麼滴水不漏，也算是給足了尤氏面子，大家心知肚明，於是一起哈哈笑。笑聲中，賈母堅決地出門，上轎，迤邐而去。

三

　　元宵節，賈母自己在家裡擺席請了一次客，一共十來席。

　　席上吃了什麼，老曹未提。反是把席間陳設細細描述了一遍。

　　每一席旁邊設一几，几上焚著御賜的百合香；擺著新鮮花卉小盆景，還點著山石、布滿青苔；又有小洋漆茶盤，裡面是舊窯茶杯和十錦小茶吊，泡著上等名茶；各色舊窯小瓶中都點綴著「歲寒三友」、「玉堂富貴」等新鮮花草。這是宮香、花香和茶香的芬芳天地。

　　又重重提了一筆「慧紋」。姑蘇善繡女子慧娘，精於書畫，所繡之花卉，皆仿唐宋元明名家的折枝花卉，格式配色皆從雅，花旁還繡有題花的詩詞歌賦，皆用黑絨繡出草字，筆畫勾踢、轉折、輕重、連斷皆與筆草無異。

　　慧娘只活了十八歲，留下寥寥幾件繡品，被人稱為「慧紋」，一價難求。

　　「凡所有之家，皆珍藏不用」，但賈母卻將嵌有慧紋的十六扇紫檀透雕瓔珞，大大方方擺出來做裝點。

　　與尤氏逼人的華麗富貴不同，她用文藝的格調營造出了一種精緻的奢華。年在她手裡，有了質的改變。

　　賈母也不入席，她歪在自己的矮足短榻上，讓琥珀用美人拳幫她捶腿。身下也鋪著皮褥子，但此刻的皮褥不再是讓人緊繃用來鋪排的道具，

靈性篇　這世界不能沒有林黛玉

只是一件讓人舒服使用的生活用品。

榻下不擺席面,擺了兩張物件,一張是高几,另一張是高桌。

高几上面沒有擺菜,擺的是瓔珞、花瓶和香爐。小高桌前坐著她最偏心的寶玉,和她最疼的三個親戚家女孩子:黛玉、湘雲,還有搶了寶釵風頭的寶琴。

菜端上來,看著順眼的便夾一箸,餘下的再端走。她的目的不在吃,而在看。光是笑語喧譁之中,瞇眼看著滿堂子孫盡情享用,就已經心滿意足。

此刻的賈母,同輩人多已作古,她滯留人間,俯瞰眾生。這一生浪奔浪流風起雲湧,「淘盡了世間事,混作滔滔一片潮流……似大江一發不收轉千彎轉千灘……又有喜又有愁……」或許是生離死別都已見過,所以更懂得好好享受當下這一刻。

夜至三更,賈母感到「寒浸浸」的。王夫人勸她:「老太太不如挪進暖閣裡地炕上倒也罷了。這二位親戚也不是外人,我們陪著就是了。」

賈母執意不肯,說要進去大家一起都挪進去。

王夫人說裡間恐怕坐不下。

賈母說:我有辦法。

她的辦法是「大家坐在一處擠著,又親香,又暖和」。

所有的老年人都怕三樣東西:怕死,怕冷,怕寂寞。

所以只有他們會格外熱愛過年,於他們而言,過年是又一次涉險過關的僥倖,更是和這世界拉近距離的契機,讓他們可以名正言順地把孩子們聚攏在身邊,可以沾一點他們的溫暖和能量,可以巧妙而正大光明對他們

說出：我想要你們所有人都陪著我，親香暖和，相偎相依──

從這個方向看過去，過年真好。

香菱：我講一個姑娘的故事，你可別哭

一

乍見香菱，任誰都會驚豔一番。剛到賈府，雖然她才是個剛留了頭的貪玩小丫頭，但她往梨香院門前那臺階上一站，眉心一點胭脂紅，儼然一個亂世小佳人。

周瑞家的說她相貌氣質像東府裡的秦可卿；賈璉感嘆她「生得好齊整模樣」，竟是薛大傻子的人；鳳姐兒誇得更全面，說「模樣好還是末則，其為人行事⋯⋯溫柔安靜，差不多的主子姑娘」都趕不上她。

大家都惋惜：好白菜讓豬拱了。

可是令人詫異的是，被薛蟠擄來的香菱，跟讀者打的第一個照面，卻和想像中太不一樣。她表情輕鬆，「笑嘻嘻的走來」，毫無半點悽慘相。

回溯她的身世，此刻也該笑，因為命運似乎正在觸底反彈。

身在薄命司金陵十二釵副冊，比襲人、晴雯的地位高一檔。

出身雖非貴族，也是中產階級家庭中祝英台式的獨生小姐。被父母捧在手心裡長到五歲，僕人霍啟帶她元宵節觀燈時被人拐走。從此人生成為一場煉獄：在拐子手裡被虐待了七八年，作為一件美麗的商品被明碼標價。

靈性篇　這世界不能沒有林黛玉

這期間命運出現過三次轉機：

第一次是拐子帶她租房時，房東門子恰是當年她家隔壁葫蘆廟裡的小沙彌，小時候天天逗她玩，故一眼認出了她。但是，他只是問問，滿足一下好奇心就算了。

第二次是馮淵對她一見傾心，非她不娶。她也自嘆：「我今日罪孽可

香菱：我講一個姑娘的故事，你可別哭

滿了！」不想拐子又將她賣給了薛蟠，馮淵被後者活活打死，她被擄走。

第三次是她離回家最近的一次。案宗放在賈雨村案上，賈雨村受過香菱父親的大恩，娶了她家的丫鬟，與她家亦有來往，但為了巴結四大家族，愣是忘恩負義，胡亂判案，任她自生自滅。

這姑娘一路走來，就沒遇見過幾個好人。

怪不得她如今要笑：來到薛家後，沒有了打罵虐待，天天好吃好穿。又很得薛姨媽的喜歡，寶姑娘也十分寬和，如今客居的賈府又是個厚道人家，算是不幸中的幸。

從前太苦，如今給半顆糖都覺得分外甜。

二

考察了香菱一年多，薛姨媽擺酒請客，把她鄭重地交到薛蟠手裡，正式地做了他的妾，給了她個名分。沒幾天他新鮮勁一過，將她看得「馬棚風一般」，但香菱沒有半點哀怨，總算是有了一個正經八百的歸宿，薛家又是大富之家，她很是知足。

有一次和黛玉論詩「渡頭餘落日，墟裡上孤煙」，她還能若無其事談到被薛蟠擄上京時，傍晚船頭上看到的景色恰與詩中相似。語氣恬然，彷彿被擄是一段美好的回憶，對薛蟠是一片認了命的柔情。

薛蟠因為調戲柳湘蓮捱了打，她心疼得竟哭腫了雙眼，完完全全是個深愛夫君的小媳婦。因為捱打太丟臉，薛蟠打算出門走個一年半載，她又溫馴體貼地幫他收拾好行李，送他上路。然後跟著寶釵入住了自己一直嚮往的大觀園。

靈性篇　這世界不能沒有林黛玉

　　大觀園是美好故事的集結地。就是在這裡，香菱開始進入人生的第二個上升期——她學會了寫詩。因為聽說主子們起了詩社，她竟也動了想學寫詩的念頭。

　　詩於香菱，除了療癒，更是進一步的人生追求，絕不是要單純地附庸風雅。在這一階段，她已經不再滿足於吃飽穿暖，不捱打受虐，她的自我意識開始覺醒，知道「生活不只眼前的苟且，還有詩和遠方的田野」，思想層面從現實上升至精神。換句話說，是心越來越高了。

　　寶釵看得很準，說她是「得隴望蜀」，這句話其實很重，是敲打她要安分。但香菱已經聽不進去，她看到了自身生活之外的另外一種可能，怎麼肯停下前進的腳步？

　　寶釵不教，她就找黛玉，黛玉很仗義地一口答應下來：妳敢學，我就敢教。寶釵抱怨黛玉把她教入魔了，黛玉說：「聖人說『誨人不倦』，她又來問我，我豈有不說之理。」本想冷處理，先晾一晾香菱的寶釵，沒料到黛玉會中途截和，用她熾熱的心腸承接住了香菱的熱望，更別提後來還有湘雲的神助攻。雖然自始至終寶釵都沒有明著反對，但是種種跡象表明，她不支持。

　　香菱可顧不了那麼多，她無比珍惜這個機會，其專注與勤奮，到了廢寢忘食夜以繼日的地步，連做夢都在寫。一首不行兩首，兩首不行三首，直到老師滿意才罷休。

　　終究不白學，蘆雪廣聯詩，她已經能跟著摻和一半句了；紅香圃射覆，這麼高難度的文字遊戲，漸漸上手到後來都能引經據典地駁倒湘雲。一個沒受過什麼教育的底層女孩，愣是憑藉悟性和自學登上了大雅之堂。連寶玉都感嘆：「老天生人再不虛賦情性的⋯⋯可見天地至公。」

香菱：我講一個姑娘的故事，你可別哭

三

　　這段日子，真是香菱此生最充實也最快樂的一段日子。

　　除了長本事，還多了一大群同齡的朋友。

　　她可以和林黛玉平起平坐講律詩談見解，說對了被鼓勵，說錯了也不會被嘲笑，全是善意的教引；

　　她可以和湘雲沒日沒夜地高談闊論，杜工部溫八叉李義山韋蘇州一一道來；

　　她可以隨隨便便拍公子哥寶玉的肩膀，活潑調皮宛如一個未經世事的小可愛。

　　因為身分介於主子和丫頭之間，她還可以自由穿梭於兩個階層。能在芍藥廳中和眾主子射覆行令，也能轉場和丫頭們席地而坐玩「鬥草」。

　　在賈府，她無時無刻不是笑著的。她在紫菱洲前對著寶玉「笑嘻嘻地拍手」；

　　她手拿《王摩詰全集》，「笑吟吟」走進瀟湘館找黛玉換杜律，原文中她從頭到尾沒有一句話不是笑著說；

　　她被探春正經八百地補柬邀進詩社，她笑著說：「姑娘何苦打趣我，我不過是心裡羨慕，學著頑罷了。」雖是自卑，但也是歡喜的。探春和黛玉的回答更讓人心頭一暖：誰不是玩呢？

　　從前她遇到的都是壞人。而今，她周圍都是和顏悅色的好人，他們尊重她、呵護她、鼓勵她，他們帶她賞雪觀花、對月吟詩，讓她忘掉從前那段不堪回首的過去。痛苦是海，大觀園便是渡她的船，將她載到了光明的對岸，生出了幸福可以把握的幻象。

靈性篇　這世界不能沒有林黛玉

　　此刻的香菱，從精神上已經徹底脫胎換骨，所以到後半段，她已經可以一邊坦然接受襲人的餽贈，一邊從容地扔掉自己沾泥的裙子，再也不是從前那個畏畏縮縮被「打怕了」的被拐女童了。

四

　　每讀《紅樓夢》到六十二回，便覺書頁上玉動珠搖，笑語喧譁，花香盈鼻。寶玉、寶琴、岫煙和平兒四人同一天過生日，好不熱鬧。以歌為喻，如果說紅香圃中眾芳行樂是女聲大合唱，湘雲醉酒是美聲獨唱《飲酒歌》，那接下來的呆香菱情解石榴裙，便是演繹了一段清新的民間小調，濃起而淡收。

　　本來是丫頭們一起「鬥草」：觀音柳對羅漢松，君子竹對美人蕉，月月紅對星星翠⋯⋯香菱拿「夫妻蕙」對了荳官的「姐妹花」，惹來一陣嘲笑，說她想漢子了。

　　打鬧中，她新做的石榴紅綾裙子滾在泥水中弄髒了。寶玉怕她挨薛姨媽的嘮叨，便叫她在原地別動，回去找襲人把新做的那條一模一樣的送給她。襲人當即「開箱驗取石榴裙」，一路送過去。

　　等香菱換上裙子，襲人要好人做到底，說：「把這髒了的交與我拿回去，收拾了再與妳送來。妳若拿回去，看見了也是要問的。」

　　香菱的回答很出乎意料，她乾脆地說：「好姐姐，妳拿去不拘給那個妹妹罷。我有了這個，不要它了。」襲人也詫異：「妳倒大方的好。」

　　這邊廂香菱道個萬福，穿新棄舊瀟瀟而去，毫不留戀和糾結，斷捨離得那叫一個乾淨。

法頂禪師有云:「擁有一個的時候,不要企圖擁有兩個。怕窮的心態本身就是一種窮。」在物質上敢喜新棄舊的都是自信的人,內心有底氣,行事才闊氣。

將汗裙子一丟了之的香菱本人,正如同一隻將蟬蛻丟在身後的小知了,儘管嬌弱,卻依然努力抖動著薄紗翅膀,吸吮著生活的養分,順著生命的樹幹慢慢攀緣而上。

她有她的呆,也有她的勇。儘管,這勇帶著不諳世事的幼稚,太年輕的時候,誰不是這樣呢?總有一天生活會教訓你:搞得定眼前的苟且,才有資格去觸碰詩和遠方。

五

當聽說薛蟠要迎娶夏金桂時,她竟然比誰都迫切,一廂情願地認為夏金桂既然是個大家閨秀,也一定和黛玉、湘雲們一樣好相與。聽說對方識文斷字,她大概還有過有機會一起切磋切磋的妄想吧?

寶玉替她「擔心慮後」,她還生氣,嫌寶玉對她越界關心,她以為大觀園裡烏托邦式的美好可以複製。

然而,命運當頭一盆涼水將她澆蒙。她很快就遭遇了命裡的剋星,夏金桂步步為營步步緊逼,她沒有還手之力,只有一味討好奉承,企盼對方給她一點容身之地,卻不知這是在與虎謀皮。

當夏金桂找碴說她的名字取得不通時,她天真地普及一大通菱角花荷葉蓮蓬雞頭葦葉蘆根的「清香論」;

夏金桂笑裡藏刀要改她名字,又裝模作樣說怕寶釵不悅時,她笨拙地

靈性篇　這世界不能沒有林黛玉

表忠投靠:「奶奶有所不知,當日買了我來時,原是老奶奶使喚的,故此姑娘取得名字。後來我自服侍了爺,就與姑娘無涉了。如今又有了奶奶,益發不與姑娘相干。」

這一折看得人真心酸,那個死腦筋要學詩的香菱哪裡去了?只剩下一個卑微諂媚的叫「秋菱」的小妾。像一隻被放到蒸鍋上小火慢蒸的小白兔,已經蒸軟了骨頭。

饒是這樣,還是沒有逃過接二連三的陷害。

金桂先是故意設計讓香菱去撞散薛蟠和寶蟾的「好事」,激怒薛蟠;再是以讓香菱陪睡為名夜夜折磨她;最後乾脆連巫蠱之術都拿出來了,往她身上栽贓。

而真正讓香菱崩潰的,是薛家一家人的冷漠無情。她視薛蟠為天,薛蟠卻對她施以棍棒拳腳;她視薛姨媽為母,薛姨媽卻不為她主持公道,為了清靜當即要再次賣掉她;曾呼她為「菱姐姐」的寶釵攔了下來,但話語間卻充滿了息事寧人的算計:

一、我們家一向只買人不賣人,賣人讓人笑話;

二、哥嫂嫌她,那就給我使,我正也沒人使;

三、從此不叫她到你們眼皮子底下去,跟賣了是一樣的。

寶釵這番打算,等於是向金桂妥協,正式取消了香菱在薛家的名分,讀到這裡,不禁齒寒心冷──這樣的薛家,不敗亡都沒有天理。

六

　　香菱從此成了寶釵開恩留養的一條「流浪狗」，只能一心一意跟著寶釵。但終不免「氣怒傷感，內外折挫不堪」，消瘦、低燒、厭食，釀成「乾血之症」。哀莫大於心死，求醫問藥怎麼可能管用？

　　「回憶燒成了灰，還是沒等到結尾」。要摧毀一個人，莫過於將她失去的東西，先一樣樣加倍還給她，再翻臉無情一次性奪光，這叫殺人誅心。

　　不愧是「釵在奩中待時飛」（賈雨村字時飛），賈雨村和薛寶釵素未謀面，在處理香菱的事情上卻賊有默契，賈雨村袖手旁觀任她自生自滅，薛寶釵息事寧人得過且過。這是為什麼？

　　某知名人物說過一段話，大意是每一個上層社會的人都是一個個體，面對低階人群，他們並不會組成一個祕密會議集團來刻意謀害，但在非故意的情況下，行為往往出奇的一致，從而造成不幸的後果──這真是道破天機。

　　「螻蟻之命，何足掛齒」。在他們的潛意識裡，香菱的分量太輕了，既犯不上為她出讓自己階層的利益，更沒必要替她爭取甚至戰鬥。賈雨村要的是官運亨通，薛寶釵要的是耳根清淨，犧牲她如果能獲得利益最大化，也就任她犧牲，無所謂了，反正自己不需要付出半點代價。

　　雖然續書裡這樣寫：夏金桂害人不成，害了自己性命，香菱揚眉吐氣地被扶正。但我們都知道這不會是原作者本意，如果那樣的話，香菱的本名就不叫英蓮（應憐），而該叫嬌杏（僥倖）了，「自從兩地生孤木，致使香魂返故鄉」就無從談起。

　　香菱之殤，講的是一個自我疊代能力極強的美貌女孩兒，在三百年前

靈性篇　這世界不能沒有林黛玉

階層固化的社會裡，被命運的潮流拋送到上流社會，被收留又被拋棄的絕望故事——這故事的名字，叫「幻滅」。

深諳階層遊戲路數的曹雪芹，像一個有良知的目擊者，沒有選擇沉默路過，更不打算替誰粉飾太平。他站了出來，強忍眼淚，聲音顫抖，一字一頓，原原本本地，說出了香菱所謂「平生遭際實堪傷」的真相。

夏金桂：吃相太難看，做人也必定不好看

一

夏金桂面前擺著一盤子乾炸雞骨頭，「嘎巴嘎巴」嚼得那叫一個香。吃這玩意牙口必須好，嚼不碎會扎了喉嚨。胃也得好，消化功能不強大的人就免了，比如黛玉：吃鹿肉不消化，吃一點螃蟹心口都微微疼，雞骨頭，想都別想。

薛蟠當初曾被林黛玉的風流婉轉酥倒，最終娶回家的卻是一個鐵齒鋼牙的姑奶奶。命運啊，怎麼就這麼會開玩笑。

夏姑娘一出場就十分搶戲：挾制老公，陷害小妾，頂撞婆婆，擠對小姑，最後與自己的心腹陪房丫頭寶蟾都糾鬥不休，搞得闔家人仰馬翻雞飛狗跳。

莫說言行舉止，連吃東西都顛覆了全書前七十九回中一以貫之的文雅講究。

夏金桂：吃相太難看，做人也必定不好看

　　本來《紅樓夢》裡的飲食之精美豐富令人目不暇接，處處都是好看好吃甚至名字好聽的食物。

　　賈母年老，喜甜爛之物，她賞給秦可卿的是山藥糕，棗泥餡的，又香甜又綿軟；

　　寶玉病中想吃的是「小荷葉小蓮蓬的湯」。蓮葉羹，借了新荷葉的清香煮湯底，湯裡再煮麵製小工藝品，用銀模子印製而成，每顆只有豆子

靈性篇　這世界不能沒有林黛玉

大,做成菊花梅花蓮蓬菱角等各色形狀,花樣有三四十樣之多,是殿堂級的「貓耳朵」,這等講究,絕對秒殺地主家的「蟹八件」。務實的鳳姐鄙夷這玩意「太磨牙」,「究竟沒意思,誰家常吃它了」。對呀,這東西真不是一般人家吃得到的,連見多識廣的富貴師奶薛姨媽都自卑:「你們府上也都想絕了,吃碗湯還有這些樣子。若不說出來,我見這個也不認得這是做什麼用的。」

劉姥姥進了大觀園,鳳姐推薦給劉姥姥的是雞香茄鯗,工序之煩瑣讓劉姥姥聞所未聞;當日的下午茶配了四樣點心:藕粉桂花糖糕、松穰鵝油卷、螃蟹餡的小餃子,奶油炸的各色小麵果。劉姥姥見小麵果子一個個玲瓏剔透,揀起一朵牡丹花樣的愛不釋手,都不捨得下嘴,想私藏帶回家做個花樣子。

平日裡的飲食雖一帶而過,但也全部冠以精細風格。賈珍吃不下飯,鳳姐派人送去的是「細粥和精緻小菜」,薛姨媽端給寶玉的是「細巧茶果」,妙玉請茶,用的水是梅花上的雪。

也就豪爽如湘雲,才會興起去烤鹿肉。黛玉譏諷,寶琴嫌髒,她自辯「是真名士自風流」。在這裡,玩和叛逆的意義大過了吃。唯其絕無僅有,才值得特記一筆。

前七十九回的美食集結起來,簡直可以拍一部系列紀錄片。

■ 二

但不想八十回原文結束處,讀者迎來了夏姑娘,她一登場飲食界,先打爛一個精緻的舊世界,再重建一個粗暴的新世界。

天天殺雞鴨,把肉賞了人,只單以油炸焦骨頭下酒。

夏金桂：吃相太難看，做人也必定不好看

飲食愛好多少可以反映出一個人的秉性。茹素者多清心寡欲自得其樂，少與人一爭長短，出家人、居士、大善人居多；而好鬥者多喜葷，《水滸傳》裡那些好漢，動輒就是二斤牛肉，吃完了甩膀子砍人。

但像夏金桂這種的吃法可是前無古人。說一個人心狠，莫過於其「吃肉不吐骨頭」，夏金桂更狠：「不吃肉只吞骨頭。」

原文說金桂「頗步熙鳳之後塵」，口舌心機惶不多讓，在吃上兩人也有共同愛好，都喜歡吃禽類。鳳姐吃雞喜歡「燉得稀爛」，並未翻新花樣，不如金桂棄肉炸骨這般刁鑽 —— 刁鑽是刁鑽，但可惜輸在了缺乏藝術性的想像力上。

天天殺雞，怎麼就想不到像人家賈府那樣配個茄鯗吃呢？也用雞油炸茄子丁，用雞脯子肉做配菜，再用雞湯煨乾，加油封存，要吃的時候再用炒雞瓜拌，演繹成劉姥姥嘴裡「我的佛祖，倒得十來隻雞來配他」的奢華大菜，生生把茄子從平民路線提升成宮廷樣貌。

夏家大富不假，但文化底蘊這東西卻不是靠錢堆的，在吃上，金桂直接露出了暴發戶的尾巴。把雞骨頭炸焦了當洋芋片吃，不知道她除了撒鹽，還撒不撒孜然？

如此看來，夏金桂和她媽一眼相中薛蟠，大概就是相中了他的暴發戶氣質。薛蟠吃東西，個頭越大越好。猶記得他有一次把寶玉騙出來，激動地說現有四樣稀罕東西「除了我只有你配吃」。這四樣是鮮藕、西瓜、鱘魚和暹豬，可憐孩子沒文化，不會形容，全程只會乾巴巴地說「這麼粗這麼長」、「這麼大」、「這麼長」、「這麼大」。平日不學無術的人，在這上面竟有了求知欲：魚和豬倒也罷了，這藕和瓜難他種得出來？不會是基因改造吧？

靈性篇　這世界不能沒有林黛玉

這等粗蠻憨直，可不正合了丈母娘的口味。自己女兒秉風雷之性，本就不好相與，這樣一個有錢無腦的適齡男青年送上門來，正是合適的女婿人選。難怪「一見，又是哭又是笑，比見了親兒子還勝」。薛蟠身為外貌協會資深會員，只看臉，別的一概不管，猴急猴急地把金桂娶了回來。從此開始互相傷害，為民除害。

三

曹雪芹寫林黛玉第一次在賈府裡進餐，氣氛莊重。李紈捧飯，鳳姐安箸，王夫人進羹，旁邊丫鬟執著拂塵、漱盂、巾帕。外面伺候的人雖多，但一聲咳嗽都不聞。寂然飯畢後，要茶湯漱口，淨水盥手，再一杯香茗伺候。當然賈府裡也食葷腥，熱熱鬧鬧聚在一起吃螃蟹，但是人家會配合歡花浸過的燒酒，吃畢用菊花葉兒桂花蕊燻的綠豆面子洗手，去腥去油，清爽芬芳。

再看看夏金桂怎麼吃，一邊嚼骨頭一邊喝酒，吃得不耐煩了，還要爆粗口罵街：「有別的忘八粉頭樂的，我為什麼不樂！」這畫風，哪裡是大家閨秀，分明是《水滸傳》裡的孫二娘。

吃相是家教的體現，也間接看出其面對世界的態度。

夏金桂自幼喪父，被寡母寵得無法無天，凡事以自我為中心，視自己為菩薩他人如糞土。就拿專吃炸雞骨這件事來說，有教養的人家即使再有錢，也不會允許女兒這麼糟蹋食材，不是吃得起吃不起的問題。

敗家只是一方面。這種肆無忌憚的吃法與吃相，也與她對待周圍人的態度，無不一一對應印證。她那不加掩飾的任性與刁潑、狠毒與陰險，通通外化成那個吃雞骨的畫面，令人不寒而慄：薛家人如同一盤焦骨，任由

她嘎巴巴一一嚼碎。

牙口好，能量就足，能量足，鬥志就強。一個人吃東西像什麼，弄不好性情上就會成為什麼，細思極恐。

四

薛蟠與金桂成親沒多久，就開始內鬥，以薛蟠被制服告終。

紙老虎遇到了母老虎：他持棍，金桂就把身子送到棍子下；他持刀，金桂就把脖子伸給他。若是換了柳湘蓮，夏金桂絕對不敢試，她吃準了薛蟠沒這個血性。對呀，你一個吃瓜吃藕的群眾，還想跟人家專嚼硬骨頭的鬥？

這一回的題目叫「薛文龍悔娶河東獅」，薛蟠很快就為自己的閃婚付出了代價，奈何請神容易送神難。看來還是賈母的主意好，幫寶玉挑老婆特意囑咐：「只是模樣性格難得好的。」除了模樣，一定還要看性格。

所以啊，人們喜歡在飯桌上交際是有道理的。想真正了解一個人，只看外在條件和背景往往不可靠，至少，應該與其坐下來吃頓飯，因為吃相往往決定著品相。在這一頓飯裡，彼此的習慣、家教、性情也許都會一一露出端倪。這一頓飯，決定著今後這一生，還要不要與對方在一起吃很多很多頓的飯。

靈性篇　這世界不能沒有林黛玉

嬌杏：為什麼命運給你的都是恰恰好

一

嬌杏的人生故事，是由很多「恰好」組成的。

賈雨村恰好來甄府做客的那天，恰好嚴老爺也來了，甄士隱連忙撇下他去迎接，在書房裡百無聊賴的賈雨村，只好翻書看；嬌杏恰好來到書房窗外，又恰好咳嗽了兩聲。

賈雨村往窗外一看，恰好看到了她：夏日，窗前，正在擷花的少女。落在書生賈雨村眼中，就是一幅清涼養眼的畫卷。

嬌杏不是一等一的漂亮姑娘，但卻有一種罕見的「高級美」，書裡說：「生得儀容不俗，眉目清明，雖無十分姿色，卻亦有動人之處。」

曹雪芹寫人真是絕了，不落實處，只用「儀容不俗，眉目清明」這八個字寫意，讓人眼前一亮，又頗引人遐想，到底是個怎樣特別的姑娘，讓人捨不得移開目光？

美而俗者眾矣，但雖無十分姿色，卻自有一種卓然不俗氣質的女生，在任何時代都是稀缺的。換句話說：雖是小配角，卻長了一張女主角的臉。

不怪「雨村不覺看的呆了。」

嬌杏一見是陌生男人，慌忙閃避。即便躲閃，慌亂之間也很清晰地思辨分析了一番，單看這段內心獨白，便知這姑娘真是當得「不俗」二字，邏輯、條理、直覺都相當好。

076

她是這樣想的：這人長得這麼爺們，穿戴卻又如此魯蛇，可能就是我們老爺總想資助的賈雨村了。嗯，我們家沒有這樣的窮親戚，一定是他。看那氣場，的確將來不是一般人。

拋開人品不談，賈雨村還是挺有男人魅力的。俗語說「寧生窮命莫生窮相」，賈雨村生得腰圓背厚，面闊口方，劍眉星眼，直鼻權腮，堪稱相貌堂堂。

靈性篇　　這世界不能沒有林黛玉

　　發現沒有？這兩人是有共同點的：此刻雖然都還處在社會底層，但論外表和資質都是屈身在槽櫪之間的駿馬。平心而論，真的挺般配。

　　嬌杏邊走邊又回頭看了兩次，恰好看了賈雨村三次。想小紅初見賈藝，一聽說是本家爺們，便下死眼盯了兩眼，潛意識裡已經有了目標和想法。而嬌杏，她沒有想那麼多，她頻頻回頭看他，只是單單出於好奇和一點點欣賞——在她這裡，也就到此為止了。

　　然而恰是這三次回眸，激發出了雨村彪悍的想像力，讓懷才不遇的人心頭升起一股柔情。「沒有陽光的時候，以陽光的幻想度日」，他一廂情願地認她做了自己落難時的紅顏知己，接下來一直對她念念不忘。

　　中秋之夜，他對月吟詩，抒發自己對嬌杏的思念之情：「自顧風前影，誰堪月下儔？蟾光如有意，先上玉人樓。」

　　這還不是張生崔鶯鶯的《西廂記》，只是一個窮秀才暗戀別人家小丫鬟的故事，應該取名叫「未發生」，因為他們什麼都沒發生過，一切都是賈雨村幫自己加的內心戲。

　　情感沒有貴賤之分，這段相識於微時的暗戀沒有半點低廉做作，反而因為淡淡的苦澀充滿了小清新式的悵然美感。單把這段故事擇出來看，賈雨村雖然囿於自身當時的窘迫與清高，沒有求親表白，但他對嬌杏，那是真走過心用過情的。

　　如果這個故事，真的像《西廂記》那樣大團圓結尾就太俗了。真實情況是秀才後來上京趕考高中，明媒正娶了一房太太，從此走上功成名就幸福美滿的人生巔峰，當初他暗戀的姑娘已漸漸淡忘。

　　丫鬟所伺候的主人家卻屢遭變故，她開始跟著顛沛流離。先是小姐被拐，再是家宅遭火災，無家可歸之後寄宿於女主人娘家，僅剩的一點家底也

被倒騰光了，男主人懸崖撒手跟著跛足道人一走了之。她對女主人不離不棄，相依為命，靠做針線工作度日，對於曾經的秀才暗戀過她這件事完全不知情。

他們已經是兩個世界的人。

二

幾年後的嬌杏上街，恰好知府大人的轎子路過，互相打了個照面，她覺得有點眼熟，也沒放在心上。

哪知這不以為意的一瞬，竟然是她命運的一次大轉折。轎子裡的人，是賈雨村。

當年嬌杏的三次回眸如驚鴻一瞥，成了賈雨村人生晦暗記憶中的一抹亮色。就算幾年後，他紅袍加身，坐在大轎子裡招搖過市，也能在匆匆一瞥的須臾之間，將嬌杏從人流裡辨認出來，可見的確是有幾分刻骨銘心。

還等什麼呢，他如今不再是卑微的暗戀者，已有資格說要她。賈雨村是個有決斷、行動力相當強的男人，嬌杏次晚就被一頂小轎抬進了洞房，懵懵懂懂做了知府老爺的二夫人。曹雪芹寫，在街上重逢的那天嬌杏正在買線，分明是在調侃他們二人「千里姻緣一線牽」。

最美好的初見是什麼？是「沒有早一步，沒有晚一步，剛巧趕上了」。

最美好的重逢是什麼？是「悠悠歲月漫長，怎能浪費時光」，這一次既然又恰好遇到，我決計不再錯過你。

他勢必會好好疼她。賈雨村是個裡外分得很清的利己主義者，對別人狠，對自己人卻很周到。

靈性篇　這世界不能沒有林黛玉

嬌杏很得寵，過門一年後，就生了孩子，恰好是個兒子，算是立了大功。

又過了半年，正室恰好忽然染病去世，雨村就將她扶了正。

這一切的恰好，成就了嬌杏的好運人生。在短短兩年不到，就完成了社會階層三級跨越，從一個沒落人家的下人，先變成了知府大人的二房，再變成如假包換的知府夫人。

所以，嬌杏名字的諧音是「僥倖」，她的運氣簡直不要太好，堪比灰姑娘仙度瑞拉。

誰能料到，這一切的開端，皆源於那個帶著八卦意味的回眸呢？連曹雪芹都要感嘆：偶因一著錯，便為人上人。

這感嘆是意味深長的，要知道，嬌杏伺候的甄家小姐英蓮（應憐），此刻已經被拐被凌辱，淪為紈褲子弟薛蟠的受氣小妾香菱。

命運就是這麼蠻不講理啊，額外贈給一些人什麼，就必定要從另一些人手中搶走一些什麼。

三

嬌杏後來沒有再出現過，就像童話故事裡說的那樣：她過上了幸福快樂的生活。雖然賈雨村也曾遭貶謫過，但還是先將她送回原籍安排妥當，自己才出去混江湖。作為賈雨村的女眷，她衣食無憂，比之從前做女奴還是好多了。

這個人物竟然這麼憑空消失了。

可是，總覺得不應該這麼簡單。

按曹雪芹慣用的草蛇灰線的手法，他應該是會留下一些路標。

知道英蓮下落的，只有賈雨村，另外一個知情人門子，已被他發配充軍；

甄家夫人如果要找回女兒，只能從賈雨村處開啟缺口；而連線甄家和賈雨村之間的關鍵人物，只有嬌杏。

其實從第八十回開始，命運已經開始將英蓮也就是後來的香菱，一點點推送著走向回家的路。自從薛蟠的正室夏金桂進門後，香菱被欺侮凌辱得沒有立錐之地，是寶釵收留了她。而寶釵以後嫁給寶玉，香菱也應該跟在身邊。

別忘了，賈雨村與寶玉是時常要見見面的。

西方有句諺語講過「找人規律」：如果你想找到一個人，中間轉折不會超過六個人。

按照這樣的機率，不妨做一個大膽的推測：寶玉婚後，寶釵作為女眷與雨村夫人有了一些來往，在一個偶然的場合，嬌杏看到了寶釵身邊伺候的香菱，後者眉間的胭脂記讓她一眼認出了這就是當年被拐走的小姐——這才是老曹讓香菱長胭脂記的用意，他不會有一筆閒文，讓這胎記白長。

許多謎底據此揭開，書一開始賈雨村出場，就寫了兩句詩：「玉在櫝中求善價，釵於奩內待時飛」，恰好暗含《紅樓》兩大女主名字：黛玉，寶釵。賈雨村表字時飛，這後一句分明是暗示寶釵與賈雨村有過直接或間接的交集，很大可能與香菱有關。

每一個節點上的人物都不應該忽略，回頭再看看，老曹這是下了一盤多大的棋。他之所以讓嬌杏一次又一次的恰好「僥倖」留在賈雨村身邊，大概就是要讓她擔負一個這樣的任務：最後送香菱回到母親身邊去。

也似乎是要給讀者們一個交代，甄士隱一家善良敦厚，不應該讓他們一慘到底骨肉永生分離，那樣寫太不人道。香菱的判詞是「自從兩地生孤

靈性篇　這世界不能沒有林黛玉

木,致使香魂返故鄉」,很可能是在生命的最後時刻,她才得以返鄉。

可惜,後四十回遺失不見,高鶚的續書中把嬌杏寫丟了。而作為讀者,我們仍然願意懷著美好的願望相信嬌杏良知未泯有情有義,不會像賈雨村那樣精明冷酷忘恩負義,她一定會善待香菱,替丈夫贖罪消孽,親手護送香菱回到母親的懷中。

畢竟,曹雪芹不會平白無故地去讚誰「儀容不俗,眉目清明」,正是嬌杏身上所自備的這一點不俗和清明,成為香菱黑暗世界裡的一點微光,照亮了她最後一段回家的路。

王夫人:母親要的並不多

一

寶玉的一生中,嚴格來講有四個母親。

第一個母親,是他的生母王夫人,是她給了他生命;

第二個母親,是他的奶母李嬤嬤,她用自己的「血變的奶」哺乳他長大;

第三個母親,是他的祖母史老太君。他從小留在賈母身邊長大,全憑賈母悉心照顧,祖母盡的是母親的照看責任;

第四個母親,是他的長姐元春。寶玉出生時王夫人已近年邁,元春便主動擔起了弟弟的教養擔子,「同隨祖母,刻未暫離」。寶玉才三四歲,元春已經教他認了好幾千字。「其名分雖係姊弟,其情狀有如母子。」

只可惜啊,女大不中留,這個小「母親」沒等到寶玉長大,就被皇帝

老兒收走啦。

奶母李嬤嬤待到寶玉長大,也告老解事了。

寶玉就在賈母和王夫人這兩位眼皮子底下待著。按理說,有共同愛的人,婆媳齊心其利斷金,應該把寶玉教得更好才是。

但全然不是這麼回事。

二

這兩位的教育理念大相逕庭。

賈母溺愛太過,王夫人又慈愛欠奉。

寶玉摔玉,賈母勸說了一句話,令人瞠目結舌:「你生氣,要打罵人容易,何苦摔那命根子!」這真是視自己為金玉,視他人如糞土。誰規定的生了氣,就能拿別人當出氣筒,隨便打罵?還有沒有人權了?聯想後來寶玉踹襲人心窩子的那一腳,何嘗不與潛意識裡賈母的教導相關?

寶玉長大了,自然要念書,但一有個好歹,老太太便說是「逼他寫字念書,把膽子唬破了」。後來寶玉也跟著學會了,一聽說他爹要檢查功課,便裝病逃課,說自己被唬著了。

寶玉生病時,老太太指著宮裡來的太醫說:要是治不好,我就派人去拆了你的太醫院大堂!這也太不講理了,您都這麼大歲數了,還想搞「醫療糾紛」啊!

但有弊就有利。寶玉性格自信開朗,懂得分享,就像一個小太陽,充滿愛的能量,對人對物不吝賜予,這與老太太為他營造了一個有愛的成長環境息息相關。

靈性篇　這世界不能沒有林黛玉

　　說起老太太那是真疼寶玉，馬道婆剛瞎說兩句，就在佛前為寶玉供上每月五斤油的海燈；寶玉出門，身邊跟的小廝身上要帶幾串錢，遇到僧道貧苦人就施捨，為的是多積一點福報，唯恐他有閃失。

　　這樣的慈愛，在王夫人身上幾時看見過？僅有的一次抱著寶玉哄，還是給賈環推蠟油想燙瞎寶玉的眼做鋪陳。

想想也不奇怪。寶玉出生,老太太喜歡就抱去養了,她又不能攔著,天天圍著孩子看也看不夠的是賈母;底下使喚的人一大把,不用為吃喝拉撒的事費心,生病時衣不解帶去照顧的人是李嬤嬤;至於早教,她有個好女兒代勞了。需要親娘親力親為的事太少了,但孩子就是這樣,誰帶才會跟誰親。多少父母都怨自己孩子不貼心,一回溯過去,多半是孩子幼年時,把撫養的事情假手他人。

所以,王夫人這個媽當得寶相莊嚴,既有點省事,也有那麼一點不親切。寶玉與她之間,就永遠沒有和賈母那樣的親密無間其樂融融。同是當娘的,寶釵喊薛姨媽是「媽」,而寶玉見了王夫人,要恭恭敬敬地稱一聲「太太」。剛耍個貧嘴,王夫人就說:「扯你娘的臊!又欠你老子捶你了。」

三

但是,王夫人不愛寶玉嗎?

她當然愛,天下哪有不愛孩子的母親。

否則,她不會當襲人說出自己的憂心之時,感激涕零脫口而出「我的兒」,並把寶玉託付給襲人:「保全了他,就是保全了我。」

也不會在怡紅院安插眼線:「我身子雖然不大來,我的心耳神意時時都在這裡。難道我通共一個寶玉,就白放心憑你們勾引壞了不成!」唯恐寶玉走錯一步,壞了名聲。

更不會下狠手逼死金釧兒,屈折晴雯,攆走四兒,把芳官發落到尼姑庵。

襲人剛一開口提議寶玉搬出園子,她馬上就緊張寶玉是不是和誰「作怪」了,怕孩子被勾引壞。

靈性篇　這世界不能沒有林黛玉

　　這就是她愛寶玉的方式，充滿了警覺和焦慮。母親做得這麼辛苦，還不是因為對兒子的真實情況掌握不夠多？

　　她也有她的難言之隱。

　　「我何曾不知道管兒子，先時你珠大爺在，我是怎麼樣管他，難道我如今倒不知管兒子了？只是有個原故⋯⋯況且老太太寶貝似的，若管緊了他，倘或再有個好歹，或是老太太氣壞了，那時上下不安，豈不倒壞了，所以就縱壞了他了。」

　　原來不是她偷懶，是老太太在，她插不上手。正因為插不上手，只好在外圍以防範為主，一有風吹草動就草木皆兵，以高壓態勢打壓以儆效尤，但難免矯枉過正甚至跑偏。

四

　　相比較王夫人的杯弓蛇影，賈母則是一派舉重若輕。

　　她也擔心過寶玉學壞，但她不聽挑唆自己觀察判斷：「我為此也耽心，每每的冷眼檢視他。只和丫頭們鬧，必是人大心大，知道男女的事了，所以愛親近他們。既細細查試，究竟不是為此。豈不奇怪。想必原是個丫頭錯投了胎不成。」辨明情況，放手讓寶玉去和人交往玩耍。

　　還記得黛玉初進賈府時的情景嗎？寶玉還未露面，王夫人就先緊張兮兮地跟黛玉打「預防針」，說自己有一個「孽根禍胎」，反覆強調讓黛玉以後不要睬他。

　　輪到賈母，行事風格完全是反著來，哪怕剛見面就鬧了一場「摔玉」，她照樣敢把寶玉和黛玉放在一處養，「日則同行同坐，夜則同息同止」，在

成長的路上相依相伴，根本不擔心他們鬧矛盾出意外。

就連為寶玉挑伺候的人，賈母和王夫人的審美取向都截然相反。

賈母看上的是美麗伶俐的晴雯，模樣、俐落、言談、針線，都是一等一的，認為將來只有她才配得上給寶玉做妾；而王夫人，看中的是襲人、麝月這一掛，理由很搞笑：「這粗粗笨笨的倒好。」反而只要看到模樣標緻、聰明外露的，就一律認定是狐狸精，都要肅清。

納妾尚如此，何況娶正妻呢？釵黛之爭，說穿了還不是這婆媳二人的分歧？

王夫人對賈母有腹誹，可賈母也未必能看得上她，否則不會把家交給人精一樣的孫媳婦兒王熙鳳管。

賈母對大兒媳邢夫人說過一句話，很能代表她對小兒媳的看法：「你兄弟媳婦本來老實。」嗨，人家不是老實，是內斂隱忍好不？

人生處處是妥協。明明「道不同」，還要「相為謀」，賈母和王夫人要保持表面上的婆慈媳孝，只好暗地裡各自為政。

五

在全書中，兩人感受看法完全一致，不是礙於面子而是由衷的一致，只有一次。

寶玉那日見園裡桂花開得正好，便折了兩枝，打算插瓶觀賞。忽然孝心大動，想起來這是自己園裡的新鮮花，不敢自己先賞玩要先敬長輩。巴巴地拿了一對聯珠瓶，親自灌水插好了，叫秋紋把這兩瓶花，一瓶送去給賈母，一瓶送去給王夫人。

靈性篇　這世界不能沒有林黛玉

老太太見了，高興得不知說什麼好，逢人就說：「到底是寶玉孝順我，連一枝花兒也想的到。別人還只抱怨我疼他。」而且愛屋及烏，連平時根本不入自己眼的秋紋，都看著可愛了很多，說她可憐見的，生得單柔。還單柔？她是沒見秋紋往別人臉上吐唾沫的刁潑樣子。

待到秋紋把花送到王夫人屋裡時，王夫人正帶幾個人翻箱倒櫃地找自己年輕時的衣裳。一見了花兒，衣裳也不找了，只顧看花了。又有王熙鳳在一旁湊趣兒，誇寶玉怎麼孝順怎麼知好歹，有的沒的說了兩車話，讓王夫人面上更加有了光彩，更開心了。

她們不約而同地做了同一件事情：打賞秋紋。

老太太賞了幾百錢。王夫人則直接給了秋紋兩件自己的衣裳。

「贈人玫瑰，手有餘香」。可惜向來勢利的秋紋沒有這份文藝情懷，除了錢物，她更在乎那份榮寵體面。

她反覆喜滋滋強調的是：幾百錢和衣裳都是小事，難得這個臉面和彩頭。還不是因為她充當了一次愛的跑腿，傳遞了一份孩子的孝心，見證了兩代母親最幸福的時刻：她們最愛的那個孩子，給了她們一份愛的回饋，過她們眼的金玉珠寶無數，都抵不上此刻園子裡現摘的這一束鮮花。

這就是天下的母親們。她們要的並不多，只一點小惦記足以讓她們開心得忘乎所以。

黛玉告訴你，哪有人喜歡孤獨

一

《紅樓夢》裡，賈府特別重視各種節氣，只要是個節，都要拿來一過。要不是這本書，恐怕很多人聽都沒聽過從前還有一個祭奠花神的芒種節。

貴族主子們不用上班，沒有壓力，說得難聽點叫飽食終日無所事事。節日，恰好可以填補他們精神上的空虛，讓一望無際的平順生活來點熱氣騰騰的點綴。所以逢節必過，還要大家聚在一起正經八百地過。

一提到過節，府裡從上到下都很興奮，人生得意須盡歡，卯足全力地要過好。

但也有例外。端午節時，因為節前出了好幾檔子鬧心事，雖然王夫人也置辦了酒席賞午，但全體都心不在焉，最後索然散場。

喜聚不喜散的寶玉，因此而長吁短嘆乃至遷怒他人，痛心一個好好的節日可惜掉了。在豐沛的愛裡長大的孩子喜聚不喜散也正常，他陽光樂觀又貪得無厭，總希望愛他的和他愛的，永遠都暖暖地窩在一起。

而以多愁善感著稱的黛玉，反而貌似無感。因為她天性喜散不喜聚。

她也有她的道理：「人有聚就有散，聚時歡喜，到散時豈不清冷？既清冷則生傷感，所以不如倒是不聚的好。」幾分勘破幾分超脫裡，終是如假包換的悲觀底色。

悲觀是什麼，是明明可以伸出去擁抱卻又收回的手，是開啟眺望一下遠方又輕輕關上的門，是將面前一碗該趁熱喝掉的湯一口口吹冷的氣。春日美景當前，心中卻想像冬日的蕭索，樹上繁花爛漫，只看地上那錦重重

靈性篇　這世界不能沒有林黛玉

的落紅。

可是要知道，人，並不是天生悲觀。每一種性格後面，都有其可以回溯的成因。

魯迅說：「有誰從小康之家而陷入困頓的嗎，我以為在這途中，大概可以看清世人的真面目。」

他說的正是他自己，少年時家中的一場變故，打破了他原本安寧順遂的生活，世態炎涼中，他嘗盡了人性的勢利與惡意，從此養成了激烈極端的性格。

黛玉呢？她本來有探花郎的父親，貴族出身的母親，還有一個可愛的小弟弟，一家子走一起，活脫脫是四角俱全的影樓宣傳平面照。

誰料想命運翻臉不認人，幾年之內，先是拿走她的弟弟，再是拿走她的母親，父親不得已，將六七歲的她託付給外婆家撫養。又過了幾年，故鄉傳來消息，父親也去世了，祖母說：林家的人「死絕了」。

親人逝去，乃人生最大的打擊之一。涉世之初的黛玉，就在這一個一個接連的巨大打擊中搖搖晃晃，舊傷未癒，又添新傷。如果像湘雲那樣襁褓中父母雙亡，因為沒有記憶反而容易快樂。

一再失去，就會成為驚弓之鳥，心理學上稱之為「創傷後壓力症候症」。人有記憶，出於對可預見痛苦的迴避，會在心理上乾脆建立一套防禦和減壓機制，即：當你不執著於擁有，失去就不會傷你太深。

所以，那些貌似冷漠的人不見得是真冷漠，冷漠的面具下也許是數倍於常人的重情和脆弱。

無論賈府團圓喜慶的潮水怎樣一次次漫過黛玉，她始終如同一隻小小的寄居蟹，天然保持一份警覺與清醒。潮水來時埋下頭去，潮水退去孤身行走，不會被裹挾同化。曾經的人生經驗告訴她，命運不是那麼好相與的，在聚散上不要太有執念。

靈性篇　這世界不能沒有林黛玉

■ 二

　　饒是如此，她也並非真的安於冷清孤獨。

　　黛玉創作〈葬花吟〉的直接起因，是頭天晚上在怡紅院吃了閉門羹，感到被孤立排斥。明明隔牆聽到寶玉和寶釵笑語聲動，自己卻被晴雯擋在門外：「憑妳是誰，二爺吩咐的，一概不許放進來呢！」

　　若是家生小姐探春，定會立即擺明身分予以斥責：好大的口氣，憑我是誰？今日我倒要看看妳是誰！

　　但黛玉不能，她立即想到了自己的身分：「雖說是舅母家如同自己家一樣，到底是客邊。如今父母雙亡，無依無靠，現在他家依棲。如今認真淘氣，也覺沒趣。」

　　她在花蔭下哭泣了許久，黯然歸去，悲憤出詩人，她第二天吟出了摧人心肝的〈葬花吟〉。

　　整首〈葬花吟〉裡，處處瀰漫著孤獨的氣息。

　　在暮春的落花紛飛裡，她孤獨地仰望天空，「花謝花飛飛滿天，紅消香斷有誰憐？」

　　孤獨地出門：「手把花鋤出繡閨，忍踏落花來複去。」

　　孤獨地葬花：「獨倚花鋤淚暗灑，灑上空枝見血痕。」

　　孤獨地回家：「杜鵑無語正黃昏，荷鋤歸去掩重門。」

　　孤獨地睡去：「青燈照壁人初睡，冷雨敲窗被未溫。」

　　孤獨地發願：「願奴脅下生雙翼，隨花飛到天盡頭。」

　　最後孤獨地死去：「一朝春盡紅顏老，花落人亡兩不知。」

孤獨，全是孤獨。

黛玉葬花，葬的其實是象徵性的自己。人生漂泊無法自主，如花瓣隨水飄零，她感同身受，不惜被人笑痴，也要手把花鋤錦囊收起，將落花葬於泥土之下，給它們一個最後的安身之處。

一邊是刻意地與熱鬧保持疏離，一邊是顧影自憐著自己的孤獨。這樣的黛玉，還真是矛盾。

三

黛玉的精神世界豐富又封閉，是一座芬芳的玫瑰花坊，只開了一扇窄窄的門，不是人人都肯放進來。就算是靈魂知己寶玉，也不是一上來就全心相托，要猜忌再猜忌。

與寶玉鬧了那麼久的彆扭，直到第三十二回，隔窗聽到襲人說自己壞話時，寶玉能據理力爭地出面維護，才心定意明，確認了自己果然沒有看錯人。

這一確認不單限於男女之情，而是坐實了人與人之間的真心。有句話說「不維護你的朋友不值得相交」，多少人當面拍胸脯表忠心，信誓旦旦會為你兩肋插刀，但遇到你被詆毀，卻裝聾作啞不置一詞。

世情複雜，即使他心裡向著你，不認同別人的話，也未必肯傻裡傻氣地為了你破壞氣氛，去與對方爭論而得罪人。

黛玉所驚不為別的，正是「他在人前一片私心稱揚於我，其親熱厚密，竟不避嫌疑」，能做到這一點的傻人，真是傻到稀缺珍貴。

於是，從此兩心相對，再無罅隙。

靈性篇　這世界不能沒有林黛玉

而寶釵，要獲取黛玉的信任，是在很久以後了。

一開始，不管寶釵怎麼向黛玉示好，後者都不買帳，還處處作對。湘雲因為寶釵的照拂，「天天在家裡想著」，想要一個寶釵這樣的親姐姐。但聰明敏感如黛玉，因為「金玉之緣」的說法，認為寶釵不過是想用「糖衣砲彈」拉攏人心，她才不會輕易放下成見。

但是不管繞多遠，注定相遇的人一定會相遇。

契機終於來了。

行酒令，黛玉一急說出了「小黃書」裡的句子：「良辰美景奈何天」。別人不留意，只有寶釵目光如炬，盯住了黛玉。

寶釵換了個打法，不再像從前那樣包容忍讓，而是主動出擊：「妳跪下，我要審妳。」也不怕黛玉惱羞成怒，直搗要點，令黛玉方寸大亂，又不惜自曝其短現身說法循循善誘。黛玉心悅誠服地知錯就改，並對寶釵心存感激。

很奇怪吧？從前不管寶釵怎麼大打溫情牌，黛玉都拒絕被感化，認為全是圈套，是「心內藏奸」的懷柔之術。而當對方放棄了一貫的大度溫和，棋走險招直言不諱，像個訓導主任一樣嘮嘮叨叨管她時，她反而乖乖接受了。

活得清醒的人，很難為表象所迷惑，看人最能看到本質。聰慧知好歹的黛玉在尷尬羞愧之餘，總算收穫了寶釵待她的真心。因為長到十五歲，還沒有人這麼正面教導過她，她的成長全憑自身悟性。

將心比心，自忖如果易地而處，她絕對不會放過寶釵，但人家卻沒那樣不厚道，而是正色規勸。在不姑息背後，分明攜著一顆「我是為妳好」的善心。雨夜一番暢談，她放下驕傲和戒備，袒露自己的脆弱與難處，向

寶釵交出了自己那顆七竅玲瓏心。

　　始終不得其門而入的寶釵，就這樣意外地在黛玉的心靈開啟了一個缺口，天塹變通途，順順當當走進了黛玉的心扉。

　　從此，不只寶釵，黛玉連帶著對寶釵的妹妹都愛，對寶釵派來送燕窩的婆子都不忘善待，下雨天不忘賞錢令其打酒喝。反差之大令寶玉跌破眼鏡：「是幾時孟光接了梁鴻案？」

　　細心的讀者會發現，《紅樓夢》越往後走，一開始孤高刻薄的黛玉，會一點點變得開朗，一步步溫柔博愛，大度慷慨起來，不知何時已對世界換了一副表情相待。

　　沒有人天生喜歡活成一座孤島，不過是沒有遇到生命中的擺渡人。

　　人群中那些清冷的人，也許正私揣著一顆赤子之心，在執拗等待另一顆真心的到來；而身處寒涼之中，若遇到真心伸出的手，誰又會真正拒絕？不妨就勢握住，任其將自己引渡到溫暖的對岸。

　　村上春樹說過：「哪有人喜歡孤獨，不過是不喜歡失望。」

她們那麼美，卻都說自己不讀書

一

　　《紅樓夢》裡美人多，金陵十二釵正冊都是美人無疑。即使沒有直接描寫過長相的，也會間接告訴讀者：她也很美。比如李紈和巧姐，在判詞的畫裡，就一個是「紡績的美人」，一個是「鳳冠霞帔的美人」。

靈性篇　這世界不能沒有林黛玉

除了美，她們絕大部分還都是學霸；而且，都是謙虛的學霸，都不承認自己愛讀書、會讀書。這和越是刻苦的好學生越愛說「我昨晚十點就睡了，書都沒讀」一樣，其實全都是在放煙霧彈。

■ 二

那些號稱不怎麼讀書的，其實都是潛伏的讀書高手。

寶釵，對外號稱「不以書字為事，只留心針黹家計等事，好為母親分憂解勞」。事實上，她的記憶體大得可怕，孔孟老莊、詩詞歌賦、戲文佛經乃至藥理書畫無一不通，寶玉珮服得五體投地，讚她「無書不知」。

李紈，國子監祭酒之女，雖然她爹說「女子無才便有德」，不怎麼給她書讀，但抵不上基因強大，在她之前「族中男女無有不誦詩讀書者」。到底是出自書香世家，「瘦死的駱駝比馬大」，底子擺在那，隨便把腦縫子裡耳濡目染的薰陶累積掃一掃就夠用了。她說自己不會寫詩，但卻敢做詩社的掌壇，評詩評得頭頭是道；姐妹們聯詩聯得剎不住，她及時吟出一句才收了口；元春省親要求寫詩，她也湊得出這樣的綺麗句子：「綠裁歌扇迷芳草，紅襯湘裙舞落梅。」她說她沒讀過書，你信嗎？

元春，自謙「素乏捷才」，但是在進宮前，先給兩三歲的寶玉肚子裡灌了兩三千字；在封妃前，是宮裡管文書的女官；回來省親，只有幾個小時，別的什麼都沒做，就辦了個詩詞創作大賽，現場當起了評委。還有，順便把寶玉題的匾額改了改，俗不可耐的「紅香綠玉」變成了賞心悅目的「怡紅快綠」，順眼多了，有了質的飛躍。當然，她也沒忘謙虛一下：「終是薛林二妹之作與眾不同，非愚姊妹可同列者。」

她們「愚姊妹」，雖在寫詩上比不過寶黛湘三大女主，但個個身懷絕技，且讀的書一點也不少。

　　探春擅書法，牆上掛的都是米芾顏真卿的真跡，給寶玉下帖子，措辭不俗，「若蒙棹雪而來，娣則掃花以待」，一派讀書人的清貴風雅；

　　惜春擅畫畫，尤擅寫意。雖性格耿介不善言辭，但是和尤氏吵起架來卻以讀書人自居，言語間盡是鄙視：「你們不看書不識幾個字，所以都是些呆子。」

　　迎春會下棋，還喜歡做花藝手工。她性格懦弱，遇到糟心事解決不了，就去書中找答案，先拿一本《太上感應篇》出來，聊做避風塘。這是書呆子才會做的事。

靈性篇　這世界不能沒有林黛玉

還有尼姑妙玉，平時躲在櫳翠庵裡閉門修行，卻深更半夜地跑出來蹓躂，聽到黛玉湘雲聯詩，自己忍不住續了半首，其中有一句是：「振林千樹鳥，啼谷一聲猿。」聲勢英氣，沒有半點脂粉味，讓黛、湘二人好生驚嘆：原來妳就是現成的詩仙！

沒看出來吧，寫得出「看來豈是尋常色，濃淡由他冰雪中」的邢岫煙，就曾做過妙玉的關門弟子，妙玉是她正經八百的啟蒙老師。

這些人，本事個個厲害，一個個深藏不露，裝模作樣地謙虛。也許，謙虛謙虛，「謙」裡本來就有「虛」。

三

最「虛的」是黛玉，她一進榮國府，就在讀書的問題上說話前後自相矛盾。

初見外婆，賈母飯前問完她吃過什麼藥，飯後就問她都念了什麼書。黛玉說：「只剛念了『四書』。」如果沒記錯的話，四書是指《大學》、《中庸》、《論語》、《孟子》四種儒家經典。學齡前兒童念完了這四部大書，人家自己卻還說「只剛」。

我們那麼大時，會背幾句「鵝鵝鵝」、「床前明月光」、「春眠不覺曉」，就得意忘形得不行了，要是會背個〈滿江紅〉、〈將進酒〉那更是了不得了。來個客人，家裡大人就叫出來表演一番，贏個滿堂彩⋯⋯不說了，做過這事的都先羞愧會去。

這邊廂黛玉回答完了賈母的問題，馬上反向打聽姊妹們都在讀何書——這是好學生一貫的思維方式：初到寶地，人生地疏，總要探探對方的底，比較一下學習進度，知己知彼才好。

她們那麼美，卻都說自己不讀書

本來賈母覺得自己家的姑娘們書已經讀很多了，在來投奔的小外孫女面前還挺有優越感的。一聽人家讀書讀得這麼系統，便知道自家姑娘落了下風，隨即含糊帶過：「讀的是什麼書，不過是認得兩個字，不是睜眼的瞎子罷了！」

每讀到這裡，都要撲哧一笑，老人精和小人精一見面，在讀書的問題上先各自拆了幾招。不怪鳳姐兒說黛玉的氣質不像賈母的外孫女，竟像是賈母的親孫女。這二位聰明靈透一脈相承，要起手段來也旗鼓相當。

四

過了一會，學渣寶玉上場了。這「學渣」兩字，真不是詆毀他，別忘了七十三回聽說賈政要查問他功課，他抓狂的模樣，那種渾身不自在，像孫大聖被唸了緊箍咒。同樣是讀「四書」，只有帶注的勉強知道。單說《孟子》吧，上本是半生不熟的，下本更差，一大半忘光了。

就這水準，初次見面，還居高臨下地關心黛玉：「妹妹可曾讀書？」

黛玉這個小精豆，說了三個字：「不、曾、讀。」

敲黑板，她剛才跟外婆不是這麼說的好嗎？怎麼才一會工夫就變了？

那是她先前據實以答，一看外婆的態度，知道自己太實在讓主人不自在了。於是馬上化實為虛，打起了「太極」。畢竟初來乍到，要低調，要懂得保留。

但為了圓回來，她又輕描淡寫補一句：「只上了一年學，些須認得幾個字。」前一句是假，後一句是真。虛虛實實，卻滴水不漏。

小寶玉這會還不知道，同樣是讀書，他家的私塾師資力量比林妹妹家

099

靈性篇　這世界不能沒有林黛玉

的差一大截呢，黛玉的老師是進士出身的賈雨村，他自己的老師賈代儒才只是個秀才，單老師在水準境界上的差距，就差得遠了去了。

五

他急吼吼地替人家黛玉取表字，還杜撰了個典故，取了個「顰顰」。那時候，他一定沒料到，日後會被人家碾壓。

寫不完作業，就需要黛玉幫著寫；考場上寫詩交不出卷子，也要黛玉做「槍手」，被元春娘娘表揚的一首，恰是「槍手」的作品；

自以為悟了參個禪，被人家巧嘴一證：「爾有何貴，爾有何堅？」被證得啞口無言；

最經典的寶黛讀《西廂》，原是兩人偷著讀的。他先看完，推薦給了黛玉。還現學現賣，用書裡的句子抒情：「我就是個『多愁多病身』，你就是那『傾國傾城貌』」，這個比喻太蹩腳了，用偷情的張生和崔鶯鶯做比，簡直有騷擾之嫌。氣得黛玉滿臉通紅，掉頭就走。寶玉也顧不得裝斯文，竟說起了大白話：明兒我掉到池子裡，讓老烏龜吞了去，自己變個大王八……這才對嘛！

林黛玉笑了，便也用書裡的句子回他：「原來是苗而不秀，是個銀樣鑞槍頭」。

當寶玉說：你不是也說了書裡的句子？開玩笑要抓把柄時，林黛玉笑著回了一句：「你說你會過目成誦，難道我就不能一目十行麼？」

寶玉過目成誦未必，但黛玉一目十行是真的。因為看完那本書，黛玉只用了「一頓飯的工夫」，頂多一個小時吧，十六出就全看完了，不但

看，心裡還能默默背誦。速度之快，吸收之深，這種閱讀能力不是一般人能做到的。

所以，真正一目十行的是她，過目成誦的也是她，她才是《紅樓夢》裡最會讀書的姑娘。

後來，連小廝興兒對尤三姐描述黛玉的時候，也這樣說：「面龐身段和三姨不差什麼，一肚子文章。」這話明面上是說不差什麼，又分明在說尤三姐和黛玉差就差在「一肚子文章」上。

這一肚子文章，讓林黛玉傲視群芳。

■ 六

十二釵裡，唯一不讀書的是鳳姐，老太太幫她取了個外號：「潑皮破落戶」。有藏不住的溺愛，也有不掩蓋的揶揄：她沒素養，什麼都敢說什麼都敢幹。

對啊，就算再潑辣，你見哪個讀過書的人會被喊「潑皮」的？

鳳姐也知道沒讀過書是自己的短板。她敬畏探春，很重要的一條原因就是：三小姐識文斷字，比我更厲害一層。

會讀書從來都是核心競爭力之一，不管過去、現在還是未來。所以，你看，在讀書這件事上，因為時代所限，《紅樓夢》裡的姑娘們，沒法大大方方地說我愛讀書，但是「嘴上說不要，身體很誠實」。她們誰也沒少讀，就連鳳姐，到最後都能看懂帳本和書信了。

她們那麼美，卻都說自己不讀書。你呢，讀了嗎？是真的讀了，還是真的沒讀？

靈性篇　這世界不能沒有林黛玉

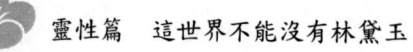

智慧篇
終於,我們都活成了薛寶釵

智慧篇　終於，我們都活成了薛寶釵

終於，我們都活成了薛寶釵

一

韓劇《請回答 1988》裡，有一句關於阿澤的旁白：懂事的孩子，只是適應了環境做懂事的孩子，適應了別人錯把他當成大人的眼神。

這樣的孩子，《紅樓夢》裡也有一個，就是薛寶釵。

大家沒有發現嗎？寶玉黛玉湘雲們還一團孩子氣吵吵鬧鬧的時候，比他們大不了幾歲的薛寶釵，言談舉止就已經是一個成熟穩重的女性，沒有半點青澀稚氣，青春美麗的軀體裡彷彿安放著一個老靈魂。

第四回在書裡一露面，落在別人眼中，便是「年歲雖大不多，然品格端方，容貌豐美，人多謂黛玉所不及」。

還有「行為豁達，隨分從時，不比黛玉孤高自許，目無下塵，故比黛玉大得下人之心」。

他們把這兩人放在一起比，大概因為她們兩個都是親戚家姑娘，又年齡相仿，有橫向可比性。很顯然，無論長相還是人品，薛寶釵都全面碾壓林黛玉。

這怎麼能比嘛！寶釵根本是個特例。

當黛玉的成長機制還未啟動，寶釵的性情塑造已經收工，就像小孩怎麼跟大人比心智，沒定型的半成品和一個已經上架的成品怎麼比效能穩定？

薛寶釵所有的成長，在入住賈府之前已基本完成。剩下的，便是在餘生裡一點點完善和修訂。

二

　　王熙鳳是充男兒養大的，已經很特別了，寶釵的養成更全面。一面走大家閨秀的路線，一面像男兒一樣擔著光耀門楣的重擔。

智慧篇　終於，我們都活成了薛寶釵

書中寫：「當日有他父親在日，酷愛此女，令其讀書識字，較之乃兄竟高過十倍。」分明是在說：這兄妹二人智商份額分配極度不均等，薛蟠扶不起來，寶釵則天分極高。

父親於是轉而把寶押到了女兒身上，「令其讀書識字」，正好為日後入選嬪妃或者才人讚善之職打下了基礎。寥寥六字雖輕描淡寫，背後付出的心血卻不言而喻，換來的是寶釵無書不知的淵博。雜學旁收融會貫通，「究天人之際，通古今之變」，在學問上早早打通了任督二脈，從此看待世界的眼光與深度高人一籌。

都記得吧？林黛玉行酒令時說了一句「小黃書」裡的「良辰美景奈何天」，立刻就被她抓個現行，犀利地開玩笑要黛玉跪下受審。她自曝其短說：我怎麼知道的？廢話我看過啊！為此還捱過打罵呢！

她說：「既認得了字，不過揀那正經的看也罷了，最怕見了些雜書，移了性情，就不可救了。」

這說法特別務實，角度也很貼心：我們閨中女生看書是修身養性的，犯不上看那些耗人心血精氣的。

這見識讓黛玉低頭暗服，沒有半點牴觸，從此被寶釵妥妥收服，「孟光接了梁鴻案」，兩個優秀的女生成為知己。

■ 三

寶釵也第一次向黛玉袒露出了自己的脆弱：「我雖有個哥哥，妳也是知道的，只有個母親比妳略強些。我們也算同病相憐。」

說起來又是母親又是哥哥的，其實她才是一家之主，比黛玉操的心更多。

「自父親死後，見哥哥不能依貼母懷，他便不以書字為事，只留心針黹家計等事，好為母親分憂解勞。」被迫長大的她，這種辛苦委屈無處訴說。

對外以進宮待選之身，背負著拯救頹勢家族的希望；對內要照顧家裡的買賣，哥哥不中用，連請夥計們吃頓飯犒勞一下這樣的事都得她提醒；

進到內室又要幫享了一輩子福的母親做針線，令母親享兒女承歡膝下之樂；

現在又客居賈府，身為薛家的形象代言人，她又得上下左右應對周全。

第四十五回裡有這樣寫寶釵的句子：「夜復漸長，遂至母親房中商議打點些針線來。日間到賈母處王夫人處省候兩次，不免承色陪坐閒話半時，園中姊妹處也要度時閒話一回，故日間不大得閒，每夜燈下女工必至三更方寢。」

在周到得無懈可擊的背後，未必沒有淡淡的疲倦。

早熟是有代價的，就是再也無法像同齡人那麼不管不顧地去釋放自己。

四

所以她什麼都懂，什麼又都不熱衷。

薛姨媽說：「寶丫頭古怪著呢，他從來不愛這些花兒粉兒的。」請問一下這位母親，妳給妳女兒營造出讓她可以無憂無慮傾心打扮的心境空間了嗎？

寶釵房間裡的陳設更是如雪洞一般，讓人心中一凜。賈母都說年輕姑娘住這樣的屋子犯忌諱，她敏感地覺察到這姑娘活得並不松快。心裡的負擔太重，以至於要從物質上開始，做心靈的減法。

智慧篇　終於，我們都活成了薛寶釵

過生日，寶釵為壽星點戲，點的是《魯智深醉鬧五臺山》，這戲明面上熱鬧，也不夠唯美，誰知她喜愛的竟是那段戲詞〈寄生草〉：「赤條條來去無牽掛。哪裡討煙蓑雨笠卷單行？一任俺芒鞋破缽隨緣化！」聲聲都是出離之心。

原來，這個姑娘物質上儘管一直被富養，但因為早熟，悟性太高，精神上一直很孤獨，她體會到做人的苦，卻也無處可逃。

▍五

那就安心做人吧，做得滴水不漏圓融通達。其實一旦縝密周全的思維模式養成，做到這種程度也並不難。

各種錯綜複雜的關係她都擺得平，能幫的人她都盡量幫。湘雲想做東她負責出螃蟹；黛玉想吃燕窩她海量供應；對最不得勢的趙姨娘，她也一樣把伴手禮送到面前。

就算賈府讓她幫忙管個家，在探春強勢推出承包制改革的時候，她也能替非既得利益者們爭取一點油水，保證改革的平穩推行。

她的貼身婢女鶯兒和賈環玩骰子，明明是一，賈環非要耍賴說是六。

如果換了湘雲，一定會說：我也看到了，分明是一！

如果是黛玉，這樣的事情根本不會發生，因為她的人不可能和賈環玩。

寶釵呢，她選擇了讓鶯兒受委屈：「越大越沒規矩，難道爺們還賴妳？還不放下錢來呢！」大不了回頭暗地裡再給她一弔錢撫卹一下，識大體顧大局的人都是這麼個玩法。

沒人能挑出她的不好，人人對她交口稱讚，湘雲天天想著她做親姐姐。

也有人說她虛偽心內藏奸，比如四十二回之前的黛玉，就屢次擠對她，她都默默吞了。自己已身處成人的世界，而黛玉們還在來的路上，沒法解釋也沒法計較。

六

她是她們的知心姐姐，他們開心，她跟著一同笑；當他們流淚，她會第一時間伸出溫暖的手為其拭淚。

寫詩詠白海棠。湘雲寫「神仙昨日降都門，種得藍田玉一盆」。黛玉寫「半卷湘簾半掩門，碾冰為土玉為盆」。

既然大家寫得神采飛揚，她就走沉穩含蓄路線，她寫「珍重芳姿晝掩門，自攜手甕灌苔盆」，也寫「淡極始知花更豔，愁多焉得玉無痕」。

但詠柳絮時，一旦發現他們個個發聲過悲，她會立即上陣扭轉聲氣，前有：「白玉堂前春解舞，東風捲得均勻」，後有「好風頻借力，助我上青雲。」

太善解人意，太會把控大局，太會春風化雨地提高士氣。這樣的女生太強大，她一個人就是一支孤獨的隊伍。

七

鳳姐兒曾經評價寶釵是「拿定了主意，『不干己事不張口，一問搖頭三不知』」。

其實，不管閒事不正是一個人成熟的象徵嗎？

孔子說「不在其位不謀其政」，不該管的不管，不該說的不說，不越

智慧篇　終於，我們都活成了薛寶釵

俎代庖，不搬弄是非給人添麻煩，這麼做沒毛病呀！事事出頭逞強才是不明智的吧？

寶釵被稱作「高士」，就在於她最懂「不問是美德」：有些事即便聽見了也裝沒聽見，知道了也裝不知道。

小紅私相授受，她在亭子外聽到，第一反應是怕對方知道自己聽到而「人急造反狗急跳牆」，一個大小姐，倒忌憚起一個小丫頭。

金釧兒投井，她面不改色地對姨娘說：肯定是她自己貪玩，失足落井的。有人批評她冷漠，但她卻能把自己的衣服給金釧兒裝裹。至於她勸慰的話不過分吧？事情已經發生，難道要她義憤填膺地指著對方鼻子說：「呸，妳這個為富不仁逼死人命的地主婆，我要代表國家和人民審判妳！」

八

成年人還應該具備的素養之一，就是識趣。

她去瀟湘館找黛玉，遠遠見寶玉進去了，知道自己此刻進去多餘，還惹黛玉猜忌，「罷了，倒是回來的妙。」

還有一次，是大觀園頭一晚抄檢，雖然沒有去寶釵的蘅蕪苑，但是她還是第二天便乾脆俐落地來辭行，回自己家去了，揮揮衣袖不帶走一片雲彩，溫柔而決絕地為自己保留了一份尊嚴。

九

越讀越覺得，薛寶釵不正是我們已經成為或正在成為的那個人嗎？

我們越來越懂人情世故，開始識眼色知進退，不讓自己陷入尷尬，擠

不進的圈子不硬擠，省得為難了別人作踐了自己；我們開始承認世界的多樣性，不會輕易生誰的氣記誰的仇，對尚在懵懂區的社會新鮮人體諒包容，不乏善意的提點；我們開始作別從前的輕舞飛揚，脊梁骨裡長出了一件叫責任的器官。雄心和浪漫放在心裡，把安全與穩定留給身邊的人。一面擠時間讀書進修提升自己，一面全力應付瑣碎現實的生活；我們一面是優雅淡定，一面是心力交瘁。第三十四回寶釵被薛蟠氣得痛哭一夜，第二天還按時起床該幹嘛幹嘛。這樣的經歷我們不是也有過？

誰的人生不曾經歷過幾次幻滅呢？連完美如寶釵也要承受選秀落選的挫敗。我們也絕不會尋死覓活哭鬧上吊，會和寶釵一樣面不改色地將生活繼續。

人人覺得我們優雅淡定，可親可靠，強大獨立，我們大部分時間也是這麼自勉著過的。已經自控到再不會失態，聰明到不會掉坑，明智到讓一切盡在意料之中，當然，也再難有因禍得福的驚喜。

若就這樣活下去一直到老到死，人們大概會管我們這樣的人叫「一世得體」。

終於，我們心裡憐惜著林黛玉，疼愛著史湘雲，把自己活成了薛寶釵。我們現在看上去都很好很體面，偶爾回望過去，也不是沒有遺憾的，但能怎麼樣呢？關山已遠，更深露重，前路漫漫，善自珍攝。

智慧篇　終於，我們都活成了薛寶釵

林黛玉：我多心有什麼錯？

一

　　人長眼睛是用來看的，長耳朵是用來聽的，長心是用來多思與善感的，更何況是心較比干多一竅的仙姝林。她的一生從頭至尾，都沒有輕易閒置過自己這些天賦超群的靈敏感官。

　　初進榮國府，這個聰慧的小女孩，時年才幾歲，就已經眼觀六路耳聽八方，有著超乎年齡的細密謹慎，在「步步留心，時時在意，不肯輕易多說一句話，多行一步路」後面，是一顆「唯恐被人恥笑了他去」的自尊自重的心。

　　若換個愚鈍的自然無礙，但小黛玉一路行來，眼見得幾個三等僕婦吃穿用度已是不凡，侯門公府的氣勢在她心理上已然形成威壓。多年後妙玉在入住櫳翠庵之前，曾放言「侯門公府，必以貴勢壓人，我再不去的」，明是清高志氣實是自卑膽怯。同少女妙玉一樣，此刻的小蘿莉黛玉也一樣有膽怯。

　　膽怯，卻不露怯。

　　一大家子長輩，從外祖母到舅母，從表嫂到姐妹，她挨個見過，都記住了臉對上了號。王熙鳳霸氣出場時，黛玉聽眾姐妹說「這是璉二嫂子」，她事先做過功課，馬上反應過來這是二舅母的姪女，自幼充男兒養的，連學名她都知道。忙賠笑見禮，以「嫂」呼之。別說小屁孩，換個成年人，見到這烏泱烏泱一屋子衣香鬢影，腦袋都大。但小黛玉無人教引，卻這般

大方伶俐，鳳姐忍不住誇「這通身的氣派，竟不像老祖宗的外孫女兒，竟是個嫡親的孫女」。

二

接下來是去拜見兩個母舅，對這個遠道而來投親的外甥女，不說別的，單看在死去妹妹的面上，一般人再忙也要出來接見撫卹一下，誰知竟都是奇葩。

智慧篇　終於，我們都活成了薛寶釵

　　大舅舅派人傳話說：見了倒傷心，乾脆就不見了。黛玉忙站起來，一一聽了。人家都說了不見，黛玉也並未馬上走，而是再坐了一會兒，很懂做客路數。邢夫人苦留晚飯，黛玉婉拒了，她笑回：「舅母愛惜賜飯，原不應辭，只是還要過去拜見二舅舅，恐領了賜遲去不恭，異日再領，未為不可。望舅母容諒。」入情入理，懇切周到。

　　二舅舅連話都沒一句，自去廟裡齋戒去了，泥菩薩可比外甥女重要。二舅母又不像大舅母，是大戶人家出身，少家常多威儀。先是讓黛玉在會客廳等，然後再引進。兩次落座，黛玉都不越禮。

　　在會客廳，老嬤嬤讓黛玉上炕，黛玉度其位次，只在椅子上坐；第二次去王夫人房內，見王夫人坐西邊，卻讓黛玉坐東。東面為尊，黛玉便料定這是賈政的位子，便只肯坐椅子上，王夫人再四邀請，黛玉只肯挨著王夫人一塊坐在西邊，東邊空著。即便事先沒有試探的意思，但經這一讓，王夫人心中未必不驚：且不能小看了這毛丫頭，話雖不多，心裡卻明白得緊，日後也是個厲害人物。

　　王夫人交代不可招惹寶玉，黛玉忙揀好聽的說：聽說這銜玉而生的哥哥性情是極好的呢！又反問王夫人男女有別，不在一起住，豈有招惹之理？——性情尖銳初露端倪。王夫人巴拉巴拉解釋她家寶玉的特別時，黛玉馬上閉嘴，一一答應，乖巧溫馴。

■ 三

　　最令人捏把汗的是吃飯，多少人在餐桌禮儀上栽了跟頭。據說乾隆爺曾經招待高麗使臣，使臣初來乍到，竟把放了鮮花花瓣的洗手水給喝了。乾隆大笑：「你真是個棒槌！」以致這個蔑稱沿用至今。這樣的尷尬事黛玉

也遇上了，但她輕巧地避開了這個坑。

從前在自己家時，怕傷脾胃吃完飯不喝茶，但是現在是賈府，這邊一吃完馬上有茶捧上來。黛玉是客，坐的是首席，捧茶必定是先給她。她接過茶，卻並沒有急著喝，而是觀察。看到下人捧漱盂過來，心內明白這盞茶不是喝的，便看樣學樣也漱了口。就這一下，讓人放下了提到嗓子眼的心。

略分心一點，順手接過咕咚一口嚥下去，就出了大洋相。喝了人家的漱口水，日後不知要被這府裡多少人拿這事漚腸子：還說呢，林姑娘那年剛打揚州上來，頭一回在府裡用飯，不懂我們府上規矩，竟把漱口的茶給喝了，啊呀呀，笑死人了，多虧老太太在，大傢伙才不敢敞開來笑……得，連累外祖母也跟著丟臉。

初進榮國府，半日應酬下來，眾人看在眼裡都覺得她言談舉止不俗。黛玉知禮守禮懂禮行禮，出入上下色色周到，得體自如又不卑不亢，沒落一點差池，硬生生掌控住了全場。叫人看了，真想為她的表現點個讚打個賞。

這一切，都幸虧了那一顆敏感的心，像是有一根天線從心裡伸出來，全盤接收外來的各路訊號，一一斟酌小心應對。從前在父母膝下，必定不用這麼累吧？沒娘的孩子，到哪兒都理短，都沒法徹底放鬆。從此棲身於這樣錯綜複雜的豪門裡，前路漫漫且行且看。

四

寶黛初會，寶玉就發神經砸了自己的玉，黛玉嚇得不輕，哭泣著夜難安寢。襲人來勸時說：「快別多心！」能不多心嗎？不過就是說了句「想來那玉是一件罕物，豈能人人有的」的恭維話，哪兒就說錯了惹惱了呢？這

智慧篇　終於，我們都活成了薛寶釵

以後可怎麼相處啊？

湘雲和黛玉中秋賞月時，見黛玉對景感懷俯欄垂淚，說道「我也和你一樣，我就不似你這樣心窄」。這不叫寬慰，這叫白天不懂夜的黑。

同為父母雙亡，湘雲還在襁褓中父母就過世了，對父母完全沒有記憶，由叔叔嬸嬸代為撫養，父母之愛是什麼滋味全然不知。而黛玉在父母去世時已經記事，身為獨生女，被愛如珍寶的感覺自然難以忘懷。母親重病期間她侍湯奉藥，去世以後又守喪盡哀，個中傷痛湘雲更是無從了解。

從未得到過和失去是兩種概念，前者是空白，後者是經歷。「夏蟲不可語冰」，從小自立慣了的拇指姑娘，怎麼可能體會落難豌豆公主的委屈？缺失感會影響一個人的幸福指數，在這件事上，無感的湘雲是比有感的黛玉幸福。

還有，雖是同為客居，湘雲是串親戚，而黛玉是投親，大說大笑著走來走去是萬萬不能的。兩人鬧了彆扭，湘雲可以拍屁股走人，喊翠縷收拾包袱家去，不在這裡看人鼻子眼睛。林黛玉呢？她能去哪裡？「雪雁，收拾東西，我們坐船回蘇州去！」幼弟早夭，母歿父亡，賈母說過林家的人都死絕了，早已無家可歸，只有苦捱。不到忍無可忍，「這園子住不得了」這句話她是不能輕易出口的。

可恨的是寶玉，他勸湘雲留下時，竟也如此說：「林妹妹是個多心的人。」寶玉拿楊貴妃比寶釵，後者尚且要大怒，那把戲子比黛玉，她憑什麼不能生氣？

金釧兒投井後，王夫人想要給金釧兒兩套裝裹衣服，但現成的只有林黛玉做生日的兩套。王夫人也說「你林妹妹那個孩子素日是個有心的」，又拿多心說事兒。寶釵便說：拿我的衣服吧，我不忌諱。替姨媽解了燃眉之急。

這又為擁釵抑黛派多了一條證據。拜託，這事是個偽命題。首先，王夫人就沒管黛玉開口借，怎知黛玉不肯？恐怕是她這個做舅母的對黛玉平日不冷不熱，現在當然不好意思去為兒子的醜事去借衣服。說黛玉多心，其實是她自己多心吧？說別人複雜的人，自己也不簡單。

五．

認真起來，人在江湖混，哪一個不多心？

探春被王善保家的掀下衣服，還要回贈一個耳光呢！入畫為哥哥藏私，惜春為避嫌愣是把她攆了出去。而出了名大度的薛寶釵一見大觀園裡做抄檢，便以要照顧家母為名，立刻搬了出去。這時候，倒沒有一個人說寶釵多心了，尤氏與李紈兩個只是相顧而笑。

一樣的事情，在別人那裡是自重自保，到林黛玉這裡就是多心。無根無基的人合該忍氣吞聲，最好像迎春那樣，拿針戳都不知哎喲一聲，或者像岫煙，面對下人刁難裝聾作啞，還出錢給她們打酒喝，就符合大家對孤兒的人設了。因為你無處可去，理當被人捏在手心裡予取予求。

不好意思，黛玉讓有這等想法的人們失望了。

迎春被下人欺負，黛玉嘲謔她「『虎狼屯於階陛，尚談因果』，若使二姐姐是個男人⋯⋯又如何裁治他們」。

周瑞家的送宮花，就算她這麼資深的奴才，黛玉也照樣啪啪打她的臉：「我就知道，別人不挑剩下的也不給我。」周瑞家的出名勢利，猜想黛玉對她早就心存不滿，這次弄不好是借題發揮。

小紅私相授受，被寶釵擺一道，嚇唬她說是黛玉剛從此路過，嚇得小

智慧篇　終於，我們都活成了薛寶釵

紅不輕：林姑娘嘴不饒人心又細，可怎麼得了啊——厲害人名聲在外，一般人都不敢惹。

說黛玉錙銖必較也罷，小性難纏也罷，以她的特殊身分，在一個鬥得像烏眼雞一樣，恨不得你吃了我我吃了你的家族裡，愣是為自己爭取了一片獨善其身的生存空間，這絕非易事。就算有賈母的面子，但平日做人總要獨當一面，誰能替得了誰呢？

對於別人的議論，黛玉有所聞卻無所謂。我行我素，誰愛說什麼說唄：隔窗聽到襲人拿她做比，誇寶釵如何心地寬大之時，她絲毫沒記仇，襲人漲薪後她還跑來道賀；湘雲影射黛玉嫉妒寶琴得寵於賈母，黛玉竟然充耳不聞，根本不接招，自顧自與寶琴姐姐妹妹般相處。

黛玉所思與所為，總令人無端想起《甄嬛傳》裡那句臺詞：「人情世故的事，既然無法周全所有人，就只能周全自己了。」當時語畢，甄娘娘接過侍女手裡的暖爐，在冷風中款款向宮內而去，等待她的，又是一場小心翼翼的面聖。

單比這一點，黛玉比甄嬛幸福。回瀟湘館把門一關，迎接她的是一片自在的文藝小天地：翠竹幾竿，曲欄一道，銀紅的霞影紗正糊在窗上。廊下掛著的鸚鵡大聲喊：「雪雁，姑娘來了，快掀簾子！」進得屋裡，滿牆滿架的書，想看哪本看哪本。作為瀟湘館館主，內務當然也要安排得井然有序，「把屋子收拾了，撂下一扇紗屜；看那大燕子回來，把簾子放下來，拿獅子倚住；燒了香就把爐罩上。」嘖嘖，只看吩咐紫鵑這一句，就知小日子過得多精細。

連寄居在簷下的燕子都要記掛，免它徘徊於屋外無家可歸。殘花墜地，怕它們流於汙水溝渠，要錦囊收起，掩埋於一抔淨土之中。比「掃地恐傷

螻蟻命，愛惜飛蛾紗罩燈」的佛心還要珍重，這等細膩體貼的多心，多多益善才好。

多心固然傷神，並非一無是處，世間哪有萬全，無非求個平靜的生存空間。

賈璉的「璉」，原來是可憐的「憐」

一

《紅樓夢》的讀者，很多人對賈璉的印象不怎麼好，尤其對他好色這一條表示不能忍，有人甚至以此判定他「渣」。

也許是因為幾千年的道德壓抑，對男女關係上的事情尤其不能寬容。一說起賈璉，腦子裡很容易蹦出賈母罵他的一句話：「髒的臭的，都拉了你屋裡去。」

璉二爺嘴笨，也不會辯解，或者他根本就沒想辯解，畢竟這些事兒明面上他不占理。

其實他何嘗不是吃了悶虧，有苦說不出。

鄙視賈璉之前，我們先了解一下當時社會背景。在他所處的古代封建社會，實行的是一夫多妻制度，「不孝有三，無後為大」，妻妾成群才能多子多福。如果性也算一種資源的話，社會的有產階級可以多吃多占——換句話說，納妾是不違規的。

在這樣的前提下，做個兩府男人們的婚姻狀況調查，一對比資料，便

智慧篇　終於，我們都活成了薛寶釵

能得出一個扎心的結論。

先從上一輩說起，他爸爸賈赦，「左一個小老婆右一個小老婆放在屋裡……官也不好生作去」，鬍子都白了還惦記著水蔥一樣的鴛鴦，要娶回房做姨娘。鴛鴦不從，他就賭氣斥巨資八百兩，買了一個叫嫣紅的小姑娘，才十八。要知道，當時賈璉給外室尤二姐母女的生活費是一個月五兩，就夠她們吃香的喝辣的了，他爹居然用買套宅子的錢買了一個房裡人；而且，那些小老婆都是正室邢夫人張羅的，賈赦看上誰，邢夫人就去做媒，連賈母都譏她忒「賢惠」。

號稱最正經的叔叔賈政，除了正室王夫人，人家也有小妾，至少兩個：趙姨娘和周姨娘。這只是有記錄的，其餘還有沒有待考；而且，他還和趙姨娘大大方方生了探春和賈環一雙兒女滿院子跑。

再看同輩兄弟賈珍。八月十五中秋夜，賈珍夫人尤氏讓侍妾們入席，她們聽話地在下首「一溜坐了」，這一溜是四個。

賈珠早亡，但李紈曾說先前賈珠在時，房裡也是有兩個女人的，賈珠死後她主動放人家走了。

以上都是已婚的。未婚的爺們屋裡，沒結婚前也是會先放個房裡人的，寶玉有襲人，賈環有彩雲。賈政還說了，他都已提前看好了兩個丫頭，給弟兄倆一人分一個。

相比之下，賈璉房裡有誰？排在前三位的分別是鳳姐、鳳姐、鳳姐。

判斷一件事要「以事實為依據，以『法律』為準繩」，賈璉膝下無子，鳳姐又得了血崩，短時期內不能生育，從傳宗接代的需求出發，賈璉完全可以理直氣壯地擁有三妻四妾。

賈璉的「璉」，原來是可憐的「憐」

但他卻沒有。不是不想，是不能。

本來他娶親前也是有兩個通房丫頭的，但鳳姐過門沒半年，都尋出不是來攆走了。怕被人訾病，鳳姐就逼著心腹平兒做了幌子。賈璉和平兒，一兩年能有一次在一處，還要被鳳姐掂幾個過子。到後來，平兒為了不讓鳳姐找她麻煩，一見賈璉就躲。他在屋裡，她就到外頭去。沒見賈璉對他情婦鮑二家的訴苦嗎？「如今連平兒他也不叫我沾一沾了……」

121

智慧篇　終於，我們都活成了薛寶釵

　　他也不是沒試圖反抗過，但都以慘敗告終。

　　有一陣子他都以為要日月換新天了，先是偷娶了尤二姐做外室，鳳姐居然趁他不在「賢良」地把尤二姐接回了府。緊接著他爹又送她一個叫秋桐的丫鬟做妾，公公送來的，鳳姐更不能違拗了。那一陣子猜想賈璉走路都快飛起來了，誰說福無雙至？豔福就是。

　　可是沒多久，他就發現自己被「設計」了。鳳姐稍使手段，尤二姐一屍兩命，又以屬相不合栽贓秋桐，一塊打發了。賈璉徹底傻眼，只會對著尤二姐撫屍大哭：「是我害了妳。」

　　遇到鳳姐這樣強悍毒辣的正妻，就算他把人家好好的姑娘要了來，也是來一個死一個，來兩個滅一雙，來一打照樣會花樣百出地收拾一打。非死即攢，沒有一個能安生有好下場。擱誰不痛，不怨，不驚，不懼？

　　別說納妾了，看一眼都不行，興兒說鳳姐：「人家是醋罐子，他是醋缸醋甕。凡丫頭們二爺多看一眼，他有本事當著爺打個爛羊頭。」這人夫當得能嚇尿。鳳姐兒不請自到去外宅接尤二姐時，下人一聽是她來了，「頂梁骨走了真魂」，看來那厲害真不是鬧著玩的。

　　人有欲望不可恥，可恥的是滿足途徑。合法納妾，把乾淨的香噴噴的往屋裡拉，名正言順地享齊人之福。你以為賈璉他不想嗎？此路不通，退而求其次打野食，飢不擇食自然難免。

　　所以，批評一個人不能脫離當時的社會背景，用幾百年後的道德觀去衡量當事人是不公平的，鳳姐固然不順心，但賈璉也算是被侮辱和被損害的那一個。在他們的婚姻裡，沒有無辜者。

二

　　賈璉和多姑娘偷情那段，曹公寫得十分露骨噁心，他描寫賈璉用了「醜態畢露」一詞，可是讀那段，卻覺得醜態後面都是心酸。這點子事似乎是他活著的唯一一點樂趣。

　　這個男人，爹不疼，賈赦對他說打就打說罵就罵；娘不愛，親娘死了，後母邢夫人只和自己最親，稱自己「無兒無女的，一生乾淨」；鳳姐平兒又是一條心合夥防著他，家裡的事包括放高利貸對他瞞得鐵桶一般；有一個二木頭一樣的異母妹妹，對誰都無感，探春尚且會對著寶玉嬌嗔一聲：「寶哥哥，身上好？我整整的三天沒見你了。」那一聲撒嬌裡，是令人心尖微顫的骨肉溫暖。

　　可是翻遍全書，都沒見迎春和他對話過。

　　他像一個孤身穿過幽深走廊的人，走廊兩邊是一間一間的小屋子，經過的小屋子裡都住著人，貼著一格一格的雕花窗櫺往裡瞅，裡面住的都是他的家人。但走到哪扇門前自己都像是外人，沒人好好站起來理他一下。他瞇起眼，向走廊盡頭望去，微微有杏色的天光映入，在這裡待久了人身上發涼，他緊一緊袍子，跺一跺靴子，向著隱約的光和暖邁去。

　　有了尤二姐，就算他明知道這個女人墮落過荒唐過，他依然全心接納她，不但不計前嫌，還反過來安慰：「妳且放心，我不是拈酸吃醋之輩，前事我已盡知，妳也不必驚慌……」又說，「誰人無錯，知過必改就好。」這不是一般男子能有的氣量胸懷，加上著貼心貼肺的溫熱，讓有「前科」的女人瞬間放下了緊繃的心，還了他一個溫柔恩愛鄉。他呢？應該像張愛玲在〈留情〉裡寫的納妾男人米晶堯那樣，「可以享一點清福豔福，抵補以往的不順心」。誰料最後竟弄成一出人間慘劇。

智慧篇　終於，我們都活成了薛寶釵

尤二姐被鳳姐算計死後，他哭天哭地，發狠賭誓，但堂堂榮府公子，卻連尤二姐的發喪銀子都拿不出，要靠平兒接濟。

「璉」本與「憐」諧音，也許曹公起名的本意就是在暗示：

賈璉是個可憐之人。

三

賈璉好色不假，但是他不缺德。

男女之事上，他從不強人所難。孫紹祖好色，惡狼一樣，合宅的丫頭媳婦都讓他強行淫遍；薛蟠好色，為了香菱打死馮淵強搶霸占。但賈璉不同，但凡是和他好的女人，不管是哪個，都是你情我願、兩情相悅的。和二姐好之前，他開始本有意於尤三姐，但三姐對他不理不睬，他也不惱，轉而去追求尤二姐。旺兒家的借鳳姐的強勢逼娶丫鬟彩霞時，賈璉曾特意交代：「雖然他們必依，然這事也不可霸道了。」

他也不會無恥地去占情人們的便宜。《水滸傳》裡的鄭屠鎮關西，寫了三千貫文書，實契虛錢，將賣唱女金翠蓮哄回家做了小妾，過了一陣又給趕出來，不但沒有給過聘禮，還汙衊翠蓮欠他錢，討還那根本沒給過的三千文。不管是跟鮑二家的，還是多姑娘，賈璉從不在錢財上虧待她們。他叫鮑二家的來，先是開箱給拿了兩塊銀子、兩根簪子、兩匹緞子，是很豐厚的約會禮物。找多姑娘事先也是以金帛相許。當然，勾引有夫之婦不應該提倡。然而別忘了，床品也是人品的一部分，就這一點，璉二爺不算欺負人。

還有，不該碰的人他絕不碰。黛玉父親林如海死後，賈府派賈璉送她回揚州奔喪。林黛玉貌若天仙，連薛蟠見了都要身子酥半邊，賈璉又不

瞧。但是他對黛玉沒有半點非分之舉，一路舟車顛簸好幾個月，有好多機會可以與黛玉接近，但他穩妥送去，再好好帶回，絕無閃失完璧歸趙，盡了一個好表兄的職責。

有人懷疑林黛玉的家產被賈璉貪汙了，根據是賈璉曾說「這會子再發個三二百萬的財就好了」推測，這純粹是捕風捉影。賈赦看上石呆子的古扇子讓他去弄來，賈璉出高價收買，奈何石呆子死活不賣，他也就作罷。而賈雨村為了獻媚便設法抄家強奪了來。父親訓他：人家怎麼就能搞來？他只說了一句：「為這點子小事，弄得人坑家敗業，也不算什麼能為！」為此被賈赦惱羞成怒打得破了相。他厭惡雨村為人，勸家裡人離他遠點，說怕是他那官兒做不長。一個做事是有底線的人，貪汙黛玉家產之事不大做得出來。

對上他是個孝順的晚輩，正月十五賈母看戲，他要預備下大簸籮的錢，只等老祖宗一高興喊一聲「賞」，便忙命小廝們趕快撒錢，滿臺子錢響，賈母大悅。清明時，他要備下年例祭祀，帶領弟弟姪子們去往鐵檻寺祭柩燒紙，頗有長兄叔伯之範。第六十四回，他從外面回來，寶玉先趕緊向他跪下，口中卻是給賈母、王夫人請安：特殊時刻，他還要代長輩們受拜。

對下他是個慈愛的兄長。賈府一脈的其他子姪們，或為生存或為利益，爭先恐後前來依附。他隨和寬容，從不居高臨下。他們在他面前耍小聰明玩小手段，他心如明鏡卻不捅破這層窗戶紙。賈蓉賈薔置辦樂器行頭時，想拿公中的錢賄賂他們。鳳姐是罵：「別放你娘的屁！我的東西還沒處擺呢，希罕你們鬼鬼祟祟的？」一轉身收了賈藝的麝香冰片。而賈璉則是善意規勸：「妳別興頭。才學著辦事，倒先學會了這把戲……」

他懼內是公認的，但對外他可是個好哥們，喜歡成人之美，柳湘蓮痛

智慧篇　終於，我們都活成了薛寶釵

打薛蟠之後，他忙著幫助和解息事寧人，是個厚道熱心腸的老好人，不曾挑三窩四火上澆油。

不揪著男女之事不放，在其他做人方面的確很難找到他的汙點。可是前面說了，男女之事並不能全怪他一人。跟他那萬裡挑一的夫人比起來，他不過是善一點，手段少一點，反射弧長一點。

何謂君子？宅心仁厚，「莫美於恕」，如果不是好色，賈璉堪可稱為一個俗世裡的君子。

他不是壞人，也不是完人——不過如果讓他選的話，他才不要做完人，否則這一生該有多枯索無趣。

他就是個有毛病缺點的好人。

猜想賈璉在交友圈裡，應該是言行最練達溫和的那個，是最會替朋友保密的那個，是最懂得給人臺階下的那個，是氣氛尷尬時一定會出來打圓場的那個，是別人講笑話他要想一想才笑的那個，是飯局上趁人不注意悄悄就把帳結了的那個，也是需要幫忙時找他他會記在心裡，但是會回覆晚一點的那個。

如果你是男生，應該不會拒絕和賈璉這樣的人做朋友。如果你是女生，若郎有情妾有意妳請隨意，但別要求他娶妳，他做不了自己的主。如果妳無意於他，千萬別隨便撩逗，他根本經不住誘惑。記得跟他保持距離，放心，他識趣，絕不會糾纏妳，他會隔著一張圓桌的距離，不遠不近地敬酒，眼裡有光，卻用淡淡的微笑向妳致意。

探春為什麼不和王善保家的對嘴

一

大家都有印象吧？抄檢大觀園時，王善保家的被探春扇過嘴巴子。

因為她上前擅自掀了探春的衣服，引得探春大怒。別說不至於，嚴肅場合下，嘴上再開玩笑，此舉都屬人格侮辱。這事就是擱現在同事之間，別說同事了，就是親密朋友之間這也是忌諱的，這是敏感的界線侵犯。

遙想趙惠文王二十年，澠池會上秦王不過就是讓趙王鼓個了瑟，還讓史官記下來嗎？藺相如為什麼一定不依，非要逼秦王也敲下瓦罐子，也要讓史官記下來呢？皆因士可殺，不可辱。

可能是王善保家的老糊塗了吧？還真不是，你問問，同是老婆子，宋媽敢嗎？夏婆子敢嗎？費婆子敢嗎？借她們十個膽子諒也不敢，她們知道自己的頭還不夠硬。王善保家的之所以敢，很重要的原因之一是自恃是太太邢夫人的陪房，看不起又年輕又沒有靠山的三小姐探春。

這是個有趣的心理博弈。

掛靠上了體制背後有靠山，便高人一等了？

「不過看著太太的面上。」高的是體制，不是你。

但王善保家的不這樣想，她的個人認識是：「素日雖聞探春的名，他自為眾人沒眼力沒膽量罷了。」行，別人都不如你橫。

智慧篇　終於，我們都活成了薛寶釵

　　但你再橫，也得明白這一件事：人家探春是這屋子乃至這園子裡的主人，這裡的一草一木，一針一線，哪怕是一張紙，一個字都是人家的。你無權去翻騰，還邊翻邊說：「連姑娘身上我都翻了，果然沒有什麼。」人家好不好，不用你替人家宣揚。

　　捱打之後，她賭氣說「這也是頭一遭捱打，我明兒回了太太，仍回老娘家去罷。」

面對低配版的「這園子住不得了」，回她話的是侍書：你要是真捨得離開這掛靠就好了，就怕你捨不得！

至於探春，她根本不和她對話：「你們沒聽他說的這話，還等我和他對嘴去不成。」

這句話可以理解成：要我和她吵，她還不配。

這是最徹底的鄙視。

二

王善保家的捱了打，也沒見個正經人幫她說話，鳳姐平兒反說她「瘋瘋顛顛起來……快出去，不要提起了。」

她那靠山邢夫人也該好歹出來替她撐腰出口氣啊，說她翻一個毛丫頭的衣服翻得對才行啊。不但沒有，還居然嗔她多事，也給了她一頓嘴巴子：妳做出這不長臉的事兒，這主子也是要臉的人呢。

她們不但敢在人家屋裡亂翻，還敢趁亂從人家身上拿走個釵環玉珮什麼的，戴上身招搖過市，被人指出來，就一口咬定說是自己在假山後面的石頭上撿的。再被譴責，或許就是「我正在幫失主做宣傳」。

比如公然對別人的原創文章剽竊、洗文，被指出來還說自己頂多是「借鑑」，靠竊取別人的思想成果出書、開講座、招搖過市。

在可以自由發聲的年代，只要你願意，誰都可以做自己人格的代言人。

活在書裡的王善保家的，要看看現在，會不會覺得自己生不逢時呢？如果能穿越，過去和未來的自己可以組團作戰，攜手闖遍銀河系，時代不同了嘛！

智慧篇　終於，我們都活成了薛寶釵

可是，總有些東西是變不了的，比方說，不管到了什麼時候，有點常識的人不會跟著你們說太陽它是方的，月亮是自己會發光的，「借鑑」別人的原創是理所應當的，大家都應該覺得你很棒的。

只是都不願意和你對嘴而已。

三

《老殘遊記》裡，老殘在山中向一位老者問路，老者說：這山裡的路，天生成九曲。有意走直路，必走入荊棘叢；有意走彎路，便容易掉陷阱。我告訴你訣竅吧，眼前路都是從過去路生出來的。你走兩步，回頭看看，一定不會錯。

想做探春的接著做探春，想做王善保家的接著做王善保家的，大家繼續過自己的日子，按自己的活法活下去。

探春們想吃個油鹽枸杞芽，接著自覺先送五百錢給廚房，雖然那廚房就是自己家的。不讓人添麻煩，永遠體諒他人的難處，替別人多想一點。

喜歡街頭小工藝品，但自己出不了園子，要接著求人代購。開口先說：「我又攢下有十來弔錢了。你還拿了去。」雖然那人可能是自家哥哥，也不會讓人白白跑腿又貼錢。心裡過意不去，每次都主動提出幫人再做雙鞋。和人交往絕不好意思讓對方吃虧。

這天又下雪了，下帖給兄弟姐妹們吧：若蒙棹雪而來，我則掃卡以待。社會像個集市，兜售什麼的人都有，盡可能選擇和美好的事物在一起虛度光陰，和三觀相契的人交換微笑與思想。

至於王善保家的，隨便她吧。她並不孤單，還有費婆子夏婆子陪著吶。至於她們在一起能做點什麼？來，翻到《紅樓夢》第七十五回，探春早都

料到了:「不過背地裡說我些閒話。」

「別太理會人家背後怎麼說你,因為那些比你強的人,根本懶得提起你。詆毀,本身就是一種仰望」。共勉。

女人之間有一種友誼叫「不過如此」

一

讀《紅樓》就是讀生活,書中人與人之間友情的多種締結方式與現實中並無二致。

有一見如故,比如寶玉和秦鍾或蔣玉菡,彼此一見就互有好感,頻率完全吻合;

有酒肉之交,比如薛蟠和賈珍,沒事了在一起花天酒地養孌童;

有青梅之誼,比如襲人和紫鵑、鴛鴦一干人,從小一塊長大知根知底,有綿長的歲月作保,可以相互信任無話不談;有峰迴路轉,比如黛玉和寶釵,一旦「孟光接了梁鴻案」盡釋前嫌,便互剖心語結了「金蘭契」;

當然,還有一種友情不能忽略,叫「沒得選」,比如妙玉和邢岫煙。

二

妙玉在大觀園的櫳翠庵做擺設尼姑,岫煙是衣食無著來投親,這兩個寄居在賈府的姑娘,老曹從未寫過她們之間的正面交集。如果不是寶玉過

智慧篇　終於，我們都活成了薛寶釵

生日，誰能想到，這二位竟然有「十年加」的交情。

寶玉過生日開聚會狂歡至半夜才睡，醒來後發現桌上多了張小紙條，上面寫「恭肅遙叩芳辰」（祝你生日快樂）。一看落款是「妙玉」，還加了三個怪怪的字：檻外人。

他打算寫個回執表示感謝，但落款如果只寫本名「寶玉」，土、低俗先不說，關鍵是怕掃了姑娘雅興。

寶玉決定找黛玉商量。去瀟湘館的路上，剛過沁芳亭，寶玉正好遇到邢夫人的姪女岫煙，一位也許裹著小腳、也許蹬著花盆底、視覺上個子高挑的姑娘。這不是瞎說，原著上寫岫煙「顫顫巍巍的迎面走來」，此處的顫顫巍巍不是老太太的帕金森氏症，而是一種搖曳多姿之感。嗯，這種感覺在矮個子姑娘身上怕是找不到，她們是另外一種美。

寶玉一見年輕漂亮的姑娘就會很忙，他忙問：「姐姐哪裡去？」

岫煙答：「我找妙玉說閒話。」

寶玉很詫異，馬上肅然起敬道：妙玉眼那麼高，她能看得上誰啊？竟然和妳合得來，可知妳也不是我們這樣的俗人。

岫煙頭腦冷靜，沒有為這樣的說法瞎說瘸了，她知道那是愛屋及烏。

她淡淡笑道：「她也未必真心重我。」隨後說出了和妙玉的一段淵源。

三

原來，她們早就認識，竟然做過十年的鄰居。妙玉當年在蟠香寺出家，岫煙家恰好租廟裡的房子住，與妙玉只有一牆之隔，就總過去串門子。

不得不說，這門子串得太划算了。妙玉分文不取，教會了她識文斷字。岫煙說「我所認的字都是承他所授。我和他又是貧賤之交，又有半師之分」，坦陳自己和妙玉亦師亦友。

妙玉可是黛玉、湘雲公認的「詩仙」，十年光景，岫煙跟著她受的薰陶也足夠用了。不但認了字，關鍵時刻還能湊上來幾句詩。

當她做客大觀園，被點名與一塊來做客的寶琴、李紋寫詩詠紅梅時，她毫不露怯，一出手就是「看來豈是尋常色，濃淡由他冰雪中」的從容。

智慧篇　終於，我們都活成了薛寶釵

大家對她的要求本來就不高，以她一個貧寒女兒的身分能寫成這樣，是很加分的。

更難得的是這女孩子，荊釵布裙寄人籬下，雖有一對惹人厭的父母，自己卻端莊素淨，飄逸出塵，像汙泥裡鑽出的一朵蓮花。薛姨媽看上她說與薛蝌為妻，便是看中了她超出自己原生家庭的品格。

正是得益於之前妙玉所給的耳濡目染，才成就了她閒雲野鶴的超然氣質。試想一下，如果沒有妙玉，今日的她言談舉止會是什麼樣子？恐怕連字都不認識，妄談寫詩？不會寫詩，被貴族小姐們的圈子接納都難說，只能是喜鸞四姐兒那樣的待遇。香菱當初鐵了心要學寫詩，她追求的只是詩嗎？是向高雅生活，也是向上流社會的靠攏。

在大觀園內，會寫詩的姑娘，與不會寫詩的姑娘，是不一樣的。

可以毫不誇張地說，妙玉對岫煙，有再造之恩。

四

但是，岫煙對於與妙玉的這段緣分，卻下了這樣的定義：她也不見得看得起我，只是命運恰好把我們安排到了一起。

「她也未必真心重我，但我和她做過十年的鄰居，只一牆之隔。」恬淡的語氣後面，既有對妙玉對自己付出的領情，也有一種微妙的複雜。

岫煙又說：「因我們投親去了，聞得她因不合時宜，權勢不容，竟投到這裡來。」就這一句，會讓人小小地跳一下戲：這是好朋友該說的話嗎？

她是在對著一個不熟的男人揭妙玉的老底：她是在蟠香寺混不下去才來的櫳翠庵。

何況這個男人還對妙玉讚賞有加。

妙玉的這些隱私，本來寶玉可以不知道的。

「如今又天緣湊合……舊情竟未易。承她青目，更勝當日。」他鄉遇故交，是一件令人開心的事，感情更進一層是人之常情。她淡淡的把話題勾了回來，不著痕跡，好像她剛才所說的不過是順嘴而已。

如果換個八卦的會追問妙玉「怎麼被權勢不容」，但寶玉是個痴人，他沒有理會岫煙話裡的訊息，一心所繫的是怎樣回帖方能讓妙玉開心。

他又誇了一回岫煙，但誇得很氣人。他竟然說怪不得岫煙氣質這麼好，原來是「有本而來」──分明還是在誇妙玉。

當他拿出帖子請教時，岫煙對妙玉的評判有著知之甚深的不以為然：「他這脾氣竟不能改，竟是生成這等放誕詭僻了……『僧不僧俗不俗，男不男女不女』，成個什麼道理。」

當寶玉又一次急著替妙玉辯解說她是「世人意外之人」時，岫煙的表情很有意思：她「且只顧用眼上下細細打量了半日」，這是種饒有興味的探詢和分析。瞅瞅手裡這帖子，再想想當初妙玉所贈寶玉的那些梅花。她終於明白，寶玉和妙玉，根本就是「臭味相投」。

君子成人之美罷了，幫他支個招吧，「檻內人」對「檻外人」就是。

五

不禁要問：岫煙和妙玉，她們兩個算是好朋友嗎？

這兩個人有太多不一樣：妙玉養尊處優有人伺候，岫煙吃苦受窮捉襟見肘；妙玉鋒芒畢露總是不假辭色，岫煙隨分從時最會審時度勢；妙玉一

智慧篇　終於，我們都活成了薛寶釵

心要的是遠離骯髒人群，而岫煙卻需要在塵世之中尋找溫暖歸宿。

如果不是造化弄人，她們應該沒有交集。就像無法選擇同學和舍友一樣，兩個年齡相仿的女孩子有機會朝夕相處，各自懷揣苦楚，在找到自己的同類之前姑且相互靠近取暖，聊勝於無。

這是一對各取所需的朋友：妙玉滿腹才華，需要從岫煙身上尋找價值感，而以她的個性，教習岫煙時很難不出語傷人，對林黛玉她尚且要罵一聲「大俗人」，何況岫煙呢？

而岫煙，需要從妙玉處汲取學識營養，順便提升境界，但對妙玉的孤高自許並不一味認同。對妙玉的強勢自我也可以做到一笑了之，但日子久了，說不定會在心裡生出「你就是如此，也不過如此」的冷笑。

多少朋友還不都是這樣，互相有看不慣看不上的地方，心懷怨氣卻還是沒有撒開手，疙疙瘩瘩又親親密密地攜手同行。

有句話說「不維護你的姊妹淘不值得交往」，但「水至清則無魚」，以人性之複雜，莫說維護，不在背後吐槽就已經算是很高級別的相容性了。

這一種友情就叫「沒得選」。在你沒有遇到自己的伯牙子期之前，如果目光之內只有一人同行，大多數人會選擇攜手先走完這一段，其中種種忍受寬諒，便是對這友情所做的妥協。那種感覺啊，就像溼透的棉襖，穿上難受，不穿又會冷。

一路還要走多久，才能達成諒解或在岔路口默然分手？

所以岫煙才把和妙玉的這段友情看得很透：我知道她也未必真心看重我，是命運一次次把我們捆綁在了一處。

寶玉過生日，妙玉他自然不能請，但岫煙他也沒請。來到大觀園後的她們並沒有完全融入圈子，各自本質上還是寂寞。於是，岫煙又一次走向

了妙玉，像十年前一樣。

不要太較真的話，這樣已經很好了。

十年之前，你不認識我，我不認識你。

十年之後，我們是朋友，還可以問候。

麝月：拎得清，才能花開荼蘼

一

麝月長什麼樣子，誰知道？

王夫人說過，她和襲人都是「體體面面」的，意思是看上去是個正經姑娘，這話是幫她們的工作態度打分，無涉顏值。

襲人曾自謙「粗粗笨笨」，本人卻是細挑個子容長臉兒，與粗笨不沾邊兒；晴雯是眉眼像林妹妹，水蛇腰削肩膀的妖精樣兒；小紅細巧身材黑頭髮，乾淨俏麗；芳官是「面如滿月猶白，眼如秋水還清」。就連四兒，曹雪芹也大方送了四個字「十分清秀」。

彷彿寶玉房裡略略有點姿色的，曹公都不放過。剩下的幾個大丫鬟都沒描述長相，別的也就罷了，麝月畢竟戲份最重啊，難道是她模樣太抱歉？

這才是大師手法好嗎？長相只有在初見時才會在意，小紅和芳官、四兒的長相被描摹，是因為她們在寶玉眼裡新鮮勁還沒過；襲人晴雯的長相都是借別人的嘴說的，那都是賈芸和王夫人的第一印象，是情節推動的需

智慧篇　終於，我們都活成了薛寶釵

要。麝月與寶玉朝夕相處得跟家人一樣，天天在他眼前晃，誰還會時時留意自己家人的相貌？不寫是親密，寫了反倒見外。

所以麝月長什麼樣，有興趣的讀者們只好自行腦補。再說人與人長期相處，真正靠的是人品，就憑這一條，麝月姑娘不靠臉，也照樣在寶玉心裡能占得一席之地。

第二十回，襲人臥病，大丫鬟們都出去賭博去了，唯見麝月一個人在房裡，寶玉問她，她說沒有錢。寶玉奇怪了，明明床底下一堆錢嘛！麝月說：「都玩去了，這屋裡交給誰呢？那一個又病了，滿屋裡上頭是燈，地

下是火。那些老媽媽子們，老天拔地，服侍一天，也該叫她們歇歇；小丫頭子們也是服侍了一天，這會子還不叫她們玩玩去。所以讓她們都去罷，我在這裡看著。」真是個為他人著想、默默奉獻的好姑娘，寶玉立即視她為「又是一個襲人」。

晴雯回來，看到寶玉為麝月篦頭髮，便對他們兩個冷嘲熱諷：「交杯盞還沒吃，倒上頭了！」寶玉輕輕嘟囔一句，麝月就趕忙對鏡擺手，晴雯折回來不依不饒，麝月賠笑息事寧人。

著名的「晴雯撕扇」，撕的不是別個的扇子，恰是麝月的。麝月委屈地說：這算什麼？拿我的東西尋開心啊？── 在晴雯面前，麝月就像個受氣包。她的生存之道好似是靠奉獻和忍讓。

二

千萬別被表象迷惑。

曹雪芹說：「寶玉身邊一干人，都是伶牙利爪的。」這一點讀者都領教過，晴雯成天咋吃喝呼打東罵西；襲人雖不強勢，也嘮嘮叨叨大道理一套一套；秋紋成天牙尖嘴快地耀武揚威；碧痕也是個不讓人的，和晴雯還拌過嘴。

呵呵，五十二回之前，除了麝月，個個都很拽，口才都很好的樣子。

可是一遇到驍勇善戰的婆子，她們個個都成了鋸了嘴的大葫蘆。在胡攪蠻纏的春燕娘面前，勇晴雯的三板斧，賢襲人的大道理，通通派不上用場，還有，其他那些厲害姑娘不知為什麼此刻全都隱身了 ── 原來全是窩裡橫。

智慧篇　終於，我們都活成了薛寶釵

萬萬想不到，她們緊急求助的人竟是麝月。而麝月，真的就不負眾望，正說反說都是理，辯得對方羞愧難當，啞口無言。

襲人喚麝月出場的理由是：「我不會和人拌嘴，晴雯性太急。妳快過去震嚇她兩句。」不會和人拌嘴，有可能是性格迂迴不善與人正面交鋒，也有可能是腦子不快導致口舌頂不上來。

至於晴雯的「性太急」，其實是思路不清，一急腦子就短路成了糊塗蛋──別看她名聲在外，但對陣毫無章法，全憑放狠話嚇人，遇到稍微難纏點的，她就自亂陣腳，自己把自己絆倒。

之前撐墜兒時，墜兒媽挑剌說她們敢叫寶玉的名字，晴雯一急竟說了這樣的話：「我叫了他的名字了，妳在老太太跟前告我去，說我撒野，也撐出我去。」一下子就把自己降到和對方一個等級上去，話裡話外全是破綻。

麝月可不一樣，她話說得特別有條理。

一是下達命令，「嫂子，妳只管帶了人出去，有話再說。」

再是警告對方注意場合：「這個地方豈有妳叫喊講禮的？妳見誰和我們講過禮？別說嫂子妳，就是賴奶奶林大娘，也得擔待我們三分。」

三是說明叫名字的兩點充分理由。原來一是為了回話方便，二是老太太讓叫的。

四是打擊對方自尊：「成年家只在三門外頭混，怪不得不知我們裡頭的規矩。」

五是叫對方不服氣按程序來：去找林大娘說，讓她來找寶玉。實際上是說對方不夠格與她們對話

最後叫小丫頭子擦地，就是在下逐客令，乾淨俐落地結束戰鬥。

有理有據環環相扣，氣場強大言辭鋒利，對方悻悻敗走。至此方知，對晴雯處處退讓的麝月才是深藏不露的高人，身負獨門武功，是個吵架達人。

別小看了吵架，除卻上不得檯面的潑婦罵街，吵本質上是辯論，可以稱得上是一門技能，對當事人的要求那是相當高。

說得時髦點，別看吵的是架，但全方位飆的是綜合能力，除了表達能力、應變能力，最重要的是邏輯嚴密，讓人無從辯駁。既然要講理，就看誰能講得通。

不張揚不代表沒能力。只有晴雯這塊爆炭到處點火，襲人急得團團轉一籌莫展時，不顯山露水的麝月才會像救火隊隊長一般霸氣出場，橫刀立刻還從不落下風。所謂靜若處子動若脫兔，正是兵家之法也。

三

除了口風厲害，麝月遇到突發狀況處理起來也頗有謀略。

春燕娘二次鬧事追打春燕時，襲人管不住氣得鎩羽而歸，麝月一邊使眼色讓春燕找靠山一邊出面應敵，還一邊請平兒來，幾下裡都不耽誤。

回頭再看麝月對晴雯的「忍讓」，方知那不叫軟弱叫低調。她若亮劍，恐怕三個晴雯也不是她對手。對外雖寸土不讓，對內卻寬容禮讓，不和姐妹們斤斤計較，自願收斂鋒芒，後退一步。

比晴雯柔軟，比襲人有主心骨，該隱身時不搶風頭，該出手時毫不猶豫手軟。看到了嗎？這世界既不缺晴雯的直率也不缺襲人的賢良，缺的就是麝月這樣的拎得清。

智慧篇　終於，我們都活成了薛寶釵

　　邏輯好的人都這樣，小到說話講理，中到為人處世，大到人生抉擇，都能分得清主次先後，輕重緩急。這類人裡，心高的會脫穎而出，中庸的也能有自己一席之地，麝月便是後者。

　　有這樣一個全才坐鎮怡紅院，真乃寶玉之福。

　　寶玉生日宴上，麝月掣的花箋是荼蘼花。荼蘼的花季在春末，花朵不濃豔不妖嬈，素白單薄但別有清香。雖不名貴，但身披微刺，不可隨便攀折，將低調與鋒芒集於一身。恰如麝月的生性淡泊抱樸守拙，隨分守時不生是非，卻有縝密審度之心，犀利裁決之力。

　　詩家云「荼蘼不爭春，寂寞開最晚」。書到後半程，麝月才光芒漸顯，想來是作者有意為「三春去後諸芳盡」的敗局做準備。

　　賈府被抄家以後眾芳荒穢，伺候的姑娘們死的死走的走，留給寶玉的是一副無從下手的爛攤子，他急需一個既溫柔又堅強的明白人站在身邊，入能持家照料出能頂風擋雨，而這個人，除了麝月還能有誰？

　　麝月之後，再無麝月。千紅一哭，萬豔同悲，最後才輪到她明亮地徐徐綻放。雖是「開到荼蘼花事了」，她充其量不過是大劇收梢上一個纖柔的背影，卻也是命運盡其所能送給寶玉最後的也是最好的禮物。這個凡事拎得清站得住的姑娘，最後挑起了那副吃重的擔子。

賈敬：《紅樓夢》裡的「科學怪人」

一

紅學家胡適先生發表過一篇動情演講，題目叫〈終生做科學實驗的愛迪生〉，講述了愛迪生終生投身科學實驗的事蹟：這位科學家只要活著，醒著，就無時無刻不在做實驗，胡適先生因此尊稱他為科學聖人。

不知道他猛誇愛迪生的時候，有沒有想起，在《紅樓夢》裡也有一位終生做實驗的「化學家」呢？論起做實驗的狂熱，把兩人拎到一起比較一下，愛迪生一定會覺得：我自己努力得還不夠。

這位來自賈府的「科學家」，他為了一項無數人前赴後繼卻尚未實現的「航空事業」，常年吃住在「實驗室」裡，和一眾「實驗人員」打成一片，全心投入做「科學實驗」。大禹為了治水曾三過家門而不入，而他更狠，拋家捨業，棄兒別女，放棄了榮華富貴，連皇帝賜的官都不做了，一走就是十幾年，只為了心中的夢想。

這是一種什麼樣的精神？這是一種為了夢想六親不認的精神。

他的名字叫賈敬，寧國府健在的最高長輩，賈珍的親爹，賈蓉的親爺爺。他是進士出身，本該襲官，但志不在此，愣把官兒讓給兒子當了，官位說起來還不小呢，是個三品威烈將軍，說不要就不要了。嘖嘖嘖，真超脫。

但這事到俗人嘴裡就變味了。比如冷子興，竟議論人家是「在都中城外和道士們胡羼」，真是「燕雀安知鴻鵠之志」，人家不稀罕當官，是因為他有更遠大的理想：當神仙！

智慧篇　終於，我們都活成了薛寶釵

這沒什麼可詬病的，人各有志，再說有所求便要有所捨，憶往昔，還有釋迦牟尼放棄王位成佛祖呢！

■二

道家不同於佛家之處在於，佛家講「捨」，道家講「得」，只有得道才能成仙。成了仙，就可以「排空馭氣奔如電」，想多快就多快；就可以「上

窮碧落下黃泉」，想去哪兒就去哪兒；就可以穿牆進屋無所懼，想幹什麼就幹什麼。最最最重要的是：可以長生不老。

問題是怎麼才能得道呢？

《西遊記》裡對此有過詳盡的介紹。孫悟空的恩師菩提老祖，告訴他得道有三百六十種途徑，最常用的有如下四種：

第一種是「術」，乃是請仙扶鸞，問卜揲蓍，就是算卦。

孫悟空問：這門專業能讓我長生嗎？菩提祖師說：「不能。」

孫悟空說：「不學！不學！」

第二種是「流」，就是學習儒道釋等流派。

孫悟空問：「能長生嗎？」菩提祖師說：「不能。」

孫悟空說：「不學！不學！」

第三種是「靜」，即清靜無為，參禪打坐、入定坐關之類。

孫悟空問：「能長生嗎？」菩提祖師說：「不能。」

孫悟空說：「不學！不學！」

第四種是「動」，就是用方炮製，進紅鉛，煉秋石，並服婦乳之類，俗稱煉丹。

孫悟空又問：「能長生嗎？」菩提祖師說：「不能。」

孫悟空說：「不學！也不學！」

這也不學那也不學，氣得師父「噢」的一聲，從講臺上跳下來，打了他一頓。

一心修道的賈敬，好死不死，挑的恰恰就是猴子不肯屈就的四專業之一煉丹。菩提祖師對孫悟空說得很明白：「此欲長生，亦如水中撈月。月

智慧篇　終於，我們都活成了薛寶釵

在長空，水中有影，雖然看見，只是無撈摸處，到底只成空耳。」

然而這個專業的詭異之處就在於它有點像傳銷組織，成千上萬的人證明了它的不可靠，但仍然有成千上萬的人狂熱地加入進來，因為他們每個人都堅信：別人失敗，不代表自己不能成功。「夢想還是要有的，萬一實現了呢？」

三

人到中年的賈敬，就是懷著這樣樂觀的信念，才捲起鋪蓋捲進道觀的——從此一入丹門深似海。

他過生日，兒子為他備席請客精心準備，因為他喜歡清靜，為了他連娛樂專案都免了。一切準備就緒的生日前兩天，賈敬忽然變卦，說不回來了，連個解釋都沒有；而且，他不回來過壽，也不讓孩子們去祝壽。

不知道賈珍心裡是什麼滋味，會不會默默大喊一聲：「老爺子你這不是折磨人嘛！」

攤上這爹，賈珍只好自認倒楣，風雨一肩挑了：

親朋好友到了，他好生招待，把原本不用的戲團隊再叫過來熱鬧熱鬧，活躍一下氣氛；

京城裡一等一的王公貴族，南安、東平、西寧、北靜四郡王，鎮國公牛府等一共六家，忠靖侯史府等一共八家，派人來送賀禮了，可不能怠慢，禮單一一上檔，來人一一打賞；又讓賈蓉這個當孫子的，把上等稀奇的吃食裝了足足十六捧盒，給他那不仗義的老爹送去。還特別囑咐賈蓉這麼說：「我父親遵太爺的話未敢來，在家裡率領闔家都朝上行了禮了。」

賈敬：《紅樓夢》裡的「科學怪人」

兒子做到這份上，真是仁至義盡了。

默默心疼賈珍兩秒。

面對一個壽星缺席的壽宴，刻板的王夫人覺得很尷尬：「我們來原為給大老爺拜壽，這不竟是我們來過生日來了麼？」

還好鳳姐兒反應快：「大老爺原是好養靜的，已經修練成了，也算得是神仙了。太太們這麼一說，這就叫做『心到神知』了。」大家哈哈一笑，算是把場圓過去了。

賈敬也有不得不回家的時候，就是除夕。因為要祭祖，他這長房長子要擔任主祭，再賴不掉的，只好勉為其難回家。但就算過年這幾日，他也不出來和人團聚，把自己一個人關在一個屋子裡獨處。還沒成神仙，神仙的脾氣倒有了。

捱到正月十七祖祀一完，他一溜煙就回道觀裡去了，跑得比兔子還快。

四

他身後的家，是什麼樣子呢？

他入住道觀的時候，妻子已死，女兒惜春尚還是個幼兒，他把她往家一丟一走了之，從此不聞不問，是榮國府老太君心善，替他收養了女兒。雖說賈母待她不錯，對外稱她是自己的小孫女兒，但終是又隔了一層。回房裡關上門，惜春自己一個人就是一家之主，漸漸養成了「百折不回的廉介孤獨僻性」。

家裡沒有長輩約束，兒子賈珍便聲色犬馬胡作非為，把寧府搞得烏煙瘴氣。不但和孫媳有染，竟然和孫子一起混兩個小姨子，被罵「聚麀之亂」，

147

智慧篇　終於，我們都活成了薛寶釵

以致臭名遠揚，外頭人說他們「東府裡只有門前那一對石獅子乾淨」。

女兒因為怕被兒子的聲名狼藉所牽連，為求自保，憤然與哥哥劃清了界限：「如今我也大了，連我也不便往你們那邊去了。」

她用的是「去」不是「回」，證明她已經不把寧國府當自己家了。

當初赫赫揚揚的寧國府搞成這樣，賈敬這個做父親的有不可推卸的責任，「箕裘頹墮皆從敬」，這話一點不冤枉他。

五

很多號稱自己有夢想的人，為了夢想公然逃避家庭責任，泯滅舐犢之情。也說不定，有些夢想的核心其實是欲望，借夢想之名行自私之實。

心魔已生，然仙丹難成。

所謂仙丹，主要是丹砂與金屬煉和而成。丹砂的主要成分是硫化汞，古人之所以偏愛丹砂，是因為發現它與草木截然不同，怎麼燒都不會成灰，還能反覆變回原狀。這個化學上最常見的還原反應，讓古人卻想當然地認為它具有神奇的返老還童的藥效，於是前赴後繼地趨之若鶩，多少人明知丹藥有毒，卻一再以身相試以命相搏：不入虎穴，焉得虎子。

可以想見，賈敬是怎樣廢寢忘食夜以繼日，做著一輪又一輪關於仙丹的「化學實驗」。

雖然書裡不曾正面描寫賈敬全情煉丹，但他用他的死證明了這不是主觀臆測。

六

　　曹雪芹寫東西總是喜歡參差對照，形成斑駁跌宕的閱讀美感。比如說第六十三回，前半部分是「壽怡紅群芳開夜宴」，少男少女們徹夜大聯歡；後半部分便是「死金丹獨豔理親喪」，大家正在拿著一枝芍藥玩擊鼓傳花，忽然有人慌慌張張來報：老爺殯天了。

　　官方解釋是：「老爺天天修練，定是功行圓滿，昇仙去了。」

　　據知情人透露：原是賈敬祕法新制的丹砂吃壞的事，道士們也曾勸說「功行未到且服不得」，「不承望老爺於今夜守庚申時悄悄的服了下去」，然後就一命嗚呼了。

　　賈敬的屍檢報告如下：肚中堅硬似鐵，面皮嘴唇紫絳皺裂。

　　典型的重金屬中毒症狀，尤以鉛汞為甚，死因明確。照死狀來看，這是慢慢累積的惡果。弄成這樣，這得是吃了多少丹砂啊！

　　比如肚中堅硬如鐵，很明顯他已便祕多日，不會沒有感覺，但他卻毅然決然地又服下一劑新配方，成為壓倒駱駝的最後一根稻草。

　　回想起胡適曾說過的：愛迪生當初為了研製出「白熱電燈」，用了幾千種不同的材料來試驗，礦物、金屬，從硼砂到白金，後來又試驗炭化棉絲，試驗了幾百種，最後才決定用日本京都府八幡地方所產的竹子做成最適用的炭精絲電燈泡。

　　愛迪生和賈敬本質上都是研究者，都表現出了孜孜不倦的探索精神。區別在於愛迪生靠的是用數據說話的科學精神，賈敬靠的是大無畏的「獻身」精神。

　　古有神農遍嘗百草，如細雨無聲；也有鑄劍師以血飼劍，如飛蛾撲火。

智慧篇　終於，我們都活成了薛寶釵

　　研發者在研究的過程中都會不斷試錯，但有科學素養的人會透過不斷糾偏，最後一點點接近成功；而失去理智者則會滋生出賭徒心理：明知不可為而強為，因為付出越多，越不甘心放棄，賭紅了眼時最後會連身家性命都搭進去。

　　所以愛迪生可以被稱為「科學聖人」，而賈敬只能叫做「科學怪人」。聖人與怪人，半字之差，差就差在那一點「心」，前者始終清明理性，而後者卻多出一顆執念之心。

　　賈敬用他的死，再次驗證了菩提老祖當初對悟空的提點所言不虛。其實《紅樓夢》裡也不止一次提到過《西遊記》，第二十二回，寶釵點戲點過《西遊記》，第五十四回賈母還講了個關於巧嘴媳婦吃過孫悟空猴子尿的笑話，所以賈敬一定是沒好好看過《西遊記》原著。

　　多讀一本書，說不定便多一條活路。一個要成仙的人，怎麼能不準備一點相關理論做基礎，一味蠻幹呢？鬧到人死燈滅，聊以自慰的也只能是這一句：「為夢想而死，光榮。」

王道士：歷來高手在民間

一

　　《紅樓夢》用一僧一道兩位出家人開篇，十分有創意。

　　這二人上天入地，無所不能，飄渺而來，迤邐而去。雲山霧海中無處可覓，萬丈紅塵裡又無處不在。他們隸屬於虛擬世界，是被曹雪芹理想化

了的出家人。

至於真實世界裡的出家人，曹雪芹寫起來又是另一番手筆。

他連濾鏡都省了，讓他們全部「素顏」出鏡。

妙玉為人清高刻薄，沒有半點出家人該有的隨和寬容；水月庵的尼姑智慧不安分，和秦鐘有一腿；

智通和圓心是拐子，拐走了芳官；

淨虛老尼不淨不虛，遊走於上流社會，牽線搭橋九國販駱駝，送禮行賄幫人退婚，路數玩得比佛門之外的人都純熟，慣會用激將法，連鳳姐都能被瞎說得替她辦事；

馬道婆坑蒙拐騙又貪財，還會下蠱害人，連做人的底線都沒了。

這都是些什麼人。

佛門裡的人是這樣，道觀裡又如何呢？要說佛家講透出，那道家是講超出，追求的可是成仙，前塵往事早該一筆勾銷，不問俗務不操閒心才對。

清虛觀打醮，出來迎接賈府人等的是張道士，榮國公出家替身，是受過封的，人人都稱「老神仙」。見了寶玉卻哭哭啼啼，送的禮又是金又是玉，整得跟寶玉的舅爺爺似的。

還當起了媒婆給寶玉提親，不見一點仙風道骨。賈母不好拂這位「老神仙」的面子，急中生智回應說「上回有和尚說了，這孩子命裡不該早娶」，賈母這個老太太呀，狡猾狡猾的，既然你是道士來提親，我就抬出和尚來拒親，出家人對出家人，誰怕誰？

據此看來，這些出家人，不過是披著出家人的外衣，行俗家之事，甚至借出家人身分，沽名釣譽藉機斂財，世間熙熙皆為名來，世間攘攘皆為利去，僧道亦不能免俗。全是偽出家，除了宋小寶，啊不，王一貼。

智慧篇　終於，我們都活成了薛寶釵

■ 二

　　賣膏藥的王道士，堪稱道觀裡的宋小寶。他一出現，滿屋子自始至終都是快活的空氣，彷彿響起歡快詼諧的背景音樂。他跟有點來頭的張道士是沒法比了，但居然也在榮寧兩府混了個臉兒熟。

　　他的生財之道是賣膏藥，人送諢號王一貼。

　　茗煙說他屋裡有膏藥味兒，他誇張地說哪有，聽說寶玉要來，提前在屋裡燻了三天香。寶玉問他你的膏藥到底靈不靈，他背了一套滾瓜爛熟的

廣告詞，說得頭頭是道，把自己的膏藥吹得神乎其神，總結起來是「別看廣告，看療效」，還拍胸脯保證：「百病千災，無不立效」，如果不靈，你揪著鬍子打我的老臉拆我的廟。這些胡話說得面不改色，臉皮不是一般的厚，心理素養不是一般的好。

寶玉讓眾人散去，問他有一種病你能治嗎？他眼珠子一轉，問寶玉是不是有關於「那」方面需要滋助，虧他想得出。如果不是茗煙喝止，不用懷疑，他一準兒能獻出一個房中「妖方」來。

看到這裡，王道士基本上給人的感覺就是一個流裡流氣的江湖遊醫。

當寶玉說出要治女人的妒病，王道士獻出了一劑療妒湯。

極好的秋梨一個，二錢冰糖，一錢陳皮，水三碗，梨熟為度，每日清早吃一個。

管用嗎？

「一劑不效吃十劑，今日不效明日再吃，今年不效吃到明年。橫豎這三味藥都是潤肺開胃不傷人的，甜絲絲的，又止咳嗽，又好吃。吃過一百歲，人橫豎是要死的，死了還妒什麼！那時就見效了。」

哈哈，原來如此！

寶玉茗煙逗得大笑，邊笑邊罵「油嘴的牛頭」。

王一貼也笑：我逗你們解午盹呢！

接下來的一句話，竟有了反轉，讓人對他刮目相看。

他說：實話告訴你，連膏藥也是假的。我有真藥，我還吃了做神仙呢，還用跑來這裡混！

智慧篇　終於，我們都活成了薛寶釵

■ 三

　　這個死道士，虧他的膏藥名聲那麼大，原來賣的都是心理暗示，他指天發地地說管用包好，人心裡一信先好一半，一有信心免疫力自然變強，不好也好了，再加上口口相傳，就跟真的一樣了。

　　看他在寶玉面前做小伏低插科打諢，反應極快，包袱抖得一個漂亮，掌控著對話的節奏和反轉。表面上是他逗寶玉開心，其實是他拿寶玉這傻小子尋開心。在他巴結討好的笑臉後，閃著一雙深諳人性的狡黠眼睛。

　　他對療妒湯的解釋有深層次的用意，女人愛妒是天性，哪裡有藥可治？

　　秋梨潤肺，冰糖去火，陳皮祛痰，天天燉一碗這樣的保健糖水喝，真的會讓人心情愉悅。沒準心情一好，性情就開朗，就不隨便生氣了，這妒病還就治好了呢！

　　這個不按常理出牌的傢伙。一邊滿嘴跑火車沒個正形，一邊又據實相告自己賣的是假藥，聽者對他卻怎麼也討厭不起來，這不能不說是本事。大概是因為他不裝吧，真小人百無禁忌，比偽君子可愛。

　　「我有真藥，我還吃了做神仙呢。有真的，跑到這裡來混？」一下子就道破了一心成仙在某種程度上的荒謬。寶玉的堂伯賈敬，住在道觀沉迷於煉丹成仙，連家都不回，最後竟吃丹中毒而亡，死後肚中堅硬似鐵，面皮嘴唇都是紫絳皺裂。那叫一個慘。

　　賈敬那樣的傻事王一貼肯定不會幹，因為，他對自己所棲身的宗教，並不會愚信。宗教與人的關係很複雜，它能讓人提升智慧，也能讓人走火入魔。有趣的是，狂熱追隨某種宗教的往往是信徒，而宗教內部的任職人員卻相對冷靜。他們日日身處其中，在平淡日常中，漸漸磨損了最初的神祕敬畏，開啟了另外的智慧之門，摒棄高深，從常識出發，回到人的本質

上來，成為一個接地氣的智者。

　　賣假藥的王一貼，嬉笑之間告訴了寶玉兩個絕望的真相：女人的嫉妒停不了；長生不老純粹是妄想。

　　真要成仙，何必煉丹。也許這種老頑童式的幽默和通透，快活和自由，才更接近於道教成仙的真髓，是精神意義上的逍遙遊。

　　王一貼在《紅樓夢》裡雖然只露了幾分鐘臉，但其他出家人跟他一比，都弱爆了。這個老戲骨猴精賣乖，一舉一動都是戲，演示了什麼才叫心是出家人，混跡於紅塵。哪像他們，裝腔作勢的，細細一瞅，卻各種拖泥帶水、六根不淨。

多姑娘：我的生存之道是蕩亦有道

一

　　《紅樓夢》裡，姑娘們掣花箋，人人抽出了與自己命運和個性相對應的花。牡丹花寶釵，芙蓉花黛玉，海棠花湘雲……

　　如果再多幾個人來，猜猜她們能抽出什麼花？

　　如果元春來抽，必定抽出攀緣的凌霄花，高高在上，令人仰望；

　　迎春也許會抽出素白嬌弱的茉莉；

　　惜春會抽出「出淤泥而不染」又代表佛性的蓮花；

　　妙玉多半是離群孤傲的空谷幽蘭；

　　鳳姐是罌粟，美麗而致命；她身邊的平兒是山茶，天生麗質又端莊持

智慧篇　終於，我們都活成了薛寶釵

重，花語是「謙讓」；

岫煙會抽出堅韌淡定的木槿；

晴雯的是扎手迷人的玫瑰，但身分所限，說不定會被曹雪芹設計成美麗的薔薇，早開也早謝，反正一定要帶刺就對了；小紅是百日草，雖名為草，但花朵不弱，生命力頑強。

至於四兒、小燕、墜兒之類的小丫頭子們，應該是雛菊、田旋之類的小野花，散落在大觀園的各個角落裡。「像眼睛，像星星，還眨呀眨的」，吐露著若有若無的芬芳。

名花要開，小花兒也要開。「苔花如米小，也學牡丹開」，是花兒都要開。

可是，唯有一個人，她也算是一朵花，但偏偏很難用一種花來形容。她是一朵未命名的奇葩。

她叫多姑娘，集美貌、放蕩、卑微與通透等諸多元素於一身，讓人很難界定她。

她是賈府廚師多渾蟲的老婆，曹雪芹寫她寫得有點混亂，一會兒姑娘一會燈姑娘，中間一度喪夫，把她移交給了鮑二，後來又讓多渾蟲還魂了。書中這樣介紹她：「恣情縱慾，滿宅內便延攬英雄，收納材俊，上上下下竟有一半是她考試過的。」出場次數寥寥，卻都是床戲。不是和賈璉搞「直播」，就是欲非禮寶玉，是個活蹦亂跳令人瞠目的蕩婦。

多姑娘這朵「花」，花種低賤，無人照拂，卻生得妖嬈搖曳，魅惑眾生。能在講究禮教的賈府中紮下根來，茁壯生長，招蜂引蝶，沒有因有傷風化被拔除修剪。

她是怎麼成為漏網之魚的？

二

　　如果把賈府比喻成一艘豪華遊輪，遊輪上自然要分艙位等級。主子們在一等艙，多姑娘所屬的下人們在三等艙。雖然大家在同一艘船上，但分屬兩個世界，平日根本沒有交集的可能。

　　除非你在主子眼皮子底下。王夫人看到賈蘭的奶媽十分妖嬌，便要攆出去；晴雯也深知自己長得美，要不是遭人暗算，她才不主動在王夫人面

智慧篇　終於，我們都活成了薛寶釵

前晃；更別提因跟寶玉調笑最後投井的金釧兒。

以多姑娘這樣的品行，攆出去都太便宜她了，打板子都夠她死好幾回了。

但她運氣好就好在離頭層主子、二層主子的世界太遠，她們不知道她的存在。

賈府底層不在市井，圈子相對封閉，流言蜚語也很難傳到最上層主子那裡去，主子們也怕髒了自己的耳朵。惜春不是說過：我只有躲是非的，哪有去尋是非的。大家集體掩耳盜鈴，便有了管不到的地方。

圈子不同，便各有各的遊戲規則。就像一等艙的客人們在船頂上衣香鬢影吟風弄月，也沒妨礙到三等艙的船客在底層徹夜狂歡，多姑娘便是這聚會上的「皇后」。在這裡，她想翻哪個男人的牌子就翻哪個男人的牌子。

人是環境的產物，多姑娘固然不好，但一個巴掌拍不響，底層寬鬆的道德環境給了她更多胡來的空間。

最最重要的是，她老公一味吃死酒，其他的都不計較，讓她更加有恃無恐。

階層生態決定了賈府雖是鐘鳴鼎食之家，多姑娘這朵奇葩也能獲得一片生存土壤。

三

身為一個三等艙船客，多姑娘很有自知之明。

她沒有升艙的妄想，也不會沒事去一等艙亂竄。不像鮑二家的，偷情偷到了鳳姐房裡，一樣是跟賈璉，多姑娘讓對方來自己炕上，雖然條件簡陋，旁邊還躺著自家喝醉了的老公──太無恥了是吧？但勝在安全。她

很有原則，明白什麼情況下必須是主場。

身為一個專業偷情的人，多姑娘的專業性還體現在只和賈璉談情說愛，「海誓山盟，難分難捨」，剪一絡頭髮相贈，別的一概不摻和；鮑二家的則不然，她非要干涉賈璉家的私事，詛咒鳳姐快點死，讓平兒扶正。

所謂「聞道有先後，術業有專攻」。鮑二家的學藝不精，大白天就敢進入另一個女人的領地，又肆意妄言，讓鳳姐逮個正著，捱了一頓打，自己上吊了。

多姑娘呢，她繼續招搖，還守株待兔地等來了寶玉。老公的表妹晴雯被攆出來，重病纏身，寶玉來探視，進到了多姑娘住的屋子。蘆蓆土炕一窮二白，晴雯想喝口茶，連個像樣的茶碗都沒有，更別說茶不像茶了。間接看出多姑娘的生活條件有多差，錢大概都讓多渾蟲打酒喝了。

但多姑娘一出場，完全沒有窮家沒法接待貴客的自慚形穢。她笑嘻嘻地走進來，像妖精等來唐僧肉一樣興奮：「我等什麼似的，今兒等著了你。」主動對寶玉上下其手，嚇得寶玉連連求饒。

其實，她也就是半真半假地撩逗他一下而已。

因為她發現，傳說中的寶玉和真正見到的寶玉根本不是一回事，寶玉和晴雯也不是外界所傳揚的那樣，她正色說：「如今我反後悔竟錯怪了你們。既然如此，你但放心。以後你只管來，我也不羅唣你。」意思是：少年，姐放過你了，誰叫咱不是一路人。

她私生活很亂，卻能尊重別人的清白。

因為之前對多姑娘的第一印象，讀者讀到這裡，常常免不了要對她刮目相看一下。嗯，所謂「盜亦有道」，人家多姑娘則是「蕩亦有道」呢。

毛姆（William Somerset Maugham，西元 1874 年至 1965 年）說：「作家

智慧篇　終於，我們都活成了薛寶釵

要更關注於了解，而不是評判。」

同是刻劃所謂的蕩婦，去翻翻《水滸傳》，看施耐庵筆下的潘金蓮和潘巧雲，與多姑娘一比，就知道作家與作家的格局到底差在哪裡。

曹雪芹寫出了人性的多面和豐富。他的創作從不會臉譜化，他寫的人更像人，而不是無視人性，寫一個人形靶子讓道德家們吐唾沫。

▍四

關於多姑娘，不少紅學評論者將她視為「被侮辱和被損害的」，去回溯她的成長史，找她的性格成因，給她的放蕩行為安插一個「不得不如此」的合理理由，推理出她是「破罐子破摔」，甚至將她的行為上升到對不公社會的反抗。

更有甚者，將多姑娘拔高成女權主義先驅鬥士。

好這一口需要理由嗎？你喜歡吃辣給我一個理由，難道是因為跟辣椒有仇，小時候讓辣椒辣哭過，長大了發誓復仇，要吃辣椒吃遍全球？

無非就是覺得好吃嘛！

多姑娘也是這樣一個享樂主義者，「花開不多時啊，堪折直須折」，她只活在當下。所以這個人物，從頭到尾都特別放鬆通透，沒有半點彆扭，她有她自己的價值體系。

站在道德的立場上，她在男女關係上的隨便當然不值得提倡，更不能效仿，特別是很可能傷害到別人。這種人受到懲罰，也是活該，不值得同情。

但是，就像面對生物多樣化的事實一樣，得像接受不同物種一樣，接受不同的人的存在。

對自己不理解的人，不必非要理解。硬做姿態去理解，顯得特別裝魁山。

三毛寫過一個在沙漠裡遇到的搭車客，是個興高采烈的妓女。她本來很同情對方，但交談幾句之後才發現人家根本不需要同情，事情還反過來了，人家還輕視正當職業的女性。

三毛說：「遇到這樣的寶貝，總比看見一個流淚的妓女舒服些。」

面對多姑娘，三毛提供了一個正確的打開方式：看一個這樣樂此不疲又有生命力的蕩婦，總比看一個顧影自憐的沒有故事的女同學要有意思得多。不是嗎？

尤氏姐妹花的母親尤老娘，是一個怎樣的娘

一

某本小說裡有這樣的段落：「兩個女兒，長得跟她娘像一個模子裡托出來的。眼睛長得尤其像，白眼珠鴨蛋青，黑眼珠棋子黑，定神時如清水，閃動時像星星。渾身上下，頭是頭，腳是腳。頭髮滑溜溜的，衣服格錚錚的……娘女三個去趕集，一集的人都朝她們望。」

這是一個多麼富有的母親，這富有不是指錢財，指的是她家有三朵「花」：兩個如花似玉的好女兒，外加她自己。

這樣的娘，擱《紅樓夢》裡，應該叫尤老娘。

她也有兩個女兒：尤二姐和尤三姐。

尤二姐把以模樣標緻著稱的鳳姐兒「秒」得渣都不剩，賈璉曾親口對

智慧篇　終於，我們都活成了薛寶釵

尤二姐說：「人人都說我那夜叉婆齊整，如今我看來，給妳拾鞋也不要。」賈母也當著鳳姐面說她比鳳姐俊。

至於尤三姐，那更是「絕色」了，興兒說她身段面龐和黛玉不差上下。她稍微放出點手段，就能將男人迷得醜態百出：「鬆鬆挽著頭髮，大紅襖子半掩半開，露著蔥綠抹胸，一痕雪脯。底下綠褲紅鞋，一對金蓮或翹或並，沒半刻斯文。兩個墜子卻似打鞦韆一般，燈光之下，越顯得柳眉籠翠霧，檀口點丹砂。本是一雙秋水眼，再吃了酒，又添了餳澀淫浪，不獨將他二姊壓倒，據珍璉評去，所見過的上下貴賤若干女子，皆未有此綽約風流者。」

見多識廣的寶玉稱尤二姐尤三姐為「真真一對尤物」。

不用說，這一對尤物的美貌基因，來自她們的母親尤老娘。雖然「尤老娘」這仨字兒沒有半點美感，代表的是雞皮鶴髮垂垂老矣的老嫗。

　　讀《紅樓夢》，我們常常會以字面和主觀定美醜。比如趙姨娘，因為行事鄙俗見識低微，讀者很容易將其想像成醜婦，但事實上她的女兒探春卻美得見之忘俗，她能醜到哪去？當然這裡面還有個機率問題，賈環就差一點。

　　但尤老娘卻從未失手，接連生出兩個標緻的女兒，一個賽一個的美，這就是實力。

　　母親美貌基因太強大，生漂亮女兒的機率當然也大。

二

　　不如翻開尤老娘的人生履歷表，細說從前。

　　只知她改嫁後從夫姓被稱為尤老娘，兩個女兒也改了尤姓，頭婚嫁的是何等人家語焉不詳，但也不是沒有蛛絲馬跡可循。

　　大女兒尤二姐，當時許配的張華家是皇糧莊頭。因她父親當日與張華父親相好，遂指腹為婚。這裡面還有個訊號，即兩家大體上門當戶對，相去不遠。尤老娘前夫家至少小康，絕不是社會底層。

　　如果沒有意外，她的一生也會安穩到老歲月靜好。

　　但命運不仁，前夫死了，生活從此沒了著落，她成了遠近聞名的美貌寡婦。也正是憑藉這轉瞬即逝的美貌，她還能帶著兩個「拖油瓶」改嫁到尤家，讓自己和兩個女兒的生活有了保障。

　　美貌從來都是這世界的稀缺資源，擁有它的人們，先天便占著競爭優勢，這本無可厚非。

智慧篇　終於，我們都活成了薛寶釵

　　她還順便當了另一個姑娘的繼母，這個姑娘就是後來的尤氏。尤氏天性隨和明達，就算嫁進寧府做了主子奶奶，也沒有對她們疏遠。要去廟裡幫公公料理後事，還專門把她們接過來幫忙照看家裡，待她們不可謂不親厚。在這些過程中，她們也順帶著沾了不少光，得了不少接濟，更有機會見識到了真正豪門的富貴奢華。

　　也正是這點見識，讓她的兩個女兒一路走偏。小女孩沒見過什麼世面，被賈珍賈蓉父子的一點小恩小惠誘惑，與姐夫外甥陷於聚麀之亂，搞得臭名遠揚。

　　後面的事情大家都知道了，姐妹二人都不得善終。

　　悔悟後的尤三姐一心想上岸洗白，找個好男人過安生日子，她選中了柳湘蓮，柳湘蓮也允了，送了訂婚信物。但後來還是被柳湘蓮瞧出端倪，果斷悔婚。三姐上岸無望，羞憤交加，自刎身亡。

　　尤二姐稀里糊塗成了賈璉的偏房，稀里糊塗被鳳姐誆進園子受盡折辱，又稀里糊塗被打掉了孩子，最後萬念俱灰吞金自殺。死了之後連賈氏祖墳都沒入，和妹妹埋在一起。

　　兩個女兒先後自殺，一夕之間，尤老娘成了無依無靠的孤老太婆。

　　這一切怪誰呢？怪賈璉？怪柳湘蓮？還是賈珍賈蓉父子？歸根結底，要怪的人，是尤老娘。她才是女兒們之死的始作俑者。

■ 三

　　老了以後的尤老娘是個瞌睡蟲，成天迷迷糊糊睡不醒。她第一次出鏡，就是休眠狀態。

尤氏姐妹花的母親尤老娘，是一個怎樣的娘

和她一樣第一次出場也睡覺的只有巧姐，那是個尚在襁褓中的嬰兒，還需要奶母拍著哄；尤老娘不用，賈蓉在她睡榻前公然調戲尤二姐，動手動腳，醜態百出，舔著吃她女兒唾在臉上的砂仁，還有一眾丫鬟在場，吵吵嚷嚷，罵罵咧咧，尤老娘照樣能睡得和死豬一樣。

曹雪芹替她解釋：「尤老安人年高喜睡，常歪著。」年老嗜睡大概和腦供血不足有關。

但也不得不說，她的心真大。

在此之前，珍蓉父子在她們家去留隨意，與她女兒們眉來眼去，輕薄狎暱乃至勾搭成奸。家裡一共母女三人，尤老娘呢？她在幹什麼？在睡覺嗎？

尤三姐對賈珍說：你們就是花了幾個臭錢，拿著我們姐兒權當粉頭來取樂。她只恨自己當時年少無知，像哈代（Thomas Hardy, 西元 1840 年至 1928 年）筆下的苔絲一樣，受了壞人矇騙。

尤老娘作為一個嫁過兩任丈夫的過來人，再嗜睡，也不可能對珍蓉父子的用意一點不知道。她對這一切應該心知肚明，但眼皮子太淺，看在那點兒錢的面子上，就淡然地將女兒捨了，至於她們的名節和前途，她似乎並不在意。對賈珍她不但不恨，還充滿感激，親口說：「我們家裡自從先夫去世，家計也著實艱難了，全虧了這裡姑爺幫助。」

女兒們所承受的侮辱和損害，從未見其阻攔，全是毫無原則的默許縱容。

二姐婚後，賈璉已經買了一座大院子給她們母女居住，其實此刻她們母女已經有了依靠，是該考慮抽身而退了，但並沒有。

賈珍趁著賈璉不在又一次登門尋歡作樂時，她們母女還陪著一起吃酒，尤二姐知局，便邀她母親騰地方給賈珍，說：「我怪怕的，媽跟我到

那邊走走來。」曹雪芹寫了一句意味深長的話,「尤老也會意,便真個同他出來」,很有默契地把三姐留給賈珍供他施淫,這是親媽能做出來的事嗎?她拿自己的女兒當什麼?分明像個老鴇子。

賈璉回來,聽說賈珍來了,便回到自己房裡。尤老娘一見,面上也會訕訕的——原來她還知道不好意思。

四

這個做娘的,不但貪,而且蠢。

回溯賈璉偷娶尤二姐時,賈蓉幫忙說合,滿嘴說大話,許的是等一二年鳳姐病死就接她進門扶正,說得好像想鳳姐什麼時候死就什麼時候死似的。尤氏知此事不妥,但尤老娘卻深信不疑,也不找尤氏商量。尤氏一見如此,索性說不是親妹子,便乾脆不管了。她這邊被下人幾句「老太太」的稱呼奉承昏了頭,毫不猶豫地給二姐退了原先的婚約,許給賈璉偷做二房。

尤二姐的出嫁,也很辛酸。

「偷來的鑼敲不得」,沒有盛妝出行,沒有迎親隊伍,沒有親朋祝福,甚至都不能大大方方走在太陽下。她是在五更時分,也就是現在的凌晨三四點,趁著月黑風高被一乘素轎做賊似的抬進了小公館,開始了自己的苦難人生。

緊隨其後的,還有她的妹妹尤三姐。

這一對尤物,在淪為上層社會男人們的玩物後,終於又被冷落和嫌棄乃至拋棄,在清醒、絕望後不約而同選擇了自我了結。

尤氏姐妹花的母親尤老娘，是一個怎樣的娘

其實本不用如此的，即便家道艱難，有尤氏這個姐姐在，總不能看她們餓死，哪怕粗茶淡飯，也總可以活下去。

明白自己的珍貴，不急於變現，沉住氣自珍自愛，也能等來一個安穩人生。

即便賈珍們調戲，只要娘兒仨態度堅決，他也沒有「牛不喝水強按頭」的道理，親戚關係多少會令他有所忌諱，更不可能有賈蓉什麼事。

明明有許多正途，卻偏偏走了最危險的一條攀緣之路，姿態難看至極，最後跌得翻身碎骨。

兩個女兒都如此，絕不是偶然，是家教使然，「上梁不正下梁歪」。

「父母愛子女，必為其計深遠。」尤老娘，實在是個很糟糕的娘。她才是尤氏姐妹花的命運悲劇的起源。

張愛玲說過：人有了一樣本事，總捨不得不用。

年輕時靠美貌讓自己擺脫過困境的尤老娘，嘗過甜頭後，只認識這一條路，一心讓女兒們繼承自己的衣缽，繼往開來開闢新的天地。為了能攀上高枝，換取一點富貴榮華，任由兩個尚在懵懂中的、金玉一般的女兒被糟蹋。鼠目寸光智商有限，偷雞不成蝕把米，將女兒們親手送進火坑，害她們紅顏薄命，如花朵凋零於淤泥之中。

其實，最該死的人是她。

母親的教養和品識多麼重要，對於孩子來說，一個丟了人格底線的娘，是多麼可怕、可悲、可憎和可殺。

智慧篇　終於，我們都活成了薛寶釵

賈代儒：長大後你還不如我

一

　　臺灣的曾仕強教授之前在電視節目講過《易經》，他發表過一段駭人的言論：「當你有個兒子，你不好好教他，你就是害自己全家；當你有個女兒，你不好好教她，你就是害別人全家！所以你和誰有仇，很簡單，生個女兒，然後寵壞她，嫁給仇人的兒子，他全家就完了，你大仇就報了。」這話一度在網上瘋傳，被很多人視為金句。

　　目測這一部分瞎起鬨的人應該沒好好讀過《紅樓夢》。有什麼新鮮的，這話賈政和王夫人聊天時早說過了，只不過不像老曾那麼直白，人家是這樣說的：「生女兒不濟，還是別人家的人；生兒子若不濟事，關係匪淺。」

　　好像的確是這麼回事。夏金桂不就是嗎？從小被嬌慣得跟鳳凰蛋似的，視自己為天仙，視他人為糞土，驕奢潑刁，薛家就是敗在她手裡，自她嫁過來之後家裡雞飛狗跳，各種作死直到把自己作死為止。

　　這兩位知識分子其實都是在講教育的重要性，但重點不同，老曾說話雖然語不驚人死不休，但實質上是講女性的受教育品質直接影響一個家族的未來，狠話後面是熱腸；老賈雖然文縐縐點到為止，但卻是一副精於算計的冷酷嘴臉：女兒教不好無所謂，禍害的反正是別人家，兒子可不能，那關係到自己家的千秋大計。

　　結果挺諷刺，賈政手頭的兩兒兩女，卻和他的期許反著來。兩個姑娘一個是皇妃一個是王妃；兩個兒子一個遊手好閒一個氣質猥瑣，成了他嘴裡的「兩難」，以致賈家後手不繼，成了冷子興嘴裡的「一代不如一代」，眼看著氣數就盡了。

其實賈政也犯不上太自責，因為他在兒子的教養問題上並不是沒有努力過，奈何撞上了「富不過三代」的鐵律。

賈政曾煞費苦心為寶玉遍尋名師，據說先是相中了個學問極好的先生，但一看籍貫，南方人，便擔心南方人脾氣太陰柔管不住寶玉，為了薪水隨便應付，那就把娃耽誤了。

左思右想還是按老輩人的做法，在本家之內找有點學問有點年紀的老師，不為別的，只為鎮得住在尊老環境中長大的寶玉。挑來挑去只好再找賈代儒，在業內雖然學問中等，但強在以嚴厲著稱。

智慧篇　終於，我們都活成了薛寶釵

二

　　嚴厲不是萬能的。

　　最下作的賈瑞就是代儒自己教出來的，那可是他的親孫子。管教那麼嚴，照樣不學好，還色膽包天痴心妄想勾搭鳳姐，蠢萌蠢萌地一再以身犯險，死不悔改一次次跳進鳳姐毒設的相思局裡，小命都丟了，代儒還蒙在鼓裡。

　　問題出在哪兒呢？出在周遭環境上：賈府裡全是紈褲子弟，沒幾個好學上進的，代儒還偏偏把孫子和薛蟠金榮之類的放在一起，幾天就跟著學壞了。不怪幾千年前孟母事兒媽似的一遷二遷三遷，俗話說「人攆不走，鬼叫飛奔」，做家長的如果不留意孩子身邊的朋友，弄不好自己累得都吐血了孩子照樣不成器，跟烏七八糟的環境比起來，自己那點教育純粹是杯水車薪。

　　閒話不表。且說賈政帶著寶玉去拜會代儒，見了面先向代儒請安，代儒坐下他才敢坐，口稱「太爺」，「今日我自己送他來，因要求託一番。」和所有的家長一樣俗套，巴拉巴拉請老師對孩子嚴加管教，說完站起來又做了一個大揖。沒話找話說了一通，才離開。

　　態度不可謂不恭敬，言辭不可謂不懇切，此刻的賈政，除了小輩對長輩，更是以一個學生家長的身分來面對代儒，甭管自己家多有錢多有地位，也甭管自個兒官兒有多大，只要面前是孩子的老師，天下望子成龍家長的心都是一樣的，為了孩子，自己低到塵埃裡也是願意的。

　　東方人講究師道尊嚴，《禮記》上說「凡學之道，嚴師為難。師嚴然後道尊，道尊然後民知敬學」，有位大學教授曾為此有感而發：「家長不懂得尊敬老師，孩子就會生出輕慢之心，對老師不夠尊重，對自己的學業不夠

認真」。到頭來吃虧的是學生自己。在尊師重教這件事上，賈政給寶玉做了個好榜樣。

面對這樣的家長，賈代儒不可能對寶玉不上心。接下來就全看他的了。

三

許多家長提起自己的孩子，最愛說的一句就是：「他其實不笨，挺聰明的，就是聰明不往正地方用。」也不知是褒還是貶，聽者唯一可以基本確定的是這孩子不愛讀書。寶玉就是這一類孩子的典型。

第七十三回，寶玉得到密報，聽說父親要檢查他的課業情況，嚇得臨時抱起了佛腳，點燈熬油突擊複習。奈何落下的功課門數太多，全面盤點了一下，複習這個怕明天抽查那個，複習那個又怕明天抽查這個，一夜之間想要都補起根本來不及，於是焦躁萬分，生動演繹了一個平時不用功臨考前抓狂的壞學生形象。後來狗頭軍師晴雯幫他出主意，自導自演了一場裝病鬧劇，賈政只好放他一馬。

寶玉這次遇到的可是賈代儒。小狐狸遇到狐狸精，就算對方目光如炬，也想試試身手。

於是，這一對師生之間進行了一次名義上是學問實則是人生觀的交鋒。

起因是賈代儒讓寶玉講一講「後生可畏」這一章，寶玉於是借題發揮，先是朗朗地念了一遍，說：「這章書是聖人勉勵後生，教他及時努力，不要弄到……」說到這裡時，故意抬頭向老師臉上「一瞧」。

這一頓一瞧，意味微妙。明是避諱，實則提醒：你就是那種人，我還要接著說嗎？

智慧篇　終於，我們都活成了薛寶釵

而賈代儒，真的像寶玉眼裡那樣，混得很差嗎？

古代科舉制度極為嚴苛，童生中只有佼佼者才能通過三級考試升為秀才（生員），賈代儒就處在這個層次。能有資格當教書先生，也是非常受人尊敬的，並非碌碌無為之輩。

「學而優則仕」，遺憾的是他沒有進一步取中功名做上官。在講究成王敗寇的東方人眼裡，秀才無疑是個失敗者，所以自古以來民間嘲笑秀才的段子才特別多。

高鶚寫：「代儒覺得了，笑了一笑。」這一笑，是了然和大度，真是博人好感。

他並沒有迴避，而是面對尷尬。鼓勵寶玉接著講，因為「臨文不諱」。

寶玉不客氣了：「不要弄到老大無成。」說完，又一次看著老師，既是挑釁也是觀察，什麼時候可以激怒這白鬍子老頭，那就好看了。

代儒淡定地說：請展開來講。

寶玉接著指桑罵槐：年輕時聰明能幹當然是很可怕的，誰知他虎頭蛇尾蹉跎歲月，一大把年紀了還是老樣子，「這一輩子就沒有人怕他了」。明知舉業上秀才不上不下，是個很尷尬的身分，就是要專捅心窩子：你既然那麼厲害，還不是沒考取功名，我才不鳥你。

代儒又笑了：你講得很好，只是「有些孩子氣」──小鬼，你還嫩得很。

他講了自己對這段話的理解：先說「無聞」，看一個人是不是成功不能單看他有沒有做官，如果懂得了人生的真諦，就算不做官也已經很棒了，你看那些聖賢，他們也沒做官。你把「不足畏」

解釋為「沒人怕」，在我看來卻是結局終於可以塵埃落定。孩子，要

從這個角度理解,你才能深刻,明白了嗎?

這一回合,寶玉用的是七傷拳,招招狠辣直逼要害,而代儒用的則是太極八卦掌,以柔克剛將力道一一化解。人師賈代儒,用坐而論道的方式,在給寶玉講人生真相。

四

不要以為代儒只會防守,他把書往前翻了一篇,就輪到寶玉刺心了,那一篇是〈吾未見好德如好色者也〉。

其實寶玉一開始是拒絕的,說沒什麼好講,代儒叱他:「胡說!」理由冠冕堂皇:「如果考場中出了這個題目,你也這麼答嗎?」寶玉硬著頭皮隨便講了講,代儒直接打臉:既然如此,為什麼明知故犯?你別以為你的那些毛病我不知道⋯⋯老師最後說:記住,「成人不自在,自在不成人」。

這真是肺腑之言,在該奮鬥的時候選擇安逸,只好在該收穫的時候領受困窘。可惜銜玉而生的寶玉不懂,他以為可以躺在祖宗的功勞簿上舒服一輩子,哪知能輕易給你的榮寵,也自然能輕易剝奪。

不知道為什麼,高鶚要安排一個考中舉人的結局給寶玉,其實用腳趾頭想都知道,以他的學問根本做不到。曹雪芹一早就在第三回裡劇透了,說他不通世務,怕讀文章:「可憐辜負好時光,於國於家無望。天下無能第一,古今不孝無雙。寄言紈褲與膏粱:莫效此兒形狀!」

也許每一個成年人都是劫後餘生。曾經有過夢想,但是夢破了;曾經以為一生還很長,一轉眼就老了;曾經自以為某種活法絕不能忍受,現在卻正學著享受。你曾經向未來漫天要價,但現實對你落地還錢,你竟也無奈接受了。後來你認了命,卻也樂知天命,你終於發現人生不止一種方

智慧篇　終於，我們都活成了薛寶釵

向。你努力過，得到過，也失敗過，歷經世事悲欣交集後終於釋然。人變得洞明而坦然，寬容而悲憫，謙卑而善意，平和而強大。

所以，對於寶玉的無禮，賈代儒早已在之前的蹉跎歲月中獲得了免疫力，方才從容消化，不會惱羞成怒。

寶玉看不起自己的老師，不過沒關係，子在川上曰：逝者如斯夫。白駒過隙，他很快就知道自己嘴裡諷刺譏誚的那個「不足畏」者，原來正是他自己。

他以為的「長大後我不成為你」，成了「長大後我還不如你」，而這一點，賈代儒其實一開始就是知道的吧？學生是哪塊料老師最清楚，但只能微微笑一下，再笑一下，不去說破。真摯溫和地告訴他：「你這會兒正是『後生可畏』的時候，『有聞』、『不足畏』全在你自己做去了。」

多年後，有個達人對於「後生可畏」也發表了一段觀點。她說她對年紀大的人感到親切，對同齡人看不起，對於小孩則是敬而遠之，「倒不是因為後生可畏。多半是他們長大成人之後也都是很平凡的，還不如我們這一代也說不定」。說這話的人，她叫張愛玲。

馮紫英：《紅樓夢》裡最有男子氣的男子

■ 一

讀《紅樓夢》，總是被賈府那些鍾靈毓秀的各色女兒吸引，對於裡面的男子，就大部分只能呵呵了。

馮紫英：《紅樓夢》裡最有男子氣的男子

榮府這邊，賈赦油膩，賈政無趣，賈璉沒用，賈環猥瑣，寶玉也自嘲愚頑；寧府那邊，賈珍賈蓉父子一對混蛋。就連親戚家的薛蟠也十分不堪。偏這本書講的就是他們家的事，所以他們戲份還挺多。

目光放遠一點，越過亭臺樓閣崢嶸軒峻，看看賈府高牆外的男子，瞬間觀感變好。寶玉諸多好友中，且不說北靜王人如美玉，賈藝聰明仁義；也不說柳湘蓮有俠氣，蔣玉菡雖然卑賤但人格不低；單拎出一個出場寥寥的馮紫英，就令人胸懷盪滌。

這真的是一個很爺們的男人啊，可惜被很多人忽略了。

二

馮紫英第一次出場，是「人未到，聲先傳」。小廝一句「馮大爺到了」，大家一起喊「快請」可知此人是有多受歡迎。話音未了，只見馮紫英「一路說笑，已進來了」，談笑自若神采飛揚，老帶勁了。他一進來，「眾人忙起身讓座」，這個「忙」字道出了馮紫英在交友圈子裡的地位之高。

馮紫英笑道：哥兒幾個行啊，也不出門了，就在家裡樂呵上了。寶玉和薛蟠連忙問候他父親：老世伯身體可好？

馮紫英答：我父親託大家的福，身體還好。就是我母親感冒了幾天。

雖是幾句寒暄的場面話，也是很能體現出一個人的個效能耐的。三言兩語的對談之間，馮紫英的乾脆練達躍然紙上。

薛蟠看馮紫英臉上有傷，馬上八卦：你這又和誰打架了？

這就是薛大傻子不識相之處，這話也只有安排他問，寶玉是出了名的體貼暖男，不會讓人尷尬，就算心裡存疑，也不會貿然當眾出口。

智慧篇　終於，我們都活成了薛寶釵

　　馮紫英大大方方應答：從上回把仇都尉兒子打傷之後，我就決定再不和人鬥氣了，怎麼會再和人打架呢？這臉上，是前幾天圍獵，在鐵網山被獵鷹捎了一翅膀。

　　幾句話裡，交代出了不少東西：首先，馮紫英是個身體強健的習武男子，要不然不會打傷人，更沒資格去參加圍獵；其次是他自己的心路歷程：血氣方剛的少年也曾經叛逆過，惹是生非，但事後反省，吸取教訓，從此不在無用處用強，要將自己的本事用對地方。孺子可教也。

馮紫英：《紅樓夢》裡最有男子氣的男子

　　至於他被獵鷹誤傷的話，有紅學家認為是託詞，影射的是大清歷史上著名的「帳殿夜警」事件，龍顏震怒太子被廢，可謂驚心動魄，所以馮紫英才有後來那句「這一次，大不幸之中又大幸」的話。

　　至於真假且不去管它。只說馮紫英因話語中資訊量太大，令薛蟠等八卦之心又蠢蠢欲動，非要讓馮紫英坐下來細說。但馮紫英卻立起身來說：「論理，我該陪飲幾杯才是，只是今兒有一件大大要緊的事，回去還要見家父面回，實不敢領。」看樣子他已經是父親的得力助手，孰輕孰重分得很清。

　　薛蟠寶玉這些人做好了準備聽故事，哪裡肯依，死死拽住不放。馮紫英哪能和他們耗得起？於是很豪氣地說：你們今兒這都怎麼了？既然非讓我喝，那好，拿大杯來，我喝兩杯就是！

　　馮紫英真就站著，將寶玉遞過來的兩大碗酒一氣飲盡。這風格太不《紅樓》，倒像是水泊梁山上的武松，《天龍八部》裡的喬峰，斬了華雄回來的關公。

　　喝畢，他告了個罪：改天請你們。執手便走。

　　薛蟠說：別開空頭，說個準日子唄！

　　馮紫英說：「多則十天，少則八天。」一面出門上馬走了，絕塵而去。不拖泥帶水，也不嘰嘰歪歪，那叫一個帥。

　　馮紫英更像一個俠義之士，一身武藝，來去如風，做事果斷也有原則，不該說的話不說，不該戀的酒局不戀，與寶玉們的氣質實在太不同。說句不好聽的，寶玉們給人的感覺是混吃等死，馮紫英那架勢，就是要頂天立地做大事，至少也不會辱沒祖宗的。

智慧篇　終於，我們都活成了薛寶釵

三

　　除了習武，馮紫英還會行令作賦，其他場合也絕不掉鏈子。

　　馮紫英第二次出場，是在第二天。他果然沒有食言，得空便請了寶玉和薛蟠還席，又請了蔣玉菡作陪。

　　寶玉還惦記著「幸與不幸」那件事，這一次又被馮紫英打個哈哈過去了：「令表兄弟倒都心實。前日不過是我的設辭，誠心請你們一飲，恐又推脫，故說下這句話……」說得大家一笑而過。馮紫英之言談機變可見一斑。

　　那次的酒席讓人記憶猶新，一是為寶玉日後捱打埋下禍根；二是行酒令暗示了人物們的結局命運。

　　寶玉與蔣玉菡一見如故，兩人藉著上洗手間的工夫就互贈叫「汗巾子」的褲腰帶，被薛蟠跳出來大喊一聲「我可拿住了」，狀似捉姦，揪住死死不放。尷尬之際，還是靠人情練達的馮紫英出來解圍才罷。

　　在那次酒席上，薛蟠貢獻了著名的「哼哼韻」；寶玉唱出了令人斷腸的酒面〈紅豆曲〉；蔣玉菡則說出了「花氣襲人知晝暖」的酒底。事後讀者們才知道，原來那些酒令裡藏了那麼多的資訊量：薛蟠的酒令有點不知所云，如他一以貫之的不可靠兒；妓女雲兒的酒令唱的是自己悲慘無靠的命運；寶玉聲聲泣血牽掛的是他心愛的林妹妹；蔣玉菡暗示了自己未來的女人叫花襲人。

　　可是，有誰注意到馮紫英的酒令嗎？

　　他先說的是：女兒悲，兒夫染病在垂危。女兒愁，大風吹倒梳妝樓。女兒喜，頭胎養了雙生子。女兒樂，私向花園掏蟋蟀。

馮紫英：《紅樓夢》裡最有男子氣的男子

　　他唱的則是：「妳是個可人，妳是個多情，妳是個刁鑽古怪鬼靈精，妳是個神仙也不靈。我說的話妳全不信，只叫妳去背地裡細打聽，才知道我疼妳不疼！」畫風轉變得忒快，與他平日裡做派大相逕庭。平日裡信馬游韁在天地間恣意馳騁，當面對想像中自己心愛的女子時卻瞬間切換模式，百鍊鋼化作繞指柔。

　　也許，這才叫真正的丈夫氣，將那些出了門唯唯諾諾回到家頤指氣使的直男們，全都輸得徹底。

　　當看到這樣一個豪氣沖天的男子，忽然唱出這麼甜蜜肉麻的小調調，流露出如此柔情如此細膩的情感，禁不住想問：那個「頭胎養了雙生子」又「兒夫染病在垂危」、讓他怎麼疼也疼不夠的「刁鑽古怪鬼靈精」的掏蟋蟀女生，到底是誰呢？

　　不出意外的話，和黛玉、襲人一樣，應該也是與寶玉關係密切之人。

　　私心裡，多麼希望那是湘雲。

　　湘雲，這個又讓人疼又讓人憐的好姑娘，她開朗活潑元氣滿滿，能詩能文也能玩能鬧，實在需要一個文武雙全又有胸懷擔當的男子來相配，才不算明珠暗投。這個男子，肯像五阿哥對小燕子那樣嬌寵，既能在才華上與她相稱，也能欣賞得了她的天真嬌憨與無拘無束，容許她不那麼淑女地「胡來」，闖了禍也不用害怕，他自會出來為她兜底：她摔倒了，他就會哈哈笑著把她扶起；她要吃烤鹿肉，他就會陪著一同煙燻火燎，說不定還會喊一嗓子「溫壺好酒」；她喝高了醉臥於花下青石，他就有力氣把她橫抱回房去——而這些事情，大概只有馮紫英才能做得到。

　　他唱的那支小曲，讓人想到做《還珠格格》裡〈有一個姑娘〉：有一個姑娘，她有一些任性，她還有一些囂張……只不過他唱的是古典更新版。

智慧篇　終於，我們都活成了薛寶釵

而且，馮紫英還沒有五阿哥那動不動也使小脾氣的臭毛病，他剛柔相濟的個性，完全可以甩愛嘟嘴的小鮮肉十八條街。

當他第一次出現在讀者面前，「一路說笑」著走進來，會令人跳戲地想到到第二十回史湘雲第一次亮相，也是在「大說大笑」。這是巧合嗎？馮紫英跟史湘雲，真的好配啊！

要知道，老曹在前八十回裡並沒有寫明史湘雲許給了誰家，只說有人來相看，襲人向她道喜，她臉紅了紅，就過去了。

所以，我們自作多情地假設一下，不算違規。

四

馮紫英不但本人出眾，背景也很了得。

賈母清虛觀打醮，馮紫英家第一個送來豬牛香火等獻祭之物，兩家關係很是親厚。

馮紫英的父親是神武將軍馮唐，單這名字和封號便不可小覷。

「神武將軍」已經很神氣，老曹還給人取名叫「馮唐」——歷史上的馮唐乃漢文帝時期一位勇於直諫皇帝的大臣，因一個成語與李廣齊名，有剛正不阿之美名。綜合起來看，馮唐將軍應該是個能力和人品都很超群的人物。

虎父無犬子，論基因、出身與家教，馮紫英都算得上是一等一的夫君人選。

前期秦可卿生病，弄不清是病是喜，各路太醫結論不一之時，是馮紫英專門向賈珍推薦了張友士，後者除了學問淵博，還醫理極深，能斷人生

死。果然，張不但是個好大夫，也是個很好的心理學家，一番望聞問切之後，便對秦可卿的病症說得頭頭是道。

這個張友士不是別人，正是馮紫英幼時的老師。名師出高徒，馮紫英即便不是高徒，好歹經高人指點教引，見識自然有不俗之處。

回頭想想，史湘雲判曲中唱的「廂配得才貌仙郎」中的「才貌仙郎」為什麼不能是馮紫英呢？單憑脂硯齋關於湘雲所配麒麟的那句點評：「後數十回衛若蘭射圃所配之麒麟正麒麟也」，就斷定湘雲跟衛若蘭是原配，現在想想是不是有點簡單了？衛若蘭與馮紫英是好友，經常在一起喝酒打獵射圃，秦可卿葬禮上一同出現過，從馮紫英再到衛若蘭，會不會這中間還有什麼曲折故事呢？

況且湘雲素來喜歡大英雄，她還將自己的丫頭葵官女扮男裝，起名韋大英，取「唯大英雄能本色」之意。沒錯，她喜歡的正是馮紫英式的英雄氣呢！而湘雲後來的結局是「雲散高唐，水涸湘江」，此「高唐」會不會暗指神武將軍馮唐呢？

湘雲跟馮紫英，到底有沒有可能呢？不知道，不知道。《紅樓夢》後半本未完，給我們留下了一個巨大的謎團，有待於我們細細地尋找、收集線索，探軼、辨析再去偽存真，一點點接近這本書的真正結局，還原作者的本意。在這個過程中，當然會免不了走錯走歪，但是，胡適不是說過嗎？「要大膽地假設，小心地求證」。所以即便最後錯了，至少給後來人提供一點不一樣的角度──錯，也有錯的價值。

智慧篇　終於，我們都活成了薛寶釵

《紅樓夢》告訴你，人心的地界裡不講先來後到

一

《紅樓夢》第二十回，黛玉正為寶玉跟寶釵走得近哭鼻子，寶玉勸她說：「妳這麼個明白人，難道連『親不間疏，先不僭後』（疏不間親，後不僭先）也不知道？」他的理由是：第一件，我們是姑表親，我跟她是姨表親，論親戚，我們兩個親。

畢竟是父系社會，父親的親戚比母親的親戚靠前，這麼論親疏不算有毛病。

第二件，妳先來，我們兩個同吃同住一塊長大，她後來才來，豈有為了她疏遠你的？

好像說得也挺有道理：我認識妳的時間比她長，自然和妳更親近。

可惜上一秒言之鑿鑿，下一秒就被啪啪打臉。

話音剛落，殺進來個史湘雲：「愛哥哥，林姐姐，你們天天一處玩，我好容易來了，也不理我一理兒。」

論起先來後到，她認識寶玉才最早。

史湘雲認識賈寶玉那會，還沒林黛玉什麼事呢！有一次襲人跟湘雲說起往事：十年前我們在西暖閣住著時如何如何。湘雲答：那會子我們那麼好，後來才把你派了二哥哥如何如何。而黛玉進賈府的時候，襲人就已經是寶玉的丫鬟了。可知親戚家的姑娘裡，湘雲是最早入住賈府的人。

從時間軸上來講，和寶玉頭一個兩小無猜的，湘雲當仁不讓。

但自從有了林黛玉，史大妹子就靠邊站啦！

《紅樓夢》告訴你，人心的地界裡不講先來後到

　　湘雲為此生了不少悶氣，十分看不慣林黛玉，成天噘著小嘴抱怨，一口咬定是黛玉拿小性挾制住了她的「愛哥哥」，但對「愛哥哥」主動黏著林姐姐這個事實卻選擇性眼盲。

　　她不懂：二哥哥的心是一座房子，雖然她最早到來，但她自由地出出進進，二哥哥全不介意；寶姐姐是始終沒有走進來，在門外白白蹓躂了一圈；而林姐姐，則是那個走進來，二哥哥就沒讓她再離開的人。

　　在人心的地界裡，全不講什麼先來後到，在這裡感覺最大。

智慧篇　終於，我們都活成了薛寶釵

二

有同樣困惑的還有薛蟠薛大爺。

他憤憤地說寶玉在外面太會「招風惹草」：「別說多的，只拿前面琪官的事比給你們聽：那琪官，我們見過十來次的，我並未和她說一句親熱話；怎麼上次他見了，連姓名還不知道，就把汗巾子給他了？」

寶玉和琪官初次見面，吃了不過半頓飯，趁著出來解手的工夫，兩人就互贈了貼身汗巾子做禮物，算是鄭重地交了朋友。這當兒，在暗中的薛蟠忽然跳出來一聲大叫：「我可拿住了！」

薛大傻子你拿住什麼了？你就欠柳湘蓮捶你。

寶玉和蔣玉菡算是一見如故。首先是早有聞名，寶玉問：「有一個叫琪官的，他在哪裡？如今名馳天下，我獨無緣一見。」蔣玉菡忙說「琪官」是自己的小名兒，寶玉欣然跌足而笑：有幸有幸，果然名不虛傳。

琪官嫵媚溫柔，和寶玉先時好友秦鍾同屬一類。除了是花美男，種種表現也很刷好感，席間行酒令無意說了襲人的名字，明明「不知者不怪」，卻一再向寶玉道歉，溫和有禮，修養極佳。

雖然身分低賤，但薛蟠和他見了十來次面，沒半點進展也不敢有半分造次，說明人家不但不俗，還不諂媚。薛大爺只妒恨寶玉有本事，能後來居上輕而易舉勾搭到琪官。這個精蟲上腦的傢伙，他根本理解不了寶玉與琪官之間，那種細膩用心的惺惺相惜，相見恨晚。

「我們見過十來次的」，不在一個頻道上，就算見上一百次也沒用，你不是人家的菜，人家連眼皮子都不會夾你一下，撐死和你做個酒肉朋友，敷衍敷衍過場。

三

細翻翻書，何止以上兩位，為這種事鬱悶的人多了去了。

寶釵不鬱悶嗎？否則她不會對第四十九回才進到大觀園，卻獨得賈母恩寵的寶琴說：「我就不信我哪不如妳。」

寶玉也會鬱悶呀，否則他不會對著林黛玉的背影長嘆：「既有今日，何必當初！」他傷心的是跟黛玉從小一起長大，他對她那麼那麼好，無微不至，「誰承望姑娘人大心大，不把我放在眼裡，倒把外四路的什麼寶姐姐鳳姐姐的放在心坎兒上，倒把我三日不理四日不見的」。好在後來說開了才盡釋前嫌。

除了主子們，小人物的鬱悶也歷歷可見。

李嬤嬤曾拉著寶玉一把鼻涕一把淚地訴苦：「把你奶了這麼大，到如今吃不著奶了，把我丟在一旁，逗著丫頭們要我的強。」芳官乾娘上趕著為寶玉吹口湯，被趕了出來，原來這是剛進怡紅院才幾個月的芳官的特權，婆子出來後是又恨又氣。

令人既傷腦筋又傷懷的人際關係，哪裡只限於愛情。只要有人的地方，就永遠無法避免厚此薄彼，掛萬漏一，也免不了因訴求不滿而心生齟齬甚至橫生枝節。

其實最該委屈的是黛玉從蘇州帶來的唯一的丫鬟雪雁，她跟著黛玉風塵僕僕北上，無親無故有家難回，在這裡和黛玉相依為命的是她才對。但事實是黛玉的心腹是紫鵑，連紫鵑自己都覺得匪夷所思：「我並不是林家的人，我也和襲人、鴛鴦是一夥的，偏把我給了林姑娘使。偏生她又和我極好，比他蘇州帶來的還好十倍，一時一刻我們兩個離不開。」

智慧篇　終於，我們都活成了薛寶釵

「蘇州來的」，就是指雪雁。她在全書裡戲份少得可憐，倒是有一句嵌著她名字的臺詞挺著名：「雪雁，快掀簾子，姑娘來了。」還是從鸚鵡嘴裡說出來的，多心酸啊！

但是，我們從來沒機會見雪雁為此流露出不爽，正好樂得自在，有事了乾脆往紫鵑身上一推。比如趙姨娘來借孝服，她不想借，這樣答：「我的衣裳簪環都是姑娘叫紫鵑姐姐收著呢。如今先得去告訴他，還得回姑娘呢。」說罷溜之大吉。

雪雁那永遠一副快快樂樂的樣子，叫隨遇而安。

四

某位學者說過：「那些與你毫無關係的人，就是毫無關係的，永遠是毫無關係的。從認識的第一天開始，其實你就知道。就算是笑得甜甜蜜蜜，就算是有無關癢痛的來往，就算你努力經營這段關係。而那些與你有關的，就是與你有關的，是逃也逃不掉的，就算你們只見過三次，就算你們三年才彼此搭理。就算你簡直想不起他或者她的樣子，就算是你們隔著十萬八千里。」

在這種事情上，直覺往往比理性好使。

所以抛卻功利的因素，去介意那些人與人相處中的厚此薄彼，計較感情上的收支失衡，追問為什麼總是走不進自己在乎的人的心，而別人卻輕而易舉可以後來居上，由此生發種種負面情緒，有事沒事為自己加場內心戲，實在大可不必。

非要拿相處時間來換算感情深厚，更是耍流氓。「白頭如新，傾蓋如故。」君不見多少人朝夕相處一輩子，不見相愛只見相殺，做了仇人對頭

或最熟悉的陌生人；而多少人在千萬人中遇見對方，要驚喜地說一聲：哦，原來你也在這裡。

寶釵有一次去找黛玉，一看寶玉先進去了，馬上識趣地想，他們兩個從小一塊兒長大，互相之間不避嫌疑，自己進去倒顯得多餘，於是抽身回來。

寶黛二人從小一塊長大不假，但真正不避嫌疑的原因還在於性情相投，感覺相契。

重溫寶黛初會，看他們四目相接如電光石火，一個想：「好生奇怪，倒像在那裡見過一般，何等眼熟到如此！」一個說：「這個妹妹我曾見過的。」又說就算從前不認識，「今日只作遠別重逢，亦未為不可。」

這句一出，便知是亂紅紛紛過牆去，我思君處君思我。縱然前有湘雲，後有寶釵，但在寶玉心裡，除了林黛玉，別人都沒戲。管你們這個最早就與我相識，那個用金玉之說早早做足鋪陳，都抵不上此刻和眼前這個人的「只作遠別重逢」。

每個人都有自己的一見就覺得面善，也會有自己的死活看不順眼。也許在初相見的瞬間，相處基調就已能定下。氣場能量微妙地傳遞訊號，如淨水淘沙。是不是跟自己合得來，能不能做朋友或戀人，潛意識早已心若明鏡，儘管它還沒來得及通知你的靈魂。

還是那句話：人心的地界，不講先來後到，只講心有戚戚焉。

我們往往誤把人情當交情，把交情當感情，到頭來才發覺都是錯付。如果太過在意，還會姿態難看，交往中斤斤計較患得患失，遍施雨露「盡人而悅之」，弄些徒增煩惱的無用之術。朋友愛人的定額絕不會因此而增加半個，反而造成生命中更多的損耗。

智慧篇　終於，我們都活成了薛寶釵

　　合則聚，不合則保持間距，別有執念，就這麼簡單。

　　劉若英唱「對的人終於會來到，因為犯的錯夠多」。其實我們幹嘛要犯錯，什麼都不用做，做好自己就行，相同特質的人會從人群中自動離析出來，向我們靠攏。與這世間的人們相處，最舒服的態度是順其自然，正所謂無為而治，大道至簡。

職場篇

人生需要一點彈性

職場篇　人生需要一點彈性

鳳丫頭說了：給我一個舞臺，我絕不會跌倒

■ 一

秦可卿臨死託夢留遺言給鳳姐，為賈府上市公司今後的發展指明瞭方向：要發展房地產，但地段也很重要。

一定要多買房買地，房子就買在祖墳邊，這樣抗風險能力最強，因為沒聽說抄家抄人祖墳的。

她說，我走了，舞臺留給你，好自為之吧，記住啊：「三春過後諸芳盡，各自須尋各自門。」

秦可卿怎麼死的，書裡書外大家都心照不宣。雖然官方說法是病死，訃告上冠冕堂皇地寫著「秦可卿死封龍禁尉」，但私底下都傳她是上吊死的，小報為了博流量，還特別標題黨：「秦可卿淫喪天香樓。」也沒見寧府人出來闢謠，倒是做婆婆的尤氏稱病不出撂挑子，把爛攤子丟給了新聞當事人賈珍。

萬般無奈之下，賈珍只好來榮府請求支援，他求的是王夫人：能不能把鳳丫頭借調我幾天？讓她幫忙料理一下喪事。

王夫人本來覺得鳳丫頭太年輕，便不敢替她答應：「他一個小孩子家，何曾經過這樣事，倘或料理不清，反叫人笑話，倒是再煩別人好。」

但此事對於年輕的鳳姐來說，是挑戰也是機遇。他知道自己當家能力現在雖獲得認可了，但沒辦過婚喪大事，總覺得差一口氣，想正好藉此提升一下地位。

就像一個年輕模特，自己的臺步功底大家都說不錯，但是沒上過「維

密」秀場,就不能算一流超模。

舞臺近在咫尺,豈能錯過?於是鳳姐決定迎難而上,好好展示。

她說:不會我可以學,可以問。

賈珍說:妳家在榮府,天天兩邊跑太累,我讓妳在這邊收拾個院子,妳住這邊好了。

職場篇　人生需要一點彈性

鳳姐說：不用，那邊也離不開我，我跑通勤趕場就好了。

這就算臨危受命走馬上任了。

二

她當天回去，經過研究思考，找出當前專案任務中急待解決的五大緊迫問題：頭一件是人口混雜，遺失東西；第二件，事無專執，臨期推委；第三件，需用過費，濫支冒領；第四件，任無大小，苦樂不均；第五件，家人豪縱，有臉者不服鈐束，無臉者不能上進。並一一找出了對策。

第一天，鳳姐和中層們開了個見面會，了解了一下寧府人員情況；

第二天，早六點半（卯正二刻），就開晨會點名安排工作，把頭一天擬好的整治方案予以實施。

按理說，各項工作安排到位，一個臨時理事會主席，該稍微放鬆一點了吧？

不，七七四十九天，她天天來坐班，天天早上六點半。

如果六點半到工作崗位，那她每天幾點起呢？

寅正：凌晨四點。

四點起來梳洗化妝，她要用最精緻的妝容、最好的精神面貌來迎接自己的舞臺。早飯反而很簡單，吃兩口奶子糖粳米粥，漱下口就到點兒該上車走了。

到了寧國府，除了安排諸事，她還要哭靈。她是長輩，不用跪，大圈椅往靈前一放，她坐上去放聲大哭。她一帶頭，大家都跟著哭，喪事該有的悲傷氣氛登時有了。

有個員工因為睡過了遲到，她毫不客氣打二十板子，管事的來升負連帶責任，扣了一月薪資。她有不得不這麼做的理由：「本來要饒你，只是我這次寬了，下次人就難管。」

這下就不難管了，殺雞儆猴，人人都變得兢兢業業。

在這四十九天裡，她不只管秦可卿的喪事，還要管榮府裡的諸事。不僅如此，還有：

繕國公的老婆沒了，送祭禮；

西安王的老婆過生日，送壽禮；

鎮國公的老婆生孩子，送賀禮；

娘家哥哥王仁回南邊，帶東西給父母；

婆家小姑迎春病了，請大夫開方子看病……

鳳姐忙到什麼田地？到了寧府，榮府的人跟到寧府；回到榮府，寧府的人跟到榮府。她一視同仁，也沒因為榮府在自己家就流於應付，凡事不偷懶，日夜不暇，事事籌劃到位，不讓人說閒話。

到了秦可卿出殯那日，一應執事陳設，全都是現趕著新做的，一色光豔奪目。於是合族上下無不稱嘆。

■ 三

年輕的鳳丫頭藉此一戰成名，人人敬服。以後府裡有什麼機會，都給了她。

漸漸地，她見的世面越來越多，能力越來越強，她的地位越來越高，舞臺越來越大，從家裡一直延伸到了皇宮裡，連宮裡的太監都指名來找她

職場篇　人生需要一點彈性

辦事了,一句一個「情婦奶」。

即使這樣,她也從未放鬆,她的敬業有目共睹,家裡管得井然有序,賈母說她是「丟下耙兒弄掃帚」,從不懈怠。

尊敬是靠自己賺來的,用《霸王別姬》裡的話說是「自己成全自己」。

府裡上下對她,有人恨有人妒,但提起她的能幹,卻無人不服。

在賈府的舞臺上,能長袖善舞那麼多年不跌跤,除了會做人會整人,更重要的還是職業素養,這才是鳳丫頭的立身之本。

鳳姐曾對賈璉開玩笑說自己是「人家給個棒槌,我就認作針」。一語道破她所依仗的就是倆字:認真(認針)。

可是偉人都說了:世上怕就怕「認真」二字。

凡事認真用心,就不會出錯丟人現眼。

平兒對婆子媳婦們說:「你們素日那眼裡沒人,心術利害,我這幾年難道還不知道?情婦奶若是略差一點,早被你們這些奶奶治倒了。」

一個對所有機會都認真對待的人,怎麼會輕易摔倒呢?

《紅樓夢》告訴我們,一個人是怎麼失去別人尊重的

一

賈璉偷娶尤二姐後,小廝興兒賣力地向新奶奶演繹賈府諸事,在介紹自己的職位和職能時,他說了這樣幾句話:「我是二門上該班的人。我們

《紅樓夢》告訴我們，一個人是怎麼失去別人尊重的

共是兩班，一班四個，共是八個。這八個人有幾個是奶奶的心腹，有幾個是爺的心腹。奶奶的心腹我們不敢惹，爺的心腹奶奶的就敢惹。」頗令人玩味。

奶奶的心腹爺的不敢惹，爺的心腹奶奶的就敢惹，說明爺的心腹們怕奶奶，奶奶的心腹們不怕爺。聽起來有點繞，簡單說就是打狗還要看主

職場篇　人生需要一點彈性

人,下人們的態度折射的是主人在他們心裡的地位。

顯然,賈璉比較「菜瓢」。

其實賈璉為人公認的好。從不為難下人,不像鳳姐,動不動就要將下人「拉出去打二十板子」,或者「墊著瓷瓦子跪在太陽地下」,要不就威脅「仔細你的皮」。

他與人為善,溫厚大度,見過世面,言談機變去得,偶爾有一點幽默和小滑頭,不喜歡跟人爭上下高低。這種個性與人群相融度較高,一般人緣都不錯,牌桌上是個好牌友,酒桌上是個好酒友,需要撐場子時也很拿得出手。

可是,在自己家裡,連跟著伺候他的人都受氣,難道全是因「人善被人欺」嗎?

也未必。《紅樓》一讀再讀,便讀出賈璉這個可憐之人的可恨之處。

二

第十六回,賈璉和鳳姐正在相對吃飯,賈璉的乳母趙嬤嬤來了,兩人連忙讓飯,鳳姐一下讓嘗火腿燉肘子,一下又讓喝惠泉美酒。趙嬤嬤卻說:「我這會子跑了來,倒也不為飲酒,倒有一件正經事,奶奶好歹記在心裡,疼顧我些罷。」

原來是幫自己的兩個兒子求差事。在此之前,她已經求過賈璉了,沒什麼卵用:「我們這爺,只是嘴裡說的好,到了跟前就忘了我們⋯⋯我還再四的求了你幾遍,你答應的倒好,到如今還是燥屎。」

「燥屎」,意即事情擱置不辦。

她拜託過賈璉不止一次,但他只答應不辦事。萬般無奈之下,她只好改求鳳姐:「所以倒是來和奶奶來說是正經,靠著我們爺,只怕我還餓死了呢。」

鳳姐當即一口答應下來,餵了顆定心丸:「媽媽妳放心,兩個奶哥哥都交給我。」

她一邊替賈璉打著圓場:「妳從小兒奶大的兒子,妳還有什麼不知他脾氣的?拿著皮肉倒往那不相干的外人身上貼。」一邊又藉著「內人外人」的話嘲笑了賈璉一番:我們瞅著是外人的,你瞅著是「內人」。

趙嬤嬤聽得心花怒放,從開始的「我不為飲酒」,變成了痛飲:「我也樂了,再吃一杯好酒。」因為「從此我們奶奶作了主,我就沒的愁了」。

善哉鳳姐。「恨鳳姐罵鳳姐,不見鳳姐想鳳姐」。就這一件事上而言,辦得可比賈璉夠意思多了。她給出的這份溫暖人情,讓趙嬤嬤終於放下了心中大石頭,能長出一口氣,今晚回去能睡個好覺。

為了兒子們的生計,這個老太太不知道在家裡眼巴巴地存著熱切希望,已經熬煎苦盼了多少白天,輾轉反側過多少長夜,甚至受著兒子們的催促與埋怨。原以為自己面子夠大,這不是什麼難事,哪想到竟會這麼曲折艱難。可又不得不老著臉,一而再再而三地求告賈璉,希望就像氣球,一次次膨脹又一次次乾癟。

這個過程,沒有求告過的人不知其折磨。

職場篇　人生需要一點彈性

■ 三

趙嬤嬤求託的這件事很讓賈璉為難嗎？

在賈府，年老的僕人歷來有體面，安排子女接班就業是不成文的規矩。奶媽們的地位更是不一般，同是告老還鄉的奶媽，李嬤嬤的兒子李貴跟著寶玉，賴嬤嬤的兩個兒子都成了管家，像小紅、鴛鴦、春燕這些家生小丫鬟們那更是多了去了。趙嬤嬤想給兒子謀個差事的要求不違規，並非特例。就像鳳姐嗔責賈璉時說的：「你疼顧照看他們，誰敢說個『不』字？」

趙嬤嬤在求情時也說：「幸虧我從小兒奶了你這麼大。我也老了，有的是那兩個兒子，你就另眼照看他們些，別人也不敢呲牙的。」

年少時讀這一段，眼睛打滑一刺溜就過去了，只覺得這老太太真能倚老賣老。如今多少經過一些小煩小難，方懂「不借人為富，不求人為貴」的道理，再看這一段，竟覺心酸漫淹：這哪裡是倚老賣老，分明是老而彌弱的低聲下氣。

「真正的理解是設身處地。」誠哉斯言！《紅樓夢》就是這樣一本書，洋洋灑灑浩浩蕩蕩，其中無數情節閃過，不見得當時留意，但是在今後漫長的歲月裡，必然會一一再看見它們。

■ 四

回頭說賈璉，此刻的他除了訕笑吃酒，再也不見往日的巧舌如簧，嘴裡只剩乾巴巴的兩個字「胡說」。

不僅僅是胡說，鳳姐是借玩笑揭露賈璉的真面目：有一種拖延消極，

叫冷漠不上心。

當別人來向你尋求幫助，能辦不能辦做出判斷後，盡快回覆，是為教養；答應別人要辦，就守信，暫時有情況就回個話，不叫人傻等，是為厚道。

你要知道，在你眼裡可以放一放的小事，可能正是別人生活裡的大事，身陷困境中的人們正寄滿懷希望於你，也許焦頭爛額茶飯不思，每一小時都忐忑不安甚至心急如焚。

特別是那些在乎你、信任你的人，尤其不要。無論何種原因，拖延答應別人的事，說好聽點是缺少同理共情之心，本質上是沒把求你的人放在心上──如果是這樣，不如不答應，不要考驗人的耐心。當然有意不辦，或者想藉此做某種交換的不在討論之列。

被鳳姐暖熱的趙嬤嬤，從今往後在自己心靈的天平上，怎麼會不偏向鳳姐多一點？就算賈璉是吃自己奶長大的奶兒子。她會對前者多一層感激尊重，默默在心裡給後者減分。

這樣的事情還有很多。鳳姐弄權專權不假，但威重令行之時，對來求告的人，決定幫助便當即著手，比如對劉姥姥，一面說著「大有大的艱難去處」的話，一面出手給了二十兩銀子讓她過冬，再給一弔錢僱車回去，為後來的巧姐積下了福報。

俐落可靠，是人們對她的印象。這樣的人，時間一長別人怎麼會不尊重敬畏她？而賈璉，以他自己那拖拖拉拉的行事風格，下人們也只維持一點表面上的恭敬罷了，威信是不大有的。

想要失去人們的尊重很簡單，承諾別人的事情不守信，不了了之，讓別人知難而退或心冷心寒就行了。

第二十四回，宗族窮孩子賈芸想在賈府求份差事，先找賈璉，賈璉說

職場篇　人生需要一點彈性

本來有個差事,但鳳姐再三求他讓給了賈芹,便讓賈芸後天再來。賈芸想了一路,決定改換門庭,去求鳳姐。

賈芸得到種樹的差事後,對鳳姐如此說:「早知這樣,我竟一起頭求嬸子,這會子也早完了。誰承望叔叔竟不能的。」實際上,這差事賈璉已經替他說得差不多了,最後讓鳳姐落了人情,長了威信。

賈璉冤,也不冤。他的問題出在回覆不及時不透明。

這一個人的財富可能是拜家庭所賜,一個人的地位也與背景運勢有關,但唯有別人對你的尊重,要靠自己賺。

墜兒:出身底層的年輕人,犯不起的錯不要犯

一

時隔多年以後,墜兒偶爾抬起手,還能忽然一下子想起來,這手,曾經被一種叫「一丈青」的尖頭簪子狠狠戳過。

那天的場景她不願閃回,但晴雯尖細的聲音還在耳邊炸裂:「要這爪子做什麼?拈不得針,拿不動線,只會偷嘴吃。眼皮子又淺,爪子又輕,打嘴現世的,不如戳爛了!」當時年幼的她,只會掙扎跟哭喊。如今疼痛雖無,驚懼猶憶。

後來她媽來領人,她臨走,還向戳她的這位姐姐磕了頭。

也怪她自己,誰叫她一時糊塗拿了人家平姐姐的蝦鬚鐲,毀了怡紅院丫鬟團隊的清譽。

二

　　如果沒有「蝦鬚鐲事件」，墜兒就可以在怡紅院接著當差。工作也不累，管吃管住管穿，沒什麼花費，月錢存起來既可以貼補家裡，還可以攢點嫁妝，再順便跟著學點眉高眼低出入上下的，晃蕩個幾年也就大了。指給寶玉做妾就別想了，最大的可能是配個也在府裡當差的小廝，生兒育女，這一輩子就這麼安安穩穩不飢不飽地交代過去了。

職場篇　人生需要一點彈性

誰知就在那個雪後，因為她的一次鬼迷心竅，命運就此轉向，通往了不可預知。

墜兒偷鐲子並不是蓄謀已久，是臨時見財起意。主子們和副主子們在蘆雪廣吃烤肉，吃完後需要盥洗一下，平兒把腕上的鐲子褪下來放在一邊，一旁的墜兒就順手牽了羊。

拿回去窩贓不專業，被宋嬤嬤發現並揭發。平兒為了寶玉的面子，選擇了將此事按下，但性子像爆炭一般的晴雯不依，終是找碴把墜兒趕了出去。

墜兒在第五十二回就領了便當。

■ 三

回頭細看這個墜兒，才發現她原本就不太一般。

這小姑娘最大的特點是膽子大。

她不止做過一樁出格的事。

賈芸和小紅這一對，也是靠她穿針引線連繫上的，私相授受跑腿傳話，她一人全包。

賈芸起初對小紅有意時，不敢唐突。他到怡紅院拜訪寶玉，出來時是墜兒送他，便一路走一路慢慢套話。

他先從墜兒入手，聲東擊西，打聽她的年齡，「幾歲了？」

問她名字：「名字叫什麼？」

問她的家庭背景：「妳父母在哪一行上？」

問她的年資：「在寶叔房內幾年了？」

還問她的薪資:「一個月多少錢?」

這種問法,一般會將最想知道的事情放在最後問。在迂迴之間,不動聲色套出對方的答案。

他把話題從墜兒身上引到「共總寶叔房中有幾個女孩子」,墜兒還渾然不覺,一一回答。

當他終於問到重點:「才剛那個與妳說話的,她可是叫小紅?」

不知墜兒是不是意識到了,笑著反問:「她倒叫小紅。你問她做什麼?」

賈藝說剛聽說小紅丟了一塊帕子,而自己恰好就撿到一塊。邊說邊從袖中將自己的手帕拿了出來,投石問路。

墜兒說:「好二爺,你既揀了,給我罷。我看她拿什麼謝我。」

「我看她拿什麼謝我。」這句話一出,便知墜兒是個千伶百俐的小丫頭,幾分調皮幾分精明躍然紙上。

四

不同於跟賈藝交談時的一派天真,墜兒送帕子給小紅時,言語陡然變得老道起來,幾乎都不像她這個年紀的人。

「妳拿什麼謝我呢?難道白尋了來不成。」這是她的原話。

小紅答:「我既許了謝妳,自然不哄妳。」

墜兒打蛇隨棍上:「我尋了來給妳,妳自然謝我;但只是揀的人,妳就不拿什麼謝他?」

小紅說:他撿了我的東西,就該還我。我謝他幹嘛?

墜兒卻道:「妳不謝他,我怎麼回他呢?況且他再三再四的和我說了,

職場篇　人生需要一點彈性

若沒謝的,不許我給妳呢。」

就這樣連哄帶要挾,讓小紅半推半就又回了一塊帕子才算完,她又可以拿著去向賈藝邀功了。

人小鬼大,這嘴皮子功夫,都彷彿隱隱得到《水滸傳》裡那「開言欺陸賈,出口勝隋何」的王婆的真傳了。

更神的是後面,當她們兩個在亭子裡的對話被寶釵聽到,寶釵為了把自己擇乾淨,故意嫁禍於以刻薄著稱的黛玉時,小紅特別緊張,私相授受的事讓人知道了,可是犯男女之大忌的。

但墜兒卻說:「便是聽見了,管誰筋疼。」

那個混不吝的勁兒,讓人一怔。

你可以說她涉世未深頭腦簡單,也可以說她我行我素天性彪悍,只要自己想做的事做了,才不管外界輿論怎麼看。以這樣的個性,將來長大成人嫁作人婦,從珍珠變成魚眼珠子,不知道會是怎樣潑辣世故的一個婦人。

只可惜,她離開了讀者的視線,後來的樣子我們只能靠猜。

五

偷竊被攆是罪有應得,沒什麼好說的,這是墜兒身上洗不掉的汙點。但不知怎麼的,她卻讓人恨不起來,連寶玉都替她可惜。

她不是白色的小天使,也不是黑色的小惡魔,她處於灰色地帶,是個集多面性於小小一身的平凡人。

她會熱心熱腸幫人當紅娘促成好事,也會一轉臉就成為讓人不齒的小偷。自知理虧,被人打時沒有大義凜然倔強應對,一樣哭爹喊娘驚懼怕

疼。臨走前被人批評不懂規矩，不得不屈辱地追著大丫鬟們挨個磕了一圈的頭，可惜她們鼻孔朝天，連理都不理她。

其實，賈府裡偷過東西的何止她一人，賈璉不是就求過鴛鴦，讓她偷點老太太暫時查不著的東西出來嗎？大丫鬟彩雲也還替趙姨娘偷過玫瑰露，但因礙著探春的面子，讓寶玉跳出來頂了罪，這事也就不了了之了。

這樣的好運並沒有降臨到墜兒頭上，因為她不像鴛鴦彩雲們，爬到了屋裡除了主子數自己最大的階層。她這邊，主子倒是願意放過，但級別較高的奴才們卻不依，她們有權力先斬後奏，照樣說攆也就攆了。

跟在她娘身後，她灰頭土臉地走出了怡紅院，心裡一片昏昏然的茫然，如一隻小小的喪家之犬。被攆，不只是丟了差事，也意味著滾下了剛剛千辛萬苦才夠得上的那一層矮臺階。

從此以後，墜兒這個人就真的不知所終了。生活到底沒有向她網開一面，更沒有峰迴路轉，瑪麗蘇的情節並沒有上演。

這才是底層「草根」們真實的人生吧，沒有一生下來嘴裡就叼著一塊玉，讓別人可望而不可即的天花板做自己的起點。縱然千伶百俐，但出身卑微，沒有根底沒有人脈，職場裡毫無優勢可言，只能處於食物鏈末端。

更沒有免死金牌，犯一次錯就可能永遠萬劫不復，需要承擔所有的後果。危急關頭沒有霸道總裁從天而降幫你兜底，幫你解脫面前的困境。同情你可憐你的人寥寥無幾，茶餘飯後拿你嚼舌根的卻從來不缺，站在道德制高點對你唾棄。

世界對兩手空空的普通人從不寬容，原則性的錯誤你根本犯不起，走的每一步都很關鍵，唯有規矩做事清白做人，才是暫保人生無虞的正確開啟方式。

職場篇　人生需要一點彈性

柳嫂子：勢利乃人之常情

■ 一

這世上就沒有不勢利的人。

金庸小說裡，最正大光明的門派要屬少林了，老和尚們天天唸叨「阿彌陀佛眾生平等」。可是郭襄一來就不一樣了，這姑娘脾氣暴躁，兩句話不到就開打，傷了好幾個和尚不說，其中一個還被齊刷刷斬斷兩根手指。然而羅漢堂首座無色禪師不但不怪，還要親自送她下山，「要送夠三十里」。她要不是郭靖和黃蓉的女兒，又有楊過罩著，能對她那麼客氣？而對那個斷指留下終身殘疾的本門弟子，無色禪師連問都不問一下，讓人心寒。

看來就連金庸大俠也不能免俗，他在創作時，也許根本不知道，自己已經表現出了一種叫「勢利」的人性痼疾症狀。

在人情世故上，那些沖淡超脫寵辱不驚者，大抵是經過內心深處的種種糾結鍛造，時時警惕，處處內省，重塑了一個自己而已。哪有臻於化境的「本來無一物」，能遇上個把懂得「時時勤拂拭」的，已很難得。

回到《紅樓夢》裡，那些光風霽月的主角們，就不為勢利所累了嗎？

至少在趙姨娘眼裡，探春很勢利。她將自己這親娘視為奴才，連親身舅舅死了都不聞不問，只認正房太太的兄弟，「我舅舅年下才升了九省檢點」，唉，就是不知道人家認不認你這個外甥女呢？林黛玉也勢利，寶釵送禮物好歹還有她的一份兒，而林丫頭卻「把我們娘兒們正眼也不瞧」。

柳嫂子：勢利乃人之常情

　　在李紈眼裡，妙玉很勢利。平日裡對誰都愛答不理冷若冰霜，可是賈母一去，她就忙著奉茶招待。賈母說：「我不吃六安茶。」大概嫌六安茶比較衝，喝了傷脾胃。她馬上乖巧地說：「知道。這是老君眉。」私下裡還是做了些功課的嘛。賈母品完後順勢讓劉姥姥就著杯子也嘗了下，妙玉看在眼裡，嫌劉姥姥用過的杯子髒，讓丟出去，寶玉求了情才不情願地施捨給了劉姥姥，還說：「若是我吃過的，我就砸碎了也不能給她。」

　　在賈環眼裡，大家全體都勢利：「我拿什麼比寶玉呢。你們怕他，都

職場篇　人生需要一點彈性

和他好，都欺負我不是太太養的。」

趨吉避凶是生物界的天性，連花朵都喜歡追隨著太陽，一天內不知疲倦地轉動N多次方向。人們會依附、追隨、仰望能量巨大的強者，希望得到庇佑和好處，這是人類千萬年進化來的智慧。適者生存沒有錯，但與之同來的，是尚未退化的動物本能，弱肉強食的劣根性，一直根植在血液裡不能祛除。

而且，越是小人物越易勢利。因為他們資源太少，要藉助別人的力量達到自己的目的，不得不奴顏婢膝，而由此心中累積的戾氣，只好發洩在不相干的弱者身上。

管廚房的柳嫂子，就是現成的真人演繹。

二

第六十回，芳官來到廚房傳話，說寶玉晚飯的素菜「要一樣涼涼的酸酸的東西，只別擱上香油弄膩了。」柳家的笑道：「知道。今兒怎遣妳來了告訴這麼一句要緊話。妳不嫌髒，進來逛逛不是？」對一個小丫頭態度巴結得不得了。這時芳官看到蟬兒買的糕，嘴饞要嘗一塊被拒絕，柳嫂子忙湊上來說自己有新買的，端上來給芳官，又現為她通火烹茶。芳官拿著糕沒吃，故意糟蹋掰了打雀兒玩，柳嫂子居然也不生氣，低聲下氣得匪夷所思。

還是蟬兒一語道破天機：「有人作乾奴才，溜你們好上好兒，幫襯著說句話。」

原來是柳嫂子有求於芳官：想讓自家女兒五兒進怡紅院當差，讓芳官幫著疏通。芳官素與柳嫂子交好，剛從梨香院出來，眼皮子淺但個性掐

尖，便答應幫忙，和五兒也過從甚密。

會經營人脈是柳嫂子的本事，這叫情商高。拜高沒錯，但加個踩低，就變了味，成了勢利。

對寶玉、探春、寶釵等得勢主子屋裡的人，柳嫂子是一副臉子；對賈環、迎春等不得勢的主子屋裡的人，是另一副臉子。當然了，柳嫂子也有柳嫂子的難處，這些人肥雞大鴨子吃膩了腸子，開始變著花樣的要吃素，雞蛋豆腐麵筋醬蘿蔔炸，「一處要一樣，就是十來樣。」人人來要小炒，她哪能忙得過來？那就區別對待。

只是不要做得太露骨好吧？

寶玉的晴雯要吃蘆蒿和炒麵筋，她「趕著洗手炒了，狗顛似的親捧了去」。迎春的司棋想吃碗燉雞蛋，她對著來傳話的蓮花兒一頓惡剋，還拿探春和寶釵給錢的事順便擠對了下趙姨娘。司棋豐壯彪悍，之前已拜柳嫂子賜過一次餿豆腐，這次決計不能再忍，帶了一幫人群起而砸之。柳嫂子嘴硬頭不硬，司棋一吼一砸，她就理短地蒸了一碗雞蛋送去了，被司棋當場潑在了地上。梁子就此結下。

緊接著，她家五兒就被誣陷偷盜茯苓霜和玫瑰露被關押了起來，而指證五兒的恰是之前受過她氣的蟬兒與蓮花。柳嫂子的職位被司棋的嬸娘取而代之，還差一點捱了板子。還是平兒替她平了冤屈，令她復了職。

蒙冤期間，沒見有人替她說話，倒見不少人下咀，再回想司棋帶人砸場子時，一聲令下，小丫頭們竟是「巴不得一聲」，全都七手八腳地撲了上去。後來，園子裡查賭查出了她妹妹聚眾賭博，還有人去鳳姐面前揭發告狀「凡妹子所為，都是他作主」──大家怨氣都這麼重，冰凍三尺非一日之寒，柳嫂子真需要好好檢討一下。

職場篇　人生需要一點彈性

■ 三

　　受了一場虛驚，柳嫂子會不會藉此反省，從此改了呢？

　　呵呵，勢利是她的一樣本事，她怎麼會捨得不用？

　　後來芳官有飯不吃，還是叫她單做一份送來給自己，柳家的殷勤地送來一個盒子，裡面是「一碗蝦丸雞皮湯，一碗酒釀清蒸鴨子，一碟醃的胭脂鵝脯，一碟四個奶油松瓤卷酥，並一大碗熱騰騰碧瑩瑩蒸的綠畦香稻粳米飯」。有涼有熱，有湯有菜，雞、鴨、鵝、海鮮、限量版主食、外加飯後甜點，全齊了。連寶玉都忍不住上來蹭一點吃，芳官卻驕矜地嫌油膩，顯見胃口被慣壞了。

　　一聽說平兒過生日，柳嫂子忙說「姑娘的千秋，我竟不知道」就咕咚一下磕下頭去，慌得平兒把她拉了起來。這裡面除了感恩，更有巴結，她還指靠著平兒以後再多罩著她點。無慾則剛，只要你有求於人，腰板就永難挺直。

　　「我貴而人奉之，奉此峨冠大帶也；我賤而人侮之，侮此布衣草履也。然則原非奉我，我胡為喜？原非侮我，我胡為怒？」勢利人敬你，敬的是你手裡的資源；欺你，欺的是你兩手空空能奈我何。一味厭憎憤恨也不是辦法，學著了解他們的遊戲規則，一笑置之，也算與這現實世界達成某種諒解，畢竟要做的正事還很多。當然，他們偶爾撞上司棋一類的蓮花們，也會吃些虧，那不是巧合，是食物鏈的一次翻轉。

　　伶俐的小孩子從小跟在勢利的父母身邊，會早早學會察言觀色，一遇到父母笑臉相向的人，他立刻嘴變得特別甜。父母淡然處之的，他也跟著視若無睹。有遺傳天賦，也有不自覺的模仿。這樣下去終有一天，他會長成他父母那樣的人。

柳嫂子的女兒五兒從小跟著母親耳濡目染，將來會不會有乃母之風青出於藍呢？

　　這事永遠無解了。雖然後四十回有「候芳魂五兒承錯愛」，但第七十七回王夫人提到她時，如是說道：「幸而那丫頭短命死了」。原來，茯苓霜事件讓五兒受的驚嚇不輕，小身板經不住折磨，回去以後氣病相加，不久就「掛」了。這是原作者曹雪芹的意思。

　　替柳嫂子一哭。真可憐啊，處心積慮忙乎一場，竹籃打水就罷了，竟還落了個兒死樓空，大地一片白茫茫。

金釧兒：人生多艱，需要一點彈性

一

　　讀《紅樓夢》，發現書裡死個人就跟玩似的，好好一個人說死就死了。

　　比如賈瑞，受了幾次捉弄和驚嚇，鑽被窩裡多看了幾回色情鏡子（風月寶鑑），就精盡人亡，堂堂一個大小夥子，死了。

　　比如晴雯，受個涼，外加再挨頓罵，就不吃不喝一病不起，拖出去過了幾天，死了。

　　比如柳五兒，被誤認為偷東西關了一夜，放出來就氣病了，沒多久，也死了。

　　除了病死，曹公還愛讓人自殺。

　　秦可卿，上吊了；尤二姐，吞金了；尤三姐，自刎了。不知道是為了

職場篇　人生需要一點彈性

表達自己的三觀正,還是沒想好怎麼安置人物結局,凡是作風問題有前科的,曹公讓她們通通自殺,以死謝罪。

「死者為尊」,人一死,前塵往事裡有多少對或錯也不宜再論,再較真的話就顯得有失厚道。所以曹公盡可能給她們收個好尾。

秦可卿的葬禮,排場大得嚇人,棺材是皇家規格,弔唁的也都是皇親國戚;

金釧兒：人生多艱，需要一點彈性

尤二姐明明是吞金，活活腹痛墜死，死狀應該十分恐怖，但非要寫她「面色如生，比活著還美貌」，這不科學；尤三姐死了，從前的放蕩史一筆勾銷，成了柳湘蓮貞潔的亡妻，他還為她削髮出家。

還有金釧兒投井，那一回的題目竟然是「含恥辱情烈死金釧」，特特用了個「烈」字。

用激烈的方式結束生命也許可以稱為剛烈，但金釧兒生前種種所為，卻與這個「烈」字毫不搭邊。

二

第七回，周瑞家的去梨香院，看到金釧兒和剛留了頭的香菱站在臺階上玩。等周瑞家的從屋裡出來，看到金釧兒一個人在那裡無聊地晒太陽，一副悠閒的樣子。

這是金釧兒第一次出場，給人的感覺怎麼說呢？不全是貪玩，也不是懶散，直覺是個不太愛想事的姑娘。

不太愛想事的人好啊，活得簡單。但是，不太愛想事的人也有一個硬傷，就是常常會顯得不懂事。

第二十三回，寶玉被他爹喊去訓話，本來心理壓力山大，一步挪不了三寸，好容易蹭到這邊院子裡來。一大幫丫鬟站在廊簷下，一見寶玉，「都抿著嘴笑」，這笑裡，是心照不宣，是善意的揶揄：小子，你就等著挨收拾吧！

金釧兒竟然一把拉住寶玉嬉皮笑臉道：「我這嘴上是才擦的香浸胭脂，你這會子可吃不吃了？」

213

職場篇　人生需要一點彈性

　　說這話擺明是腦子進水了。換個脾氣爆點的，這會子一掌劈死她的心都有了。

　　好在有彩雲，她一把推開金釧兒說：「人家正心裡不自在，你還奚落他。」又善意地轉向寶玉：趁這會子老爺心情好，你快進去吧！

　　這個細節讓人對彩雲重刷好感。金釧兒這一拉，與彩雲的這一推，對比鮮明。前者煩人，後者感人。

　　後來彩雲承認自己偷了王夫人屋裡的玫瑰露，寶玉馬上跳出來兜攬頂罪，說是自己偷的。

　　他對金釧兒就不是這樣，動手動腳、油嘴滑舌，看見她倒楣，他「早一溜煙去了」。

　　因為他分得清，什麼樣的人不能輕薄，什麼樣的人喜歡被輕薄。

三

　　金釧兒言談舉止之所以這麼任性隨便，一是在奴才裡地位頂尖，被捧殺了；二和王夫人有關，她對她太過放心。

　　王夫人膝下寂寞，唯一的親女兒元春進了宮，金釧兒跟她一跟就是十幾年，是她的小丫鬟，更是她的小棉襖。

　　賈母去廟裡打醮，大家都擠破了頭的想跟著出去逛逛。王夫人自己有事不去，卻放金釧兒跟著出去耍了，可見她有多疼她。

　　她自己也說「雖然是個丫頭，素日在我跟前比我的女兒也差不多。」

　　她對金釧兒寄予厚望，還指望將來重用，結果卻被事實打臉，發現自己所託非人。

那天中午，王夫人在裡間涼榻上睡著，金釧兒在為她捶腿，睏得迷迷糊糊，寶玉上去又是摘耳墜又是餵香雪潤津丹，金釧兒都沒有拒絕。接著兩人開始了言語調情，書中如此描寫道：「寶玉上來便拉著手，悄悄的笑道：『我明日和太太討妳，我們在一處罷。』金釧兒不答。寶玉又道：『不然，等太太醒了我就討。』金釧兒睜開眼，將寶玉一推，笑道：『你忙什麼！「金簪子掉在井裡頭，有你的只是有你的」，連這句話語難道也不明白？我倒告訴你個巧宗兒，你往東小院子裡拿環哥兒同彩雲去。』」

看到這裡，就發現金釧兒已經不只是腦子進水，腦袋還被門夾、被驢踢了。

凡事是要講場合，人家媽媽是在睡覺，不是死了好嗎？你就這樣和人兒子嘰嘰咕咕調情，還挑唆人家到東院看色情真人直播，十足一個風騷的小婦人樣。這種事情擱哪個時代哪個母親都不可能容忍。

說完這句話的後果是：「王夫人翻身起來，照金釧兒臉上就打了個嘴巴子，指著罵道『下作小娼婦，好好的爺們，都叫你教壞了』。」

然後就叫她母親來領人。

這個反應太正常了，就是一個正常母親的反應。

寶玉早起身跑了，留下金釧兒跪地苦苦哀求：「我再不敢了。太太要打罵，只管發落，別叫我出去就是天恩了。我跟了太太十來年，這會子攆出去，我還見人不見人呢！」

姑娘，妳早幹嘛去了？枉妳跟了王夫人那麼多年，只看到她平日待下人寬厚，對你更是另眼看待，那你是真不了解你的主子。

待人寬厚是大家閨秀的涵養，但不代表人家沒底線。

愛八卦、說話沒分寸、調戲小鮮肉，這三樣，條條犯王夫人的忌諱：

職場篇　人生需要一點彈性

一忌目無尊長；二忌嚼舌根；三忌輕浮水性。全是原則性錯誤。

第三條最嚴重，王夫人在寶玉的男女問題上本來正過度焦慮，防這個防那個，沒想到卻是燈下黑。

震怒、失望、挫敗，交織在一起，王夫人根本不可能馬上原諒她，攆她並不意外。

四

金釧兒出去後，在家裡哭天哭地。她想當然地認為自己是太太內定給寶玉的妾，否則不會對寶玉說出「金簪子掉在井裡頭，有你的只是有你的」這麼氣粗的話。

而現在，「羊肉沒吃著，惹了一身羶」。

登高跌重，會格外痛不欲生。人言可畏，她腦補到自己接下來的路會很難走，索性就不走了。

她被攆的第三天，湘雲大妹子來了，還興沖沖地用手帕包來四個絳紋戒指，要分別送給這府裡站在權力頂尖的四個女奴：「襲人姐姐一個，鴛鴦姐姐一個，金釧兒姐姐一個，平兒姐姐一個。」

然而這點心意，她的金釧兒姐姐已經永遠沒機會領受了。

人們在井裡發現了她的屍身。

賈環添油加醋地說：「那井裡淹死了一個丫頭，我看見人頭這樣大，身子這樣粗，泡的實在可怕。」藉機讓賈政痛打了寶玉一回，也算間接替她出了口氣。

哭得最傷心的莫過王夫人：「我只說氣她兩天，還叫她上來，誰知她

這麼氣性大。」這話未必真，也未必是假，畢竟她是真疼過她。過上三五個月，氣消了，未必沒有轉圜。

總有人說是王夫人逼死了金釧兒，這個鍋不該王夫人背。她只是一氣之下攆走了她，可沒想讓她去死。被攆的人多了去了，茜雪、良兒、墜兒、入畫……名單拉出來一長串，也沒見誰輕易自尋短見。

寶釵淡淡地說了句：「縱然有這樣大氣，也不過是個糊塗人，也不為可惜。」

意思翻譯過來就是：她自己要作死，誰也怨不著。

「性格決定命運」，順境裡，該謹慎的時候不謹慎；有了變故，該隱忍的時候又不隱忍。可不就是個「糊塗人」？

金釧兒的命運悲劇，其實是性格的悲劇，從頭到尾，她的性格都缺乏了那麼一點彈性，要麼肆無忌憚，要麼一死了之。

當然了，烈女們的寧折不彎在我們的文化中從來是值得尊敬和謳歌的，但對於只有一次的生命本身而言，韌勁與寸勁哪個更珍貴？

自殺，是把自己的命看得太重，還是太輕？

不說了，還是那句話吧，「死者為大」，再站在一旁喋喋不休就有點刻薄了。

如果，那個午間，寶玉說「我向太太討妳吧，等太太醒了就討」時，她能留點心眼，使個眼色說：「二爺且去歇息，太太好容易剛睡著，別吵醒她。」就沒有後來的扎心事了。

可惜，人生沒有如果，只有結果和後果。

職場篇　人生需要一點彈性

李嬤嬤：得體退出有多麼難

一

很多人的少年記憶裡，家中都有一個李嬤嬤這樣的長輩。嘴碎愛嘮叨，什麼都要管，哪都要插一腳，一點都不識趣，怎麼看她怎麼多餘。在少年人的眼裡，她就像一隻煩人的家養蒼蠅，拍又不能拍，趕又不好趕，只能任由她嗡嗡，心裡煩得不要不要的。

少年會長大成人，偶爾一天回憶起她，間隔的歲月如柔光，往事一夕變作莫蘭迪色調。她的種種毛病不那麼討厭了，竟然開始念起她的好，她對自己點點滴滴的關懷都是真的，這才反省當初自己對她那麼多的厭棄怠慢，是多麼混蛋。（而這時候，她也許已經不在。）

猶記得寶玉過生日，按規矩去依次給李、趙、王、張四個奶媽磕頭以示感恩，李嬤嬤排序第一，因為，只有她哺乳過寶玉。

動物界的杜鵑鳥有個習慣，喜歡把自己的蛋下在其他雌鳥窩裡，讓後者替牠孵化，孵化出來後，雌鳥對這隻外來的幼鳥一視同仁，不眠不休地悉心照顧。直至一天，翅膀硬了的小杜鵑一飛沖天，頭也不回，只剩雌鳥對天悲憤哀鳴。

李嬤嬤就是這樣的雌鳥。

她覺得有奶便是娘，只要寶玉吃過自己的奶，就是自己的娃。外加賈府對資深用人無原則的尊崇，更使得她理直氣壯起來，動輒拿賈政嚇唬寶玉：「你可仔細老爺今兒在家，隄防問你的書！」口氣比親娘王夫人還霸道。

李嬤嬤：得體退出有多麼難

親娘王夫人操心兒子靠遙控：「我身子雖不大來，我的心耳神意時時都在這裡。」她的辦法是安插眼線，風格是抓大放小，只要寶玉不犯原則性錯誤，小節上她倒不見得多干涉。

李嬤嬤完全相反，朝夕相處事必躬親，給她的分工是管雞毛蒜皮。階段性任務完成，她完全可以功成身退回家享清福，但仍不肯退出寶玉的世

職場篇　人生需要一點彈性

界,什麼都要跑來再管一管。

「寶玉如今一頓吃多少飯,什麼時辰睡覺」、「只知嫌人家髒,這是他的屋子,由著你們糟蹋,越不成體統了。」生活、作息、衛生,簡直就沒有她不操的心。

角色也沒及時轉換過來,好像怡紅院的家還是她當似的:「只從我出去了,不大進來,你們就越發沒個樣了。」和襲人的說「一時我不到,就有事故」同聲同氣。李嬤嬤曾說襲人是自己一手調教出來的,看來不是胡說。弄不好李嬤嬤就是老年版的襲人,從前也和氣過嬌媚過,是歲月把珍珠變成了死魚眼珠子。

二

第八回,寶玉在薛姨媽處要酒喝,李嬤嬤在一旁三番五次攔阻,奈何薛姨媽是個沒原則的家長,黛玉是個任性的妹子,李嬤嬤孤掌難鳴,只得怏怏作罷。當時她還是寶玉的監護人,所以是說自家孩子的口氣:「姨太太不知道,他性子又可惡,吃了酒更弄性。」自揭其短,其實是申明主權,標榜自己對寶玉脾性的了解無人能及。

奶媽的身分很特殊,主子年幼時,她需要在相當程度上充當母親的角色,一個嬌嫩的小嬰兒全權託付給她,責任心必須得強。與之相伴的是責任大了權力就大,吃喝拉撒睡樣樣要由她操心,自然樣樣也由她說了算。

天長日久,慣出了一身臭毛病,直把杭州作汴州,誤認他鄉做故鄉,拿主家當了自家,導致角色混亂。

清史曾記載清王室子女的奶媽一手遮天挾制主子的事,格格們想見個駙馬都得經她們批准,有個格格結婚好幾年了,回到皇宮委屈地問父皇:

李嬤嬤：得體退出有多麼難

「阿瑪指了個什麼樣的額駙給女兒？」原來是被奶媽攔著，夫妻還從來沒見過面，簡直駭人聽聞。

李嬤嬤不也是嗎？桌上蓋碗裡的酥酪必須是她的；怡紅院裡的豆腐皮包子自行打包給孫子，理由是「寶玉未必吃了」；著名的「楓露茶事件」也因她而起，話說這茶好硬，寶玉泡了整整一天才出色，李嬤嬤說喝就喝了，惹得寶玉衝茜雪大發一火，連茶杯都摔了。「她是妳哪一門子的奶奶，妳們這麼孝敬她？不過是仗著我小時候吃過她幾日奶罷了。如今逗的他比祖宗還大了。如今我又吃不著奶了，白白的養著祖宗做什麼！」寶玉不是小氣人，是煩透了李嬤嬤，正好借酒蓋臉，發洩對李嬤嬤積存許久的不滿。

楓露茶事件之後，兩個人離開了怡紅院。一個是茜雪，從此銷聲匿跡；一個就是李嬤嬤，她「告老解事」了。

李嬤嬤一夕老去。再出現時，拄上枴棍了。

驟然的清閒會加速衰老。照管寶玉曾經是她一生引以為榮的事業，當生命中最重要的支撐被拿掉，她需要一點形式上的支撐才能站得穩。

此時的李嬤嬤變得越發不可理喻：敏感易怒易激惹，特別能作。又是汙言穢語地大罵襲人，又是鼻涕一把淚一把地控訴寶玉。寶釵勸寶玉讓一步，襲人則是百般忍耐，王熙鳳乾脆連哄帶騙。對她，大家都是息事寧人的態度，認為她老糊塗了。

她哪裡是老糊塗，不過是患了「退休綜合症」。乍然被退休，無法適應新常態，對現狀充滿了無力感，覺得全世界都開始欺負自己，導致負面情緒爆棚。人這一生，有多少難過還不都因沒有理順自己和自己之間的關係？

職場篇　人生需要一點彈性

　　李嬤嬤沒有向內的智慧，只會遷怒於外，連打牌輸了點錢都要找碴發飆，而且總是劍指襲人──只能是襲人。滿腔的仇恨，是她取代了她的位置。於是襲人成了心機婊，「誰不是襲人拿下馬來的」。

　　一趟趟地往怡紅院跑，是慣性使然，對於往日那點蠅頭蝸角權力的留戀使她停不下來。她還讓自己的親兒子李貴接了班，留在寶玉身邊伺候，現實點說在賈府的奴僕裡算是謀了一份美差。站遠點看，也是「獻了青春獻兒孫」。

三

　　她對寶玉的掛心也沒有停下來，但正值青春期的寶玉開始叛逆，他有了自己的主見，討厭她沒完沒了的束縛。她不是不知道，只是不死心，自己巴心巴肺奶大的孩子會這麼沒良心。她執意要吃掉寶玉給襲人留的那一碗酥酪，就是一種孩子氣的挑釁，是對寶玉這個小白眼狼「有了媳婦忘了娘」的氣不憤。她恨寶玉的涼薄。

　　李嬤嬤最可愛的一次，是在第二十六回。小紅在沁芳亭畔遇到她，上前問候，她將手一拍，很興奮地「訴苦」，說寶玉逼著她去找賈芸來。小紅問：「你老人家當真的就依了他去叫了？」李嬤嬤的回答很有意思：「可怎麼樣呢？」語氣寵溺。是的，可怎麼樣呢？她對這個奶兒子一點辦法都沒有，能被他需要已經是一種莫大的幸福，拄著枴杖替他跑腿她也願意。

　　曹雪芹寫李嬤嬤先抑後揚，最後乾脆來了個翻轉。到了第五十七回，寶玉得了癔症。大家先去請的不是親娘王夫人，而是奶母李嬤嬤。

　　李嬤嬤來了摸了脈門掐人中，見寶玉沒反應，「呀」的一聲便摟著寶玉放聲大哭，搥床搗枕說自己「白操了一世心了」！這一聲大哭盡顯母子

情深，讓她的種種可厭全被覆蓋。曹雪芹真是寫實通透，讀者當下就諒解了李嬤嬤：關心則亂才姿態難看，之前的煩人不過是因付出沒有換來預期回報，上趕著的不是買賣。寶玉少年不識愛滋味，看不到她咋咋呼呼外表下那一顆柔軟的慈母心。

照看寶玉的責任再一次落到了李嬤嬤身上，她帶領著幾個老嬤嬤用心看守，辛苦著，也幸福著，日子彷彿又回到了從前。

張愛玲在以自己為原型的《小團圓》裡寫過這樣一個細節：每天早起奶媽都像老牛一樣，用舌頭舔她的眼睛，因為口水有「清氣」，可以明目。這樣的事胡適的母親也對胡適做過。是頗不衛生，但這種舐犢情深，是至親之間才會有的動作。

從前的李嬤嬤對寶玉一定也如此疼愛過，只是一個等閒變卻，一個刻舟求劍，他們被生生分隔在了親情兩岸。眼下這場病「正當其時」，讓黛玉和寶玉情比金堅的同時，也讓一對形如冤家的母子盡釋前嫌。

他們再在一起時，畫面變得溫暖起來，寶玉過生日，用感恩的姿態上門向李嬤嬤磕了頭。當寶玉恭恭敬敬一個頭磕下去，那一刻的李嬤嬤，應是滿心的欣慰和成就感，有再大的不甘失衡也該煙消雲散了。老的對小的總是特別心軟，記不起仇來。

這真是再好不過的收梢了。

這一對特殊母子的相愛相殺，對映了人與人之間的諸多關係，每一種關係其實都是有有效期的，要永遠保持一種珍惜而超然的態度。當一段關係到了轉折，哪怕心中有千般不捨，也要忍痛放手，留一點餘地給彼此。實在不必苦苦相逼到圖窮匕見，露出人性深處的醜陋。其實峰迴路轉之後，焉得沒有另一種柳暗花明？

職場篇　人生需要一點彈性

李嬤嬤就此從書中淡出，不再折磨。寧願她是心結從此解開，找到了新的人生定位，安享晚年含飴弄孫就好。寶玉既已長大，就該從他的生活中得體退出，正應了龍應台那段著名的話：「我慢慢地、慢慢地了解到，所謂父母子女一場只不過意味著，你和他的緣分就是今生今世不斷地在目送他的背影漸行漸遠，你站立在小路的這一端，看著他逐漸消失在小路轉彎的地方，而且，他用背影默默告訴你：不必追。」

焦大：我情願你是個精緻的利己主義者

一

讀《紅樓夢》看焦大，常常讓人生出一陣警惕：天啊，等我們老了，一定不能讓自己活成這個樣子。

焦大一生，登上過兩次人生巔峰：

第一次是戰場上救主，得了主子們的心。得追溯到很多很多年前了，那時候寧國府還是太爺時代，年輕的僕人焦大跟著代化和代善出過三四回兵。戰爭殘酷，在血肉橫飛的戰場上，是他從死人堆裡把主子背出來，救回一條命；兩天沒有水，他自己喝馬尿，把僅有的半碗水讓給主子喝。如果不是他，賈府的家族史也許就要改寫。

第二次是年老後醉罵，入了讀者們的眼。許多許多年後，太爺已經故去，太爺的兒子賈敬都看破紅塵求仙問道去了，太爺的孫子賈珍開始步入中年，太爺的重孫子賈蓉也已娶妻成家，焦大還是焦大。

焦大：我情願你是個精緻的利己主義者

一朝天子一朝臣，作為「前朝遺老」，藉著酒勁臭罵指派工作給他的得勢管家，年輕的主子賈蓉聽不下去，責罵了他兩句，也惹來他一頓大罵。更令人瞠目的是，他還罵出了主子們的隱私：「爬灰的爬灰，養小叔子的養小叔子。」被小廝們情急之下順手用馬糞塞住了他的嘴。因為這次粗暴羞辱的噤聲，雖然出場只有一次，他卻被讀者永遠記住，給予同情和問候，也算是「一罵成名」。

這兩次相隔甚遠的人生巔峰可以概括為：年輕時在戰馬旁喝馬尿，老了在馬圈裡塞馬糞。

多麼諷刺，這一生還真是有始有終。

職場篇　人生需要一點彈性

其實焦大本人不正像一匹老馬嗎？年輕時靠一腔忠勇在戰場上馳騁嘶鳴，戰爭結束，沒有了用武之地，回到馬圈，「只辱於奴隸人之手，駢死於槽櫪之間。」饒是如此，幾十年烈性不改，時不時要尥蹶子踢人。

主子們也還算念舊，看當年救主有功的分上，才沒有卸磨殺驢，讓他有個安身之所養老。

但焦大對這份安排領情嗎？

二

第七回是這樣寫的，尤氏讓人派人送兒媳婦的弟弟秦鍾回去。媳婦們回說：「外頭派了焦大，誰知焦大醉了，又罵呢。」一個「又」字，說明焦大罵人是常事。

尤氏秦氏婆媳兩人異口同聲道：那麼多人派誰不行？「偏要惹他去。」主子把派奴才做事叫做「惹」，這個「惹」字後面，是對焦大的集體忍耐。

鳳姐批尤氏軟弱，把下人縱得不成體統。尤氏嘆一口氣，將焦大的功勞羅列了一遍，解釋說：「不過仗著這些功勞情分，有祖宗時都另眼相待，如今誰肯難為他去。他自己又老了，又不顧體面，一味吃酒，吃醉了，無人不罵。我常說給管事的，不要派他事，全當一個死的就完了。今兒又派了他。」寥寥幾句，基本上交代完了寧府與焦大的「想說愛你不容易」。

一面是焦大「不顧體面，一味吃酒，吃醉了，無人不罵」的肆意妄為，作天作地，卻也不肯告老還鄉出去。

一方面是寧府主子對他的矛盾心理：他於寧府有功理當善待，但又確實不待見他，於是既不趕他走，卻也「都不理他」。

焦大：我情願你是個精緻的利己主義者

沒有過河拆橋不假，但給焦大的待遇也在逐代遞減。到了管家賴二這裡，出夜車送人這樣的苦事，那麼多年輕司機不派，偏派他，於是一下子捅了馬蜂窩。

逆來順受苟且偷生，在焦大這裡不存在的。他開始大罵賴二：「沒良心的王八羔子，瞎充管家！你也不想想，焦大太爺蹺蹺腳，比你的頭還高呢。二十年頭裡的焦大太爺眼裡有誰？別說你們這一起雜種王八羔子們！」

這些話聽起來有沒有很熟悉？部門裡都有這樣的不得志老員工，曾經得意過，但因為沒成算運氣差，爪子淺沒撓住出溜了下去，對新的既得利益群體各種不服和憤怒，一點事情就要撕破臉，翻舊帳擺老資格，鬧得誰都下不來臺。反正誰又不能拿他們怎麼樣，也沒人願意和他們怎麼樣，惹不起也犯不著。

對賈蓉這個小主子，焦大是這麼罵的：「蓉哥兒，你別在焦大跟前使主子性兒。別說你這樣的，就是你爹、你爺爺，也不敢和焦大挺腰子！不是焦大一個人，你們就做官兒享榮華富貴？你祖宗九死一生賺下這家業，到如今了，不報我的恩，反和我充起主子來了。」接下來就是「紅刀子白刀子」，說白了就是「信不信我拿刀捅死你」。

看吧，他其實是有多恨他們：你們收留我不假，但別忘了你們的榮華富貴都是靠我一個人賺的，你們全族世世代代都該永遠對我感恩戴德，可是，這才到第四代，你們就變了，你們全都該死！

接著，就是要去祠堂裡找對方祖宗打小報告，捅腰眼子抖隱私，好像全府裡只有自己最忠心、最痛心疾首、最舉世皆醉我獨醒。直到被捆住手腳，嘴裡塞了馬糞。

其實不就是不願意加班嗎？

職場篇　人生需要一點彈性

三

　　愛鬧事的老員工裡有兩種人，一種是焦大型，一種是李嬤嬤型。

　　表面上是那麼相似：焦大罵賴二欺負他，李嬤嬤罵襲人怠慢她：你不就是我手裡調教出的毛丫頭，見我來了竟敢不理我；焦大罵賈蓉沒良心，李嬤嬤也罵寶玉沒良心：吃我的血變的奶長大，現在吃不著奶了，把我丟到一邊，逞著丫頭們要我的強。

　　一樣是找碴鬧事，但管理層卻兩樣對待。

　　王熙鳳處置焦大是這樣：還不早打發了這沒王法的東西！

　　但對李嬤嬤卻是這樣：媽媽去我家裡吃酒，還有燉得稀爛的野雞。我叫人拿著枴棍子給妳，還有擦眼淚的手帕子。

　　因為，雖然同是鬧，出發點卻截然相反。李嬤嬤鬧，是想繼續留下來發光發熱。第二十六回，她已經告老解事，還拄著枴棍屁顛屁顛地為寶玉跑腿叫人，小丫頭說：妳還真聽他話。她答：不然呢？

　　焦大鬧，是不想做事要待遇，要躺在功勞簿上當大爺。

　　所以主子們和李嬤嬤的矛盾可以調和，讓她繼續領返聘薪資就行了；但跟焦大卻不行，因為他的要求不但是白養，還要和大股東平起平坐，甚至要凌駕於他們之上。

　　於是，寧府主子們一肚子委屈，恨得牙癢癢。

　　而焦大卻覺得被欺負了：要去祠堂裡哭太爺去。

　　他是真不知還是假不知，那祠堂的門根本輪不上他進。

　　八月十五中秋夜，祠堂裡人家老祖宗那一聲嘆息，是嘆給賈珍聽的；賈府除夕祭宗祠，子孫後代一起跪下，烏泱泱將五間大廳、三間抱廈、

內外簷廊、階上階下，塞得無一隙空地，自家正經子孫都快安插不下了；

就連寶玉能夢遊太虛幻境，也是寧榮二公的魂魄託付警幻仙姑安排的：我家運數將盡，子孫那麼多，沒幾個能繼承家業的。就數寶玉還聰明，煩請仙姑對他加以指引。

自古窮通皆有定，是人家家裡的事，和你焦大有什麼關係？

還想去祠堂哭？就在馬圈裡哭吧。

四

讀焦大，初讀是同情和不平，再讀是了然與苦笑，再再讀，就變成了隱隱的恐懼。

總害怕有一天，自己一不小心也成了焦大。

怕自己年齡見長，薪水不漲，職位不漲，如果有一天，眼瞅著資歷和能力都不如自己的人一個個後來居上，想當初自己也是意氣風發過的呀，怎麼就落到這一步了？

這一天也許會到來，這一天終將會到來。

如果再看看後來人，不過都是些藉著人脈、資源甚至先天階層優勢的人，竟然開始踩到自己頭上，指派甚至吆五喝六了，委屈、不服、憤怒，種種情緒一齊湧上心頭：覺得諸事可恨，卻不知該乾點什麼。

此時，一不小心就會怨天尤人牢騷滿腹，隨時準備找人開火，發洩一腔怨憤。你以為自己是憤青，其實跟焦大一樣，是個老不死的刺兒頭。

焦大這樣的人生，其實是輸在沒規劃沒遠見，還不認命甘心。

一樣是奴才出身，起點一樣，看看人賴嬤嬤是怎麼玩的。

職場篇　人生需要一點彈性

　　對賈府主子，她永遠謹記自家身分，不失禮數。賈府的規矩是服侍過父母的家人，比年輕主子有體面。賴嬤嬤在奴才裡輩分很高，賈母讓她坐，她看尤氏鳳姐站著，不忘告個罪才坐下。等聽說要湊分子幫鳳姐過生日，主動提出降格。還特別會講笑話湊趣兒，聽的人都很舒服。晴雯原本是她買的小丫鬟，一看賈母喜歡就送給了賈母⋯⋯種種見風使舵不一而足。

　　因為會察言觀色，賴嬤嬤兩個兒子作為家生奴才，分別在兩府當管家，媳婦兒賴大家的也躋身管理層，很有體面。靠著賈府這棵大樹，她不但悶聲發大財完成原始累積，自家蓋起了帶花園的院子，泉石林木樓閣庭軒該有的都有。

　　這老太太最厲害的是教導有方，帶領全家實現了階層跨越。她居然沒讓孫子再進賈府當接班奴才，而是供他讀書識字，愣是花錢捐了個州縣官兒當，開始和賈寶玉一桌喝酒稱兄道弟，算是徹底擺脫了奴才的身分。

　　不要以為她只會做小伏低逢迎拍馬，她高瞻遠矚有遠見到呢。

　　然而她教訓孫子，聽來卻句句血淚，字字扎心：「你哪裡知道那『奴才』兩字怎麼寫的⋯⋯也不知道你爺爺和你老子受的那苦惱，熬了兩三輩子，好容易賺出你這麼個東西來。」

　　哪有人真會喜歡當奴才呢？都是生存所迫咽淚裝歡。

　　但總有人能將「垃圾吃下去，變成糖」。努力經營累積，讓自己越過越好，完成自我疊代和家族華麗轉身。管這樣的人，叫「精緻的利己主義者」大概也不錯。

　　當焦大指著賴嬤嬤兒子的鼻子大罵「焦大太爺蹺蹺腳，比你的頭還高呢。二十年頭裡的焦大太爺眼裡有誰」時，他可曾想過，這二十年當他蹺著腳罵人撒酒瘋時，賴嬤嬤全家都在幹什麼？他原本也可以憑著救主有功

置換一點資源,為老年保底的呀 —— 腦子是個好東西,但首先你得有。焦大們有嗎?

人生是賽場,願賭服輸。如果真的時運與能力不濟,底線是哪怕打落牙齒和血吞,也絕不失態。顯然,焦大也做不到。

全世界都欠了焦大們的,他們肚子裡憋著一股三昧真火,恨不得隨時和這世界「紅刀子進去,白刀子出來」。逼急了用一口道德小耳朵扣過來,彰顯自己的正義與憤怒,此時嘴裡若被塞上一把馬糞,便更顯得悲壯無辜,獲取無數人的同情唏噓。

天下熙熙,皆為利來,天下攘攘,皆為利往。

不過有的人得到了,還吃相不難看;

有的人沒得到,罵天罵地,讓自己占領道德高地。

易卜生(Henrik Johan Ibsen, 西元 1828 年至 1906 年)說:「有時候我真覺得全世界都像海上沉了船,最要緊的還是先救出自己。」不要把自己混成焦大,假使混成他,也不要活成他。

王住兒媳婦:刁人都有自己的邏輯

一

《紅樓夢》裡有個叫王住兒(一說玉住兒)的人,好多人都沒注意到吧?這就好比你去某公司打聽一個人,被打聽的一臉懵圈:「這人幹嘛的?你說清楚點。」

職場篇　人生需要一點彈性

　　你得說:「他娘是你們府裡二小姐的乳母。」

　　對方一定會馬上恍然大悟:「哦,你早說他娘是誰我不就知道了嘛!」然後,咳咳兩聲,欲言又止,會反過來問你:「你和他們家很熟啊?」

　　這時候你該怎麼答呢?

你如果是個好奇心重的人,千萬不能答「是的,很熟」。你應該模稜兩可地說:「談不上熟不熟,也就認識,找他有點事。怎麼了,是不是我來得不是時候?」

對方如果也是個八卦的,會說:「恐怕他這會子顧不上你,他娘犯了點事兒。」

你就可以順水推舟問:「他娘犯了什麼事兒?」

帶頭聚眾賭博,被老太太賞了四十大板要攆出去,不許再入。

好賴有二小姐的臉面在,就沒給她求求情?

求了,聽說還是三小姐、林姑娘、寶姑娘一起求的,可老太太不依呀:「況且要拿一個作法,恰好果然就遇見了一個。你們別管,我自有道理。」沒什麼好說的,豬撞樹上了。

那,二小姐平常就不管?

我們二小姐是出了名的二木頭,性子最軟弱的,哪敢管自己的乳母呀?她連二小姐的攢珠累絲金鳳都敢偷出去當,也是試準了姑娘的性格。

話說到這裡,迎春乳母是個什麼貨色,就一目了然了。

《紅樓夢》刁奴排行榜上,王住兒他娘排名穩居第二,不是那種她「自稱第二沒人敢稱第一」的第二,是真的第二;王善保家的只能屈居第三,因為她只是煽風點火,沒有賭或偷的違法犯罪行為;那麼第一名是誰呢?好想知道啊!

噹噹噹噹,冠軍登場,定睛一看不是別個,竟是王住兒的親媳婦!頓時覺得王住兒八字好硬。

王住兒媳婦的實力有多強呢?來來來,翻到七十三回,都來圍觀一下

職場篇　人生需要一點彈性

她在場上的表現，賽場設在迎春屋裡。

繡桔正在嘟嘟嘟囔囔抱怨迎春：怎麼樣？我剛才就發現金鳳不見了，跟妳彙報了妳也不過問。我都說了肯定是老奶奶拿去典了銀子了，妳不信，說是司棋收著呢，司棋說她沒動就在匣子裡放著呢，可匣子裡哪有啊？妳就該問老奶奶一聲，妳面子軟怕人家惱不敢問。現在老奶奶被扣住了，金鳳也不在，明天八月十五別人都戴就妳不戴，算什麼啊？

「一將無能累死三軍」，攤上這麼個沒用主子，繡桔也不容易，生生被逼成了叨逼叨的唐僧。

迎春說：那還用問嗎？肯定是她。我等著她悄悄送回來就算了，誰知道這一下出了事，問也問不著了。

繡桔說：她哪裡是忘了？分明是柿子揀軟的捏！待我去告訴情婦奶去！

迎春說：算了算了，省點事吧。

繡桔說：必須去！總是圖省事，妳將來還要被騙得賣了呢！

真是一語成讖，迎春後來果然被他爹以五千兩銀子的價錢賣給了孫紹祖。

王住兒媳婦沒有早一刻，也沒有晚一刻，就在此刻登場了，時機卡得非常準。原來她一直就在門外埋伏，本來是來求迎春給她婆婆討情的，正好聽到屋裡說金鳳一事，就先不進去。這說明她婆婆偷金鳳這件事，她是知情人。

她上來第一句話居然是：「姑娘，妳別去生事。」先發制人為繡桔定了性，還挺義正詞嚴的。

第二層意思是金鳳算她婆婆「暫借」的，本來打算一兩天就還，這不是臨時出了事了嘛，但妳放心，東西遲早會還的。我先開張空頭支票給妳。

第三層意思才是重點，看在妳小時候吃過我婆婆奶的份上，快把她救回來。

迎春糊塗蛋，好聲好氣地叫「好嫂子」，說這事她搞不定。

多虧還有個繡桔：「贖金鳳是一件事，說情是一件事，別絞在一處說。難道姑娘不去說情，你就不贖了不成？嫂子且取了金鳳來再說。」犀利地指出了王住兒媳婦是在偷換概念，變相要挾——廢話少說，把金鳳還回來再扯別的。

二

王住兒家的一看說好話要挾都不頂用，耐心用光了當即翻臉。原文寫她對迎春是「明欺」，並劍指繡桔：「姑娘，妳別太仗勢了！」欺人的反罵別人「仗勢」，又給繡桔扣了一頂帽子。

「妳滿家子算一算，誰的媽媽奶奶不仗著主子哥兒多得些益，偏我們丁是丁卯是卯的」，這是占便宜沒夠的人才會說的話，心裡不平衡所以才偷人家主子金鳳來找補嗎？

下一句：「只許你們偷偷摸摸的哄騙了去。」再潑繡桔一身髒水。

還有延伸發揮呢，竟然擠對起邢岫煙來：「自從邢姑娘來了，太太吩咐一個月儉省出一兩銀子來與舅太太去。這裡饒添了邢姑娘的使費，反少了一兩銀子。」

這純粹是胡說八道，平兒曾說道：「姑娘們的每月這二兩，原為的是一時當家的奶奶、太太或不在，或不得閒，姑娘們偶然一時可巧要幾個錢使，省得找人去。這原是恐怕姑娘們受委屈。」

職場篇　人生需要一點彈性

可知這二兩銀子是岫煙的零用錢，跟王住兒媳婦有毛關係？她也要把這看成是自己的，人家補貼自己父母就成了她吃虧了。況且剩下的一兩，岫煙隔三岔五還要省儉出來給她們打酒喝，窮得連冬衣都當了，她還要反咬人家花了她的錢。缺德！

緊接著紅口白牙倒打一耙，獅子大張口說自己填補「算到今日，少說些也有三十兩。」

繡桔沒等她咧咧完，便「啐了一口」，此刻再沒有比這更合適的表達了。這還算輕的，換個暴脾氣，一個大嘴巴子抽上去。

繡桔要和她算筆帳，讓她說說都白填了那些東西。

還沒輪上她現瞎編，迎春就頭大了，情願自己吃個虧息事寧人：我那鳳也不要了，拜託你出去休息一會兒，讓我清靜一下。繡桔你去給我倒杯茶。

迎春真乃神人也，這種情勢下，還有心情喝茶。

繡桔總結得好到位：「把姑娘的東西弄丟了，他倒賴說姑娘使了他們的錢，這如今竟要準折起來。」擔心死了：「倘或太太問姑娘為什麼使了這些錢，敢是我們就中取勢了？這還了得！」又氣又怕又委屈，哭了。

上半場王住兒媳婦勝。

三

現在我們來做個中場點評，倒推一下王住兒媳婦對迎春的邏輯：你們欠我的三十兩銀子，是這麼算的：平常你的月錢都在我手裡，短了東西讓我去買，偏這邢姑娘來了不交給我倒先給父母分出去一兩，明明都該歸我！所以是你們先欠了我的，我拿你金鳳便也是應該的。

236

不打招呼私拿金鳳那不是偷，是「暫借」。本來一兩天就能物歸原處，現在我婆婆被扣住了，所以拿不回來。妳去求個情，把她放出來，她就還妳金鳳。妳不把她撈出來，金鳳妳就別要了。

顛倒是非，指鹿為馬，歪理說得頭頭是道理直氣壯，難得胡攪蠻纏邏輯還這麼嚴密，人才呀！刁奴第一人是實至名歸。

這有點像發葷段子給人說挑逗性的話，還不許人家不高興，不理就得寸進尺，敢不高興就是你不好溝通，我瞅你好看才調戲你，你以為我發這些不耗流量和荷爾蒙嗎？我還沒管你收買補藥的錢呢！

像光天化日之下大段抄襲別人的文字再公開發表，被舉報了問到臉上，還能睜著眼睛說瞎話：這本來就是我寫的我寫的，她的我根本沒見過。

像自媒體時代看著別人帳號上哪篇原創文章不錯，趁人家還沒許可權，就可以不打招呼一再轉發，等發現了說全怪你的文章寫得好，以後你的文章都讓我標原創，我這是在替你的新書做推廣，我還白貼補了你廣告宣傳呢！你敢讓我刪文，我從此再不發你的文你怕了吧……

對，這些都是王住兒媳婦的邏輯，這種邏輯學名叫流氓強盜邏輯，俗名應該叫「恬不知恥胡攪蠻纏」。

四

哨子一響，下半場開始了，三姑娘探春看不下去，披掛上陣要一管到底，於是場上局勢陡變。

王住兒媳婦就像換了一個人，在探春面前唯唯諾諾，大氣都不敢出。會臉紅，知進退，慌得統共只剩了兩句臺詞，一句是讓平兒：「姑娘坐下，

職場篇　人生需要一點彈性

讓我說原故妳聽」,還被平兒攆出去了;一句是向平兒求饒:「姑娘好歹口內超生,我橫豎去贖了來。」

跟在平兒背後亦步亦趨再三保證,天黑之前就贖回金釧,乖乖還回去。

還以為她威武不能屈呢,哼。

原來這種人的邏輯也不是一成不變的,他們的思維裡至少保存了兩套體系,一套用來臣服厲害人,一套用來欺負老實人。

可是,這世上並不是只有迎春與探春兩種人,大多數人都介於這兩者之間,不十分軟弱也不分外強悍。也說不定迎春的外表下正藏著一顆探春的心,暫時不發作是在暗自估量未來與你的可合作空間,願意多一重維度來對你進行深度觀察,不想一棍子打死人而因小失大;而溫和謙讓只是善良和教養使然,不憚以最壞的惡意揣測他人,並不代表人家真傻真軟弱,做人留一線為的是日後好相見。一再被蹬鼻子上臉,就會逼出迎春靈魂裡的探春。

願我們都自知也懂自律,自愛也會自省,自強也能自保,做一個善良但有原則、有溫度也有稜角的人,不為人所欺,亦絕不欺人。

寶玉:你們叫不醒一個裝睡的人

一

春天,和姐妹們一起放風箏,在桃花社裡填柳絮詞;夏天天熱,妹妹懶懶的,姐姐淡淡的,沒人搭理頂無聊,不想洗澡,也別跟我提水晶缸裡

還湃著果子,才不要吃,不如撕扇子玩吧 —— 哧啦一條,哧啦一條,換姑娘千金一笑;秋天開螃蟹宴,席上喝的是合歡花浸過的酒,記得池子裡的破荷葉不要拔呀,妹妹還要「留得殘荷聽雨聲」;

冬天,乾脆一起來烤鹿肉吧,烤得吱吱冒油也口水直流,還要去櫳翠庵踏雪尋梅,折姿態上好的一枝來插瓶,又紅又香,眾人圍著嘖嘖讚嘆⋯⋯這些吉光片羽的段落影像感豐沛,如唯美的文藝電影畫面,連綴成了富貴閒人寶二爺的四時歲月。

都是在世上走一遭,但生活於他,竟可以如此省心又如此豐富,如此閒散又如此綺麗,寶玉這種活法引一代一代的草根讀者意淫嚮往。

現在,靜下心來想一想,是什麼為他托起了這些愜意歡暢?可以一邊廂「寶鼎茶閒煙尚綠,幽窗棋罷指猶涼」,一邊廂「吟成荳蔻詩猶豔,睡足荼?夢也香」。

陳文茜有言:「你覺得生活容易,是因為有人幫你承擔了難的部分。」正可挪用過來做答案。

先是祖上。沒有好爸爸得有好爺爺,沒有好爺爺得有好太爺,前人栽樹後人乘涼,蒙祖餘蔭這個詞不是隨便用的。寶玉這塊青埂峰下的頑石,雖然無才去補蒼天,但是個投胎小能手,一出生就有個好出身。寧榮二公自不必說,當初寧公之子賈代化在戰場上浴血廝殺身負重傷,是僕人焦大把他從死人堆裡背出來,整整兩天自己忍飢挨渴喝馬尿,將好不容易找來的半碗水餵了他,九死一生才撿回一條命。是他們提著腦袋淌著鮮血給子孫後代賺來了榮華富貴。正因經歷當年的不易,焦大才大叫著要「去祠堂裡哭太爺去」。八月十五中秋夜,賈珍飲酒作樂時忽聽得隔牆傳來的毛骨悚然的詭異長嘆,便是祠堂裡先祖發出的一聲悲鳴。

職場篇　人生需要一點彈性

　　再是親人。朝裡有人好做官,更何況是宮裡。寶玉的親姐姐元春在三千佳麗的競爭中脫穎而出,做了皇帝的賢德妃,是她為身後的娘家贏來了皇恩浩蕩,讓賈家鮮花著錦烈火烹油更上一層,連鳳姐都要調侃著稱賈璉一聲「國舅老爺大喜」。但是有幾人能體會元妃的不易?歷來伴君如伴虎,無一日不朝乾夕惕,唯恐引來殺身之禍殃及全家。面上看來風光無限,但省親時一句「送我到那不得見人的去處」便漏了底兒,那才叫說多了都

是淚。在做人上，元春更是低調再低調，省親之夜，一見「天仙寶境」四字，連忙讓換成「省親別墅」。臨上轎前反覆叮囑「倘明歲天恩仍許歸省，萬不可如此奢華靡費了」。直說了吧，就是「這有錢也不是這麼個花法啊」！

不怪元妃心疼，賈府為了這幾個小時的歸省，蓋了這麼大個園子，再大的家業，這麼做也難免虧空。

二

人前既然充了門面，人後就不免為錢日夜發愁。賈璉面對這宮裡太監隔三岔五的「暫借」不勝其煩，做開發財夢：「這會子再發個三二百萬的財就好了。」鳳姐不得不當著對方的面半真半假地說先把她的兩個金項圈當了去。

連局外人冷子興都知道：「如今外面的架子雖未甚倒，內囊卻也盡上來了。」所以有點頭腦盤算的，都明裡暗裡找後路，有的為己，有的為公。

李紈知道儲蓄，積穀防饑，為自己和兒子攢點體己以防萬一。不吭不哈，只進不出。鳳姐一時興起替李紈算了筆帳，又是月錢又是收租又是分紅，抖出李紈一年下來能有四五百兩銀子的節餘。

鳳姐本人則熟諳資本運作，拿用人們待發的月錢放高利貸，也算打個時間差投資理財專案，以公謀私。

寶釵勸說邢岫煙我們如今不比從前，該儉省的就儉省，因為知道四大家族同氣連枝一損俱損，要居安思危，未雨綢繆。

秦可卿臨死，還託夢給鳳姐，時局易變聖心難測，謹防樂極生悲，要為這赫赫揚揚的家族想好退路：「但如今能於榮時籌劃下將來衰時的世業，

職場篇　人生需要一點彈性

亦可謂常保永全了。」因為賈府目前祖塋雖四時祭祀，但沒有專款專用錢糧；家塾私立，也沒有專款專用的供給。針對這個漏洞，她提的建議高明至極：不妨趁現在富貴之時，在祖塋周邊多置田產，索性把家塾也遷到祖塋旁邊。將來萬一犯了罪，家產要充公，但國法規定祭祀產業可以不充。這樣一來，即使敗落下來，子孫也依然有學上，有田種，讀書務農做個耕讀之家，也算是一條退路。真是高瞻遠矚深謀遠慮，看來從過去到未來，房地產投資都永不過時。

最讓人驚喜的是探春，理家期間她既節流又開源，雙管齊下。一邊蠲掉府裡不必要的開支，一邊銳意改革搞創收。探春極具商業悟性，跟賴家的女兒聊了迴天，竟然一下子開了竅，「一個破荷葉，一根枯草根子，都是值錢的」，開始在自家推行新政，實行承包責任制，就這麼一點小變動，給家裡一年省出幾百兩銀子的開銷。

三

有人在背後日夜籌謀，但也有人尚不知時艱。未來的榮國府接班人寶玉，就一點危機感都沒有，何止於他，賈珍賈璉賈蓉，哪一個不是躺在祖宗的基業上混吃等死。賈府陰盛陽衰，運籌帷幄本應是男人們的事，可這些卻全讓精明賢達的女主人們代勞了，無怪老曹發出一聲唱嘆：「金紫萬千誰治國，裙釵一二可齊家。」

就連怡紅院的大丫鬟們，也被寶玉慣出了驕奢之風。

襲人「手中散漫」，晴雯自己說「玻璃缸、瑪瑙碗不知弄壞了多少」，清明如麝月也難逃此染。晴雯生病時，請來的大夫要給車馬錢，按慣例需得給一兩銀子。麝月拿了一塊銀子，竟不認識秤，不知道一兩銀子是多

少。寶玉道：「揀那大的給他一塊就是了。又不做買賣，算這些做什麼！」麝月聽了，便放下戥子，揀了一塊掂了一掂，笑道：「這一塊只怕是一兩了。寧可多些好，別少了，叫那窮小子笑話，不說我們不識戥子，倒說我們有心小器似的。」辦事的婆子笑他們：「那是五兩的錠子夾了半邊，這一塊至少還有二兩呢！這會子又沒夾剪，姑娘收了這塊，再揀一塊小些的罷。」麝月早掩了櫃子出來，笑道：「誰又找去！多了些妳拿了去罷。」

這一段看的人呵呵了，婆子心裡一定說：富豪啊富豪，我們一直做朋友吧！麝月再是個明白人，但奈何怡紅院固若金湯自成一統，大家都不拿錢當回事兒，床下面放著一弔一弔零用錢，誰想賭時拿一弔出去就是，哪裡知道家裡財務形勢之嚴峻。就像懵懂小兒，雖然耳邊常聽人喊「狼來了」，但是日子久了，沒有親見，只當大人在唬人。

《紅樓夢》捱到最後，怡紅院裡只剩了麝月留在寶玉身邊，窮困潦倒舉家食粥，當被一文錢困住動彈不得時，麝月可曾閃回過自己當初為擺闊而隨便丟出去的那幾兩銀子，現在想起會不會心疼得想撓自己？

四

一定程度上，對錢財的態度，就是對現實的態度。理財能力是一個人最核心的生存能力之一。財商高低決定了一個人對風險的預判應對和對自身生活的掌控能力。

文藝女生林黛玉，文藝歸文藝，但財商絕對不低。她能對探春的改革大加讚賞，還憂心忡忡對寶玉說：「如今若不省儉，必致後手不接。」寶玉卻滿不在乎道：「憑他怎麼後手不接，也短不了我們兩個人的。」

黛玉聽了，什麼也沒說，轉身就往廳上尋寶釵說笑去了，似乎與寶釵

職場篇　人生需要一點彈性

更有共同語言。這個回應與平常很不一樣，按黛玉的個性，至少應該尖酸刻薄一下才符合人設，而這一次不同，黛玉居然破天荒選擇了收聲。

黛玉變了。從一開始寫「何不食肉糜」式的「盛世無飢餒，何須耕織忙」，到如今的「我們家裡也太花費了。我雖不管事，心裡每常閒了，替你們一算計，出的多進的少」，看得出這不是一時興起，而是已經在經常性地思考家計。鳳姐曾經隱晦地提到有事求黛玉幫忙，黛玉打趣她「使喚人」，兩人雖沒有明說，但鳳姐能有什麼求黛玉呢？詩詞文章不可能，針黹活計更不可能，不外乎就是幫忙理理帳目記記流水，黛玉因此掌握了幾分賈府財務的核心機密，才有了以上的憂慮。她說的是「我們家」而不是「你們家」，這表明在此地生活多年，潛意識裡她已經不拿自己當外人，將賈府視為了自己家。

她生出了主角的責任感，開始試著降落煙火人間，操心一飯一蔬，一絲一縷的來處和去處。梨香院的戲子小廚房裡的菜，廊下的鸚鵡院子裡的鶴，乃至一磚一瓦，一花一竹，這些費心維繫的場面講究，哪一樣不是靠一兩一兩的銀子養？而收支嚴重失衡，這表面上的繁榮還能維持多久？一大家子人的未來將何去何從？人無遠慮必有近憂，是該好好採取一些措施了。聰慧的少女開始蛻變成熟，變得理性務實，她懂得仰望星空，也要腳踏實地，這是多麼令人欣喜又欣慰的成長。

遺憾的是，寶玉的心智還停留在少兒區。他拒絕長大，理財這種事他不懂，也不想懂。危機感衍生自責任感，一個溺愛中長大，從來沒有培養過責任感的人，不可能有危機感。他有的只是洋洋得意的優越感，無視大局，只用小兒女情懷抖機靈：再怎麼沒錢，也不會虧到你我頭上。未曾料，黛玉與他的思想早已不在一個頻道，更不在一個境界上。

成長已經不同步，這對號稱知己的靈魂伴侶，在財政這個看似庸俗卻

最現實的問題上,在這裡第一次發生了實質性的分歧,原本一致的三觀上迸出第一道裂痕,看得人不由心裡咯噔一下。黛玉對嬉皮笑臉的寶玉那傲然的一轉身,是失望也是鄙視,彷彿在說:「我叫不醒一個裝睡的人,給你個背影自己體會去吧。」

芳官:天分越高越要當心,運氣越好越要低調

一

生日晚宴上,寶玉手裡拿著寶釵抽的那一支牡丹花籤,嘴裡顛來倒去,念著籤上的那句話:「任是無情也動人。」眼裡卻瞅著另一個人陷入了沉思。

不,別誤會,這一次他瞅的不是黛玉,而是他的小丫鬟芳官。

唯芳官渾然不覺,咿咿啞啞唱得起勁,本來她打算唱戲曲版〈生日快樂歌〉應景的,誰料一句「壽宴開處風光好」剛出口,就被眾人打回去了:不用妳上壽,換首妳拿手的。每讀此處便覺作者真厲害,到底是寫年輕人的聚會,反感這種調調就對了,吉利話還是留給已經老去或者正漸漸老去的人們聽吧!在被無常的命運震懾過的人們那裡,這樣的句子才討好。

於是,芳官改唱〈賞花時〉,這一折戲詞初聽非常唯美有仙氣:「翠鳳毛翎扎帚叉,閑踏天門掃落花」,但細究就隱隱透著不祥之兆。要知道,這一出來自湯顯祖的《邯鄲記》,這個故事還有另外一個名字:「黃粱一夢。」

職場篇　人生需要一點彈性

其實《紅樓夢》講的不也是這樣的一個夢嗎？風雲詭譎榮枯難料，曾經的鮮花著錦有多麼雲蒸霞蔚赫赫揚揚，後來的樹倒猢猻散，大地一片白茫茫就有多麼不忍猝視蕭索蒼涼。很難說作者給芳官選的這段戲，唱的到底是戲中人的故事，還是那夜在座者們自己的人生。

■ 二

芳官，本是梨園正旦出身，賈府戲團隊解散後，就被賈母看中，分在寶玉房裡當差，部門分得相當不錯。

芳官：天分越高越要當心，運氣越好越要低調

更不錯的是到職沒多久，她就得到了寶玉的盛寵，一時風頭無兩。寶玉寵她到什麼份上？寵到可以吃她的剩飯，寵到一覺醒來見她酣睡於臥榻之側竟然一點也不惱，寵到讓她裝扮成貼身小廝，每天在園子裡招搖過市。

怡紅院裡女人多，自然是非也多，寶玉身邊的人都是伶牙俐齒的，端茶送水的工作全都被幾個大丫鬟們壟斷，一個外來的小小的芳官是靠什麼後來居上的呢？

是靠像襲人那樣老母親一般的忠心盡職，或借職務之便與寶玉上床先下一程嗎？顯然不是，她的級別還輪不上去貼身伺候；是靠像晴雯那樣，有一手人無我有的過硬針線工作的業務能力嗎？更不是了，她從小學戲，「不能針黹」，女紅完全不會。

那麼，是靠小紅那樣見縫插針抓住一切機會地表現自己嗎？呵呵，如果是，襲人哪裡還敢給她機會幫寶玉吹湯，還嘮叨她：

「妳也學著些服侍，別一味呆憨呆睡。」

事實上，她什麼都沒做，她什麼也不會做。出了戲班的芳官如囚鳥出籠，成天在園子裡東遊西逛。不但幹工作不行，還賊不省心，經常東一出西一出的到處惹事。

但就是這樣的姑娘，像一株移栽過來的植物，明明水土不服，卻硬是在懵懂之中紮下根來，開始野蠻生長。

原因說出來有點啼笑皆非，她靠的是她的真性情。

職場篇　人生需要一點彈性

■ 三

　　怡紅院裡一共有兩位姓花的姑娘，一個是襲人，一個是芳官。襲人是大姐，照顧寶玉的飲食起居，監督思想動態；芳官是小弟，只管跟著吃喝玩樂快意人生，沒心沒肺地還要寶玉反過來操心她，寶玉曾這樣託付其他小丫鬟：「以後芳官全要妳照看她，她或有不到的去處，妳提她，襲人照顧不過這些人來。」

　　她的到來，為寶玉的生活填補了某項空白。更多的時候，他們兩個像是一對臭味相投的小夥伴。

　　怡紅院裡人多嘴雜，寶玉想私下問她一些事，給一個眼色她就能會意，馬上裝頭痛不吃飯，讓別人先出去，留出時間細細八卦她們戲團隊裡的風月往事；

　　寶玉酒桌上耍賴不想喝酒，把剩的半杯偷偷遞給她，她馬上端起酒杯一揚脖子，動作飛快；

　　她會穿著秋衣秋褲，跟寶玉窩在炕上，沒大沒小五五六六地划拳；

　　哪怕寶玉玩心大發，把她頭上的碎髮剃了，露出碧青頭皮，當中分大頂，讓她冬天「作大貂鼠臥兔兒帶，腳上穿虎頭盤雲五彩小戰靴，或散著褲腿，只用淨襪厚底鑲鞋」，做吐蕃打扮，還改男名叫「耶律雄奴」，她都欣然配合，從而引領了大觀園一波潮流。湘雲、寶琴也看樣學樣，把自己的葵官和荳官也做了男兒打扮。

　　寶玉生日那一夜，她又是唱又是鬧，開心得不得了。曹雪芹細細描畫了她青春年少的俏麗模樣，上身是花樣繁雜的玉色紅青三色小袷襖，腰上繫著柳綠汗巾，下著水紅撒花夾褲，穿得桃紅柳綠；頭上梳著非洲髒辮似

的時髦髮型，首飾戴得也非主流：右邊耳眼內只塞著米粒大小的一個玉塞子，左耳上單帶著一個銀杏大小的硬紅鑲金大墜子。雖然不對稱，「卻越顯的面如滿月猶白，眼如秋水還清。」大家都說她和寶玉像一對雙胞胎兄弟。

後來，她喝高了，兩腮緋紅，媚眼如絲，睡在了襲人身上。襲人只好就勢把她扶在寶玉身側睡下，任她一覺到天亮。

「記得當時年紀小，我愛談天你愛笑……我們不知怎樣睡著了，夢裡花兒落多少。」

青春年少的芳官啊，在寶玉身邊相伴的日子，可能是這一生中最快樂的一段時光，堪稱她自己的黃金時代。

四

可是不要忘了，真性情這東西，從來就是一把雙刃劍。遇到性情相投者自然一拍即合，好到蜜裡調油，但不是每個人都能欣賞得了。換個角度，真性情還有一個叫法：太自我。

在書裡，芳官的第一齣重頭戲就是和她乾娘幹仗。

她乾娘拿自己親女兒洗完頭的剩水給她洗，她當場就不幹了：「我一個月的月錢都是妳拿著，沾我的光不算，反倒給我剩東剩西的。」一個無親無故的未成年小丫頭，乾娘是賈府指定給她的法定監護人，月錢在人家手裡攥著，合著一般膽小識相點的，就由著人家掌控了。可芳官不行，直接上來一把撕掉兩個人之間所謂「母女」的遮羞布，點破赤裸裸的利益關係。讓對方惱羞成怒，攻擊她出身和專業，辱罵她是「咬群的騾子」，當下吵得不可開交。

職場篇　人生需要一點彈性

圍觀群眾對這事有三種看法。

第一種來自晴雯：芳官不省事太狂，不就是會唱個戲嗎，就跟戰場上立過功似的；

第二種來自襲人：一個巴掌拍不響，老的太不公，小的太可惡；

第三種來自寶玉：「物不平則鳴」，受了欺負就該反抗。必須向著芳官。

畢竟是主子，寶玉一發言，就給這場爭端定了性，其他人紛紛幫著芳官，她乾娘下不來臺，拍了芳官兩下，芳官便大哭起來。

她大哭的樣子真好看：「只穿著海棠紅的小棉襖，底下絲綢撒花袷褲，敞著褲腳，一頭烏油似的頭髮披在腦後，哭得淚人一般。」這種介乎女童和少女之間的蘿莉之美，讓人忍俊不禁卻我見猶憐。

晴雯去幫她梳頭，寶玉說了一句耐人尋味的話：「她這本來面目極好，倒別弄緊襯了。」這哪裡是說長相，分明是說給她留一份自我，不要急於約束逼迫她成長。

晴雯聞言便幫她鬆鬆地挽了一個慵妝髻，顧名思義，這個髮型不十分齊整，慵散而嫵媚，將芳官俏麗的小臉襯托得與眾不同。

於是，與眾不同的芳官，在寶玉和怡紅院大姐姐們的寵慣容忍下，一次次盡情放飛自我。

五

芳官第二次與人開撕，對象更新成了高一階層的趙姨娘。

她敢拿茉莉粉騙賈環，說是薔薇硝。環三爺伸手來接粉，她「忙向炕上一擲」。「賈環只得向炕上拾了，揣在懷內，方作辭而去」，看得人心酸。賈

250

環親媽趙姨娘打上門來，罵她勢利眼看人下菜：「好不好，他們是手足，都是一樣的主子，哪裡有妳小看他的！」

如果說芳官跟乾娘鬧是得理不饒人，跟趙姨娘可就是無理強三分了。芳官答得振振有詞：「沒了硝我才把這個給他的。」還說出了金句，「梅香拜把子——都是奴幾」，一句話惹來兩個耳刮子。這下芳官的同班同學們不答應了，一幫小戲子衝上來把趙姨娘圍住，扯手臂頂肚子，一場群毆開始上演，熱鬧程度不亞於第九回的「頑童鬧學堂」。

亂哄哄中，自覺受了委屈的芳官再次放聲大哭，這次哭相更加出位，小姑娘氣性大，「直挺挺躺在地下，哭得死過去」。這做派很難不讓人想到，日後她如果也成了氣候，撒起潑來絕不亞於趙姨娘。

六

除了隔三岔五與人吵嘴打架，芳官與人小摩擦齟齬更是不斷，四處樹敵。

她在廚房要嘗小蟬新買的糕被拒絕，柳嫂子忙湊上來說自己有新買的，幫芳官端上來。芳官拿著糕問到小蟬臉上，話語欺人：「我不過說著頑罷了，妳跟我磕個頭，我也不吃。」還當著小蟬的面故意糟蹋，將糕一小塊一小塊掰碎了打雀兒玩。

小蟬氣出內傷，但一語道破天機：「有人作乾奴才，溜你們好上好兒，幫襯著說句話。」

原來，是柳嫂子有求於她：想讓自家女兒五兒進怡紅院當差，讓芳官幫著向寶玉疏通。芳官滿口答應下來，對柳嫂子的巴結欣然接受。

職場篇　人生需要一點彈性

　　芳官有飯不吃，叫柳嫂子單做一份送來給自己，柳家的殷勤地送來一個盒子，裡面是蝦丸雞皮湯、酒釀清蒸鴨子、醃胭脂鵝脯、奶油松瓤卷酥，並一大碗熱騰騰碧熒熒綠畦香稻粳米飯。有紅有綠，有鹹有甜，有涼有熱，有湯有菜，雞、鴨、鵝、海鮮、限量版主食，外加飯後甜點，全齊了。連寶玉都饞得蹭她的剩飯吃，芳官卻驕矜地嫌油膩，顯見胃口被慣壞了。

　　不知不覺間，因為和寶玉的親近關係，她已經變成了手握資源的人，說話行事常常恃寵而驕卻不自知。但是如此高調，可曾注意到陰影就一直尾隨在後？只等時機來臨便立刻將她反噬。

七

　　五兒並沒有如願進來，反被小蟬舉報偷玫瑰露，誤關了一夜，氣懼交加，出來沒多久就病死了，她被視作芳官同黨而遭報復。必須再提一筆，芳官一干人之前得罪過的夏婆子，便是小蟬的親外婆。大觀園裡人際關係錯綜複雜，到處是雷，芳官步步踩爆。

　　更倒楣的還在後面。

　　王夫人突襲怡紅院，不容反應直接開除掉一批丫鬟，芳官赫然在列。這朵美麗又扎手的小花兒頃刻間就被連根拔除。

　　攆她的罪名是「調唆寶玉」。芳官笑著分辯說自己沒有，她居然還笑得出來。似乎沒有意識到事態嚴峻。

　　王夫人拿出鐵證，第一樁證據便指出她調唆寶玉要柳五兒，連時間地點都說得清清楚楚；第二樁證據則是「妳連妳乾娘都欺倒了」。

　　這一節令人不寒而慄。明槍易躲暗箭難防，原來早有身邊人暗中一筆

筆記下了她的小黑帳，這事成了「羅生門」：誰也說不清背地裡下蛆的，到底是哪個漸漸看她不順眼的大丫鬟，或是某個暗中咬牙切齒的婆子。

芳官就此被趕了出去，還連累了其他小戲子一同被攆。無家可歸又落到乾娘手裡，這還能有好嗎？不是被奴役虐待，就是被髮嫁變賣，剛烈的她，不甘心任其擺布，便以絕食相逼，選了一條少有人走的路，進水月庵剃頭做了使喚小尼姑。

一夜之間，昔日臺上美貌優伶，成為今日階前掃地女僧。命運在此觸底，想要反彈難上加難，不是人人都能做還俗的武則天。

對她的被攆，寶玉很理性地做總結分析，說了一句大實話：

「只是芳官尚小，過於伶俐些，未免倚強壓倒了人，惹人厭。」他不傻，知道芳官被攆是因為得罪人太多，被人暗算。

他表示愛莫能助，賈母王夫人寶玉三個人，就像打牌要看牌面一樣，大王小王紅桃A，一張管一張，現在小王要K芳官這張梅花3，紅桃A有什麼轍？管不起。

寶玉自我逃避說：從此誰也別再給我提起她們這些被攆的人，我就當她們死了。況且之前死了的也不是沒有過，也沒見我怎麼樣不是嗎？

芳官這一頁，就這麼輕巧地在怡紅院的歷史上翻過去了，很快，她就被人忘記了。

替芳官不值，可是，轉念一想，她也算是該有此劫。

大觀園不比戲團隊。戲團隊是學校，演正旦的芳官是成績優秀生，在班裡受寵慣了，心高氣傲一呼百應，掐尖逞強不吃虧；但大觀園是職場，寶玉那樣好脾氣的老闆可遇不可求，再拿學校裡慣出來的那一套闖職場，好惡不假辭色，凡事不講迂迴，說好聽點叫「角色轉換滯後」，難聽點叫

職場篇　人生需要一點彈性

「還沒在社會面前學乖」。為什麼如今許多在校資優生，到社會上反而發展不起來，很多人脫不了「自視過高」這一條。

八

在青燈古佛旁，緇衣草履如螻蟻一樣苟活的芳官，後來怎麼樣了？不知道，《紅樓夢》未完，留給我們許多遺憾。

夜深人靜，薄衾硬枕上，她會想念怡紅院裡的錦褥繡被、溫香暖榻嗎？

一日三餐，粗茶淡飯前，她會懷念柳嫂子送來的清蒸鴨子、胭脂鵝脯和那碗油津津的蝦丸雞皮湯嗎？

早起晚睡，被人呼來喝去時，她會想起自己也曾經是頤指氣使的逛吃一族嗎？

更多的時候，腦子裡會瞬間閃過「也不知怡紅院裡的他們此刻在幹嘛」嗎？轉念一想，他們幹嘛和自己有關係嗎？嘆口氣，先把階前的落葉掃乾淨再說，免得被師傅責罵。

太年輕的時候，誰不是這樣呢？

總是誤把運氣當能力，把一時的順遂當作終生都會擁有的常態；

總是低估江湖險惡人心叵測，要等被惡意教訓後，才明白自己的道行太淺；

總是習慣仰望星空，以為自己一定是其中某顆燦星，最後才發現渺小卑微如己，不過是一粒塵埃，隨便三分鐘熱風，就被吹得人仰馬翻。

「你待生活如初戀，生活虐你千百遍」，說到底是自己把生存想得太簡單。

芳官的故事，告訴我們一個道理：來自底層的年輕人，天分越高越要當心，因為天分絕不等於起點。前路漫漫坑滿滿，時刻記得騰挪躲閃。留三份性情給自己與知己，存七分謹慎混江湖和人間。

《紅樓夢》告訴你，人生實苦，願你有處可訴

一

話，要說給懂的人聽。

沒有對的人，寧可憋著。

比如，不能對著一個用半生碌碌換一身頹氣的老傢伙說夢想，不能對著一個賴祖餘蔭實際一肚子草的上司講文化，不能跟一個拎不清的人講一二三四先來後到，更不能給一個特別擅長得過且過的人拿主意，有一些雷區是可以繞的。

何止是談夢想說文化出主意，就連訴苦，也是不能盡人訴之的。

就像《紅樓夢》第三十九回的李紈，好好吃螃蟹就是，非要用手攬平兒；攬就攬吧，還要摸人家，摸得平兒開始抗議：「奶奶，別只摸得我怪癢的。」讓好事者懷疑她是同性騷擾，這個不好說，也許常年寡居的女性會有一點皮膚飢渴，但更多的還是對平兒的疼愛和喜歡，也有對鳳姐的嫉妒和不憤：這麼個好姑娘，怎麼就輪到給她使喚了？

她邊摸邊問：「噯喲！這硬的是什麼？」平兒說是鑰匙。

她打趣道：「妳就是妳奶奶的一把總鑰匙，還要這鑰匙做什麼？」

職場篇　人生需要一點彈性

　　由此展開討論，大家說起府裡幾個德才兼備的貼身助理，賈母的鴛鴦，王夫人的彩霞，寶玉的襲人……還是李紈，執拗地把話題再繞回到平兒身上：「鳳丫頭就是楚霸王，也得這兩隻膀子好舉千斤鼎。他不是這丫頭，就得這麼周到了！」

　　話裡話外透著對鳳姐兒的不服。大家閨秀出身的李紈，非常看不上鳳姐的「無賴泥腿市俗專會打細算盤分斤撥兩」的「破落戶兒」氣質，總覺得她德不配位。

　　雖有隱隱的不和諧音符跳出，但總體上氣氛還是比較歡樂的。但直到李紈忽然開始訴苦並滴下淚來：「想當初你珠大爺在日，何曾也沒兩個人。你們看我還是那容不下人的？天天只見他兩個不自在。所以你珠大爺一沒了，趁年輕我都打發了。若有一個守得住，我倒有個臂膀。」氣氛陡然尷尬起來。

　　原來心結在這裡呀！她不憤於自己的勢單力薄。可是按官方活法，妳一個寡婦就該遠離權力中心，安安心心帶孩子，妳整天胡思亂想那蠍沒用的做什麼？

　　沒有一個人接她的話荏。

　　面對一個向來以與世無爭著稱的人所袒露出的內心訴求，大家用行動表示愛莫能助。「眾人都道：『又何必傷心，不如散了倒好。』說著便都洗了手，大家約往賈母王夫人處問安。」明著是轉移注意力，實則集體迴避，心照不宣地把她晾了起來。

　　想像那一刻的李紈，只能識趣閉嘴，訕訕收住眼淚，嘴角浮起一抹蒼涼的微笑。自己回頭想想，也會頗覺沒勁吧？心不拔涼拔涼才怪。

　　一幫正醉心於風花雪月的少男少女，對人間疾苦尚沒有那麼深的體

會，他們對李紈的反應還上升不到道德層面來譴責。然而，當下，哪怕有一個人，說一句四六不著的安慰之語來交代一下場面也行，然而並沒有。

訴苦哪是那麼容易，李紈大概吃螃蟹的時候黃酒喝多了，昏了頭了。

二

電影《桃姐》（*A Simple Life*）裡說：「我們要親身經歷苦難，然後才懂安慰他人。」

想要訴苦，盡可能找三觀一致、立場相同、閱歷對等的人，最好還有共情能力，才不會如對空谷，被冷漠以對，虛耗時間和情緒；或者雙方心靈管道阻塞，跑冒滴漏，排毒不暢；甚至，傷面子傷自尊，造成內心一萬點暴擊。

你看趙姨娘，她訴苦就絕不會找王夫人，她找的是馬道婆，指著一堆碎布頭道：「成了樣的東西，也不能到我手裡來！」又訴，「我手裡但凡從容些，也時常的上個供，只是心有餘力不足。」

一樣的話說給心高氣傲的女兒探春，說不定會換來一句「這都是陰微鄙陋的見識」。但猥瑣如馬道婆，竟然一句話就寬慰到了點子上：「妳只管放心，將來熬的環哥兒大了，得個一官半職，那時你要作多大的功德不能？」

這兩個老阿姨之間的對話，是嘗過人情冷暖、閱過世態炎涼的俗人之間才有的算計陰狠和支撐打氣。

鴛鴦被賈赦看上，她訴苦不會去找哪個婆子，她找的是平兒和襲人。她們會一起譴責賈赦：這大老爺，略平頭正臉的都不放過，合著是想集郵哪！沒有明說出來的是：鴛鴦即使做房裡人，也不能找個糟老頭子嘛！至

> 職場篇　人生需要一點彈性

少應該像我們一樣,找個年輕主子。才有了平兒打趣說叫她說已給了賈璉了,襲人則打趣說把她許給寶玉。

這既是在一起相知多年的小夥伴們的同仇敵愾,也是她們之間一種心照不宣的定位認同。

黛玉訴苦不會找紫鵑,雖然紫鵑替她愁了好多年了,但囿於主子身分,不宜在丫頭面前婆婆媽媽。她在觀察了很久之後,才將自己在賈府的難處向寶釵和盤托出,被戲謔後,林黛玉說:人家是真心向妳訴苦,妳倒拿我取笑。寶釵馬上表態:你我其實是同病相憐。妳放心,我在一天就罩著妳一天。不就是燕窩嗎?多大點事,我馬上派人送來給妳。

這是兩個涉世之初已深知人生不易的早熟少女之間的惺惺相惜、肝膽相照。從此孟光接了梁鴻案,金蘭契互剖金蘭語。

黃昏時分寶釵走了。夜裡下起雨來,但她還是說到做到,派人冒雨送來了一大包燕窩並一包潔粉梅片雪花洋糖。淅淅瀝瀝的雨裡,有人打著油紙傘,提著明瓦燈,過橋穿樹,繞亭依水,自花草芬芳的蘅蕪苑,向竹葉掩映的瀟湘館透迤而來,給內心緊繃的林姑娘傳遞一份風雨無阻的關懷。黛玉投桃報李,馬上給送東西的婆子賞錢,讓她打酒喝去去寒氣,場面溫暖人心。

誰的人生沒有苦呢?訴苦找對了人,心事得遇良人,被妥貼安放悉心照料,是一件很美好很幸運很值得欣慰的事。

■三

有人可訴當然好,無人可訴便不訴也罷。

湘雲一個大小姐,父母雙亡,在嬸嬸手裡討生活,每天干針線活到深夜。但外人問起,她紅了眼圈,卻嘴巴閉得緊緊的。知道多說無益,唯有

忍，忍到出閣那一天。像蕭紅祖父對小蕭紅說的那樣：「快點長大吧，長大就好了。」

岫煙寄居於迎春房內，被下人們擠對。她深知多一事不如少一事，寧可把棉衣當了換銀子給下人打酒喝，也不輕易找人訴苦。不是寶釵發現，她絕不會主動說。

李紈所欣賞的平兒，被鳳姐逼著做了賈璉的房裡人，其實就是一條冰箱裡的鹹魚，有名無實。只見她每天笑意盈盈迎來送往，不是賈璉對鮑二家的說，哪知道她也一肚子委屈無處可訴。

就連賈芸，受了舅舅「不是人」的氣後，在街上遇到醉金剛倪二，在訴苦之前還知道鋪陳一下討個口風：「告訴不得你，平白的又討個沒趣。」成功地挑起了倪二的好奇心和義氣：「不妨不妨，有什麼不平的事，告訴我，替你出氣。」

還是那句話，找人訴苦，第一條就是得會挑人。看不準瞎訴苦，就很容易淪為祥林嫂招人厭煩遭人踐踏，再被別有用心者當把柄利用，更是得不償失──所託非人，心會更苦。

回頭看看，李紈該找誰訴苦呢？她最應該找的，是東府裡的尤大奶奶。

這二位年紀相當，身分對等，都是奶奶，但前者是寡婦，後者是填房，都是被權力邊緣化的人；而且須知尤氏也是很看不慣鳳姐的飛揚跋扈，曾經半開玩笑半認真地對鳳姐說：「我勸你收著些好。太滿了就潑出來了。」

所以，如果李紈那天訴苦找的是尤氏，必定是不一樣的待遇。

尤氏是個熱心熱腸的人，必會說出一番讓李紈心境平和的話。

她大概會說：冷眼瞧了這麼些年，妳的苦楚我何曾不知呢？只是何苦來置這些氣，我勸妳好好保養，好歹有蘭小子在，慌什麼！將來大了為官

259

職場篇　人生需要一點彈性

做宰,妳就等著做一品誥命夫人吧。只看那些赫赫揚揚的,到頭來也難說!──這世界就該這樣:得意人跟得意人玩,失意者同失意者抱團取暖加油鼓勁,大家才好活下去。

書到第七十五回,鳳姐奉王夫人之命帶人抄檢完大觀園後第二天。李紈和尤氏兩個人心照不宣地走到了一起,尤氏隱晦地表達著不滿:「我們家上下大小的人只會講外面假禮假體面,究竟做出來的事都夠使的了。」李紈明知故問:妳說誰呢?尤氏說:妳問我幹嘛?妳是病了又不是死了!

正說著,寶釵進來向她們辭別,說要回自己家去。

曹雪芹寫:「李紈聽說,只看著尤氏笑。尤氏也只看著李紈笑。」

讀者讀到這裡,看她們相視而笑,也忍不住要會心一笑;等到探春來,因為昨晚抄檢的事發了些狠話,李尤二人又不約而同地「皆默無所答」。

這分明是兩個通曉人情世故的熟女之間的默契。尤氏與李紈,才是可以相互訴苦的人。

四

子曰:「可與言而不與之言,失人;不可與之言而與之言,失言。知者不失人,亦不失言。」

訴苦,何嘗不是如此?

每個人的心底都有苦澀祕密,也許是如影隨形的恐懼,也許是無法啟齒的創傷,也許是久不釋懷的隱痛,也許是無法排解的憤怒,這些負面情緒令人不勝重荷,忽然就在此刻,想對著面前的人不管不顧地傾訴。

這本也是人之常情。然而,要明白,此刻的每一句話,不管是傷心之

語，還是憤怒之言，抑或只是牢騷半句，在從嘴裡輸送出去的一剎那，就不僅是話語，還是你真實的內心。是被鄭重承接真誠撫慰，還是被輕巧閃了，咀嚼一下摜地下，甚至被惡意踩踏得血肉模糊，都將有它自己的命運。

所以啊，訴苦從來都是個技術工作，就像在幫不堪重負的靈魂卸貨，卸好了得點解脫，卸不好煩惱更多。而那些肺腑之言，就多病多災的寶貝，既然打算寄養，就要找一個可靠的好人家，不要隨便打發。

「人間不值得」，可還不都是去卑微而用力地生活？願你，這一趟人生之旅，練就了金剛不壞之身扛打扛造，也練出了火眼金睛有識人之明，看清誰只是交集誰才得同路。

如此，大概能做到哭的時候有人哄，痛的時候有人疼，生氣的時候有人懂，摔倒的時候有人扶。人生實苦，願你有處可訴。

職場篇　人生需要一點彈性

細節篇
風吹哪頁讀哪頁

細節篇　風吹哪頁讀哪頁

《紅樓夢》怎麼讀：風吹哪頁讀哪頁

　　讀書要輕鬆有趣，苦兮兮的不如不讀。一等一的好書還讀得苦，恐怕是讀法有問題。

　　在社群媒體裡看過一則訊息，網評十大讀不下去的名著，《紅樓夢》當仁不讓排第一。我的天哪，又不是要進行專業考試，何至於弄成這樣？多半是被唬著了吧。

　　古今中外這麼多好書，沒有一本書像《紅樓夢》一樣，讓許多人窮其一生去探軼、考證、索引，他們像考古研究一樣深翻細揀，稻米上雕花一般精磨細摳，深山探幽一樣跋山涉水不辭勞苦，警犬破案一樣東嗅西聞地找線索，生發出一門學問叫紅學。

　　許多讀者，還沒讀《紅樓》，便先知有紅學。於是讀《紅樓》這事就先入為主地成了高端，高端到令人生畏，生畏到望而卻步。如同爬山一樣，因為知道了山的高度先自灰心，而放棄了攀爬。

　　不要怕，一本未完的小說而已。按曹雪芹最初的打算，原本只是想寫一本小書，聊以向前無古人後無來者的《金瓶梅》致敬，結果寫著寫著自己也控制不了這如椽巨筆，寫成了今天的《紅樓夢》。生活的迷人之處就在於她總有意外的驚喜，你不往前走，就不知道你最終會走到哪裡。

　　《紅樓》最大的可貴，在於曹雪芹在創作中，從不做過多的個人評論，沒有明顯評價的褒貶，更無刻意的觀念灌輸，他就像一部紀錄片大師，將日常生活事無鉅細一幀一幀地跟拍記錄下來，唯其悲憫與克制，方顯客觀與苦心，成為永不過時的經典。

也許面對這本書，一開始你會發蒙。就像圍著一個大宅團團轉，始終不得其門而入，直到看到某一個瞬間某一件事，讓你感同身受。或者與某一個人邂逅，驚喜「眼前分明外來客，心底卻似舊時友」。彷彿是他牽著你的手，拉著你走到入口，從此登堂入室，推開一扇一扇的門，進入一個一個空間，你會發現，院連院門接門，曲徑通幽處，小橋接花漵，佳木蔥蘢，奇花爛灼。只要你願意繼續逛，隨便向左走向右走，不同的方向有不同的風景等候。更有形形色色人等，在向你演繹不同的人生，給出不同的況味。你回頭，驀然發現領你進門的人早都走丟了，卻不覺得慌張。

細節篇　風吹哪頁讀哪頁

儘管這座園子太大，請你也不用擔心迷路，有時候走了一圈又回到原地，發現同來玩月人還在，可是風景卻已不再似去年，換了另一番人間。原來，迷路的時候，其實是你自己在蛻變，在思考和成長，你眼裡的世界自然會有改變。

魯迅說：「一部《紅樓夢》，經學家看見《易》，道學家看到了淫，才子佳人看到了纏綿，革命家看到了排滿，流言家看到了宮闈祕事。」雖然我們不是所謂的「家」，但沒有關係，每一個人都有自己的局限和長處，你喜歡什麼就看什麼好了，不一定非得是寶黛愛情和四大家族興衰史。

喜歡美食，你就看茄鯗、鹿肉和清蒸鴨子，還有松瓤鵝油卷；喜歡美妝，你就留心用明礬怎麼淘澄胭脂膏子，這種技藝如今在中國幾近失傳，但日本人還在做；

想提升音樂素養，除了聽聽「原來奼紫嫣紅開遍，似這般付與斷壁殘垣」的崑曲戲文，還應該明瞭笛子為什麼一定要配月色，還非得隔著水聽，揀曲譜越慢的才越好；喜歡園林設計就去逛大觀園，有清溪瀉雪石磴穿雲，亭臺樓閣凸碧凹晶，翠竹曲欄蘅蕪吐芬，想想老太太幹嘛嫌探春窗外的梧桐樹太細，非讓把林黛玉的綠窗紗換成粉色軟煙羅；喜歡室內裝修陳設就去看主子們的臥房，探春大氣黛玉高雅，可卿香豔寶釵簡素，李紈有野趣惜春供暖香──各種風格儘可細細觀摩借鑑；

想研究清史，就從賈府祠堂前的對聯入手；想學習詩詞歌賦，現有的詩社作品可以仿寫；

對中醫有興趣，不如把秦可卿的藥方拿來，看看張友士在八珍湯的基礎上又加了哪幾味，阿膠又為什麼非要用蛤粉炒？

想了解舊時貴族排場規矩，看看林黛玉進賈府時的路線和服務人員交

接,除夕祭祀的子孫排序和分工;

對官場有興趣,分析一下賈雨村的官場沉浮與心路歷程,太陽底下無新事,聰明人會舉一反三依葫蘆畫瓢,有良知的人會和賈璉一樣覺得為私慾害別人坑家敗業並不光彩,而有悟性者會想到「到頭來都是為他人作嫁衣裳」,到最後不過是「大地一片白茫茫」;——還有人性,所有的優秀小說都是在寫人心和人性,我之前已經寫得太多了,不再囉唆;

更有高人,面對《紅樓夢》,以書為鑑,想到那些一度赫赫揚揚者,不過是歷史節點上的螻蟻,再大的榮華富貴,也抵不上命運詭譎莫測伸出一根翻雲覆雨的手指頭,雖青山依舊在,已幾度夕陽紅;

更別提各種親情愛情友情,職場家政外交……《紅樓夢》包羅永珍,只有你想不到的沒有她給不出的。她不會一毛不拔捉襟見肘,而是琳瑯滿目滿坑滿谷。你不用擔心自己看不全懂,其實在當世沒有一個人敢說自己已經全都看懂。在《紅樓夢》面前,大家都會露怯,不止你一人。這麼好的書,欣賞就是,至於再深層的研讀,隨緣。

我認識一個朋友,從八九歲上起就開始讀《紅樓》一直到現在,一提這本書就兩眼放光,不為別的,只為好看。她說自己就是看熱鬧,其實看熱鬧就挺好,真心喜歡比葉公好龍地看門道,更接近讀書的本相。

所以,不要因為這座山太高就舉步不前,穿山越嶺分花拂柳,滄浪清兮濯我纓,滄浪濁兮濯我足,山一程水一程一路前行,一程有一程的風景,橫看成嶺側成峰,每個人目光所及之處各自有各自的不同。

風吹過來,掀開的是哪一頁,就從哪一頁讀起。真正的好書從不會高深晦澀,它笑迎八方客又潤物細無聲,會周全所有來讀它的人,要不怎麼敢稱博大精深呢?

細節篇　風吹哪頁讀哪頁

是不是真正的貴族，細節說了算

■ 一

　　林黛玉第一次進榮國府時的場景，猶如一個靜默的電影長鏡頭。轎子過寧國府，到榮國府，從西角門入。走了一射之地，到了轉彎處，轎伕們退下，府裡的小廝們前來抬轎。這當兒後面的婆子們下轎向前趕，圍隨著轎子至垂花門前。眾小廝先退出，婆子們打簾、扶黛玉下轎……在這些寡淡的情節中，處處是講究：林黛玉的轎子，是從角門而不是從正門入，誰叫她是來投靠的晚輩，能從大門進那得是省親的元春；轎伕們進院子只可走一射之地就得退下，府裡不容外人擅闖；放下的轎子換小廝們來抬，到了地點他們得馬上退出，男女授受不親，打簾子、攙扶的事情由婆子們來做。無一句對白渲染，卻各司其職有條不紊，令人嘆服。單單這個場景，就足以秒殺眾多一廂情願的偽豪門貴族小說──沒吃過豬肉你得見過豬跑，到底是曹雪芹。

■ 二

　　而豪門之外的人要描述豪門的話就只能靠想像了。
　　張愛玲曾說，窮人想像中的富貴之家就如同菸盒上的畫片：金碧輝煌，凝妝的美人立在潔淨發光的方磚地上，旁邊有朱漆大柱，錦繡簾幕，空氣特別清新。
　　這想像真是拘謹而仰望：空氣清新不如說空曠，空曠處哪有人味，像

舞臺劇布景，演員巍巍地站在潔淨發光的地上，凹著造型等大幕落下，自己再躡手躡腳走回去。

　　其實，富貴之家也是家。家就是人的港灣和領地，應該讓人踏實、放鬆，在這裡吃喝拉撒睡，生活的痕跡和氣息要處處可尋才對。

　　在賈府，炕上放的青緞靠墊被日日坐靠慢慢磨去了光澤，落入林黛玉眼簾裡時已經成了半舊的；

細節篇　風吹哪頁讀哪頁

因為防止浪費，也因為夠親近，老的吃不完的飯菜會轉手送給小的吃；

賈母擔心大廳裡燈籠穗子上的灰掉下來撲了寶玉（其實是湘雲）的眼睛，才叫他站遠點，默許清潔人員留下衛生死角；池子裡的荷葉也不是永遠芊蔚青青，深秋時一樣頹敗枯黃，寶哥哥才說了一句要拔掉這些破荷葉，林妹妹馬上傲嬌地說不要，我還要「留得殘荷聽雨聲」呢！

這些半舊、不潔，甚而偶有的凌亂不整，與尋常百姓家並無二致，物質享受豐厚不假，感覺「也不過如此」嘛。

但是，侯門公府絕不完全等同於尋常百姓家，真正的不同在於侯門嚴格甚至刻板的教養細節，就連寶玉對自己的親媽王夫人，都從來不喊「娘」，而是恭恭敬敬地尊稱一聲「太太」，疏遠得不近人情。

大概因為在賈府衣香鬢影風光體面的背後，是繁雜的人丁事務，就像一臺複雜沉重的機器，其中有數不清的齒輪咬合。除了原動力，最重要的是齒輪模數。而賈府維持秩序的「模數」就是各種相對應的禮數與規矩，孩子們要喊父親母親為「老爺太太」就是其中之一。

在這些規矩中，最大的規矩就是「尊老」，不容動搖，這是賈家的「根本大法」。

三

劉姥姥進大觀園，曾感嘆自己有三個「想不到」。第一個「想不到」是他們莊戶人過年時貼的年畫上的景色，這世上竟還真有；第二個「想不到」是賈府吃個茄子會用十幾隻雞來配，一頓飯就抵得上她全家幾個月的花銷。這前兩個「想不到」還可以理解。

第三個「想不到」，是發現進餐時王熙鳳、李紈兩位尊貴的少奶奶不能落座，她們得和下人們一道侍立一旁伺候，等到大家離了席她們才可以坐下來吃別人的剩飯。劉姥姥看在眼裡，不由讚嘆「禮出大家」。

鳳姐、李紈侍餐這個場面，讓讀者隔著時空窺見了中國古代上流社會一日三餐的場景，孫媳婦是晚輩，再尊貴該盡的禮數孝道一點不能少。而不是想當然地認為是主子們全都牛哄哄地坐下吃，僕人們圍著團團轉。虧得曹公不曾偷懶，他指縫裡漏下的這瑣碎一筆，是最客觀權威的世俗生活記錄。

在這個家裡，尊老的規矩刻不容緩。第六十四回，賈璉從外面回來，寶玉先趕緊對他跪下，口中卻是向賈母、王夫人請安。因為兩位長輩出門在外還沒回到家，他便要代受寶玉跪拜；不得勢的邢夫人身為婆婆，教訓起得勢的兒媳王熙鳳來，不講理還一套一套的，後者連嘴都不能回；就連除夕敬酒，也是賈珍捧杯，賈璉執壺，後面的弟兄們按年齡排隊，一溜隨著跪下，按大小分先後的習慣已成自覺。尊老也不論主子和奴才。林之孝家的教訓寶玉，寶玉得聽著不能還嘴；退休的賴嬤嬤來了，王熙鳳得殷勤伺候，一口一個「媽媽」，拿出惠泉酒款待；

奶過寶玉的李嬤嬤更是奇葩，數落起寶玉來比王夫人這親娘都氣粗，寶玉曾抱怨說「沒有她我只怕還多活兩日」；伺候了三代主子的焦大喝醉了酒便要破口大罵，讓賈蓉少在「老子面前充主子」。被捆住口塞馬糞那次，是因為他罵出了「扒灰」，如果不是太敏感，寧府主子們大概會一直忍氣吞聲裝沒聽見。誰讓賈府裡的規矩是年老的奴才比年輕的主子體面呢？

對年老奴才們的尊崇忍讓，一方面體現了賈府的仁義和胸懷，另一方

細節篇　風吹哪頁讀哪頁

面，厚待在這裡奉獻過青春和汗水的老員工，也有一份感恩在其中，拔高點算是一種家族文化，很值得今天那些叫嚷著要人性化管理的企業思索借鑑。

四

賈府這些貌似教條繁縟的規矩禮數，讓他們與那些暴發戶們涇渭分明。

雖說能與四大家族聯姻的都非富即貴，可並不見得都是真貴族，拿薛家親家「桂花夏家」為例，說白了就是桂花種植大戶，連宮裡的盆景貢奉都壟斷了，雖說是「非常的富貴」，但夏金桂本人一言一行卻刁蠻無賴得如同市井潑婦。

猶記得夏金桂主動出擊，隔窗與薛姨媽撒潑時，做婆婆的竟氣得渾身哆嗦：「這是誰家的規矩？婆婆這裡說話，媳婦隔著窗子拌嘴。虧妳是舊家人家的女兒！」這個「舊家」當指的是有傳統教養的大戶人家。可知「舊」的並不全是該淘汰丟棄的，就像古董花瓶，愈古舊才逾該護持傳承。

長幼有序永遠是家族文明的最高守則，只有有序才能家和萬事興。可以這麼說，即使沒有後來的抄家牽連，當薛家歡天喜地迎娶夏金桂這樣的兒媳時，家道敗落的喪鐘就已摻在喜慶的喧天鼓樂中鳴起。

《紅樓夢》裡的杯子，不只是杯子

一

《紅樓夢》第六十二回，有個關於茶杯的情節。襲人給黛玉送茶，一看寶釵也在。兩個人，一杯茶，尷尬了，誰喝誰別喝？襲人只好說：二位，誰渴誰先喝。寶釵笑說：我不渴，只要一口漱漱就夠。然後毫不客氣，先拿起來喝了一口，剩下的半杯，她遞給了黛玉。襲人連忙說我再去倒。沒想到，黛玉竟笑著說：「妳知道我這病，大夫不許我多吃茶，這半鍾儘夠了，難為妳想的到。」說完，她將杯中殘茶一口飲乾。看這一折，不懂的人會憤憤不平：憑什麼我黛玉要喝別人的剩水？而懂的人則會心一笑，胸口暖暖。

這隻從寶釵手裡接過來的茶杯，不但象徵著「孟光接了梁鴻案」盡釋前嫌，也象徵著黛玉對寶釵的感覺，早已從最初的猜忌敵對化為毫無芥蒂的全盤接納，在她心裡，寶釵已由情敵反轉為親密的姊妹淘。

共飲一杯，素來只有親密無間的人才可以。例如五十四回，賈母在酒席上讓寶玉給鳳姐倒杯酒，鳳姐說：「不用他敬，我討老祖宗的壽罷。」說著將賈母的杯子拿來，吃了半杯剩酒。

這半杯剩酒告訴讀者，賈母和鳳姐不僅僅是老祖母和孫媳婦的書面關係，不僅僅是一個喜歡奉承一個喜歡被奉承那麼簡單，她倆還是一對鐵瓷的忘年交。

肯不肯用對方用過的杯子，和肯不肯讓對方用自己用過的杯子，真是對雙方親密關係最嚴格的考驗。

細節篇　風吹哪頁讀哪頁

二

　　《水滸傳》裡，潘金蓮動情試探武松時，便是將自己喝了一口的酒杯遞過去：「你若有心，吃我這半盞殘酒。」武松奪過來潑在地下，原本一場緋色的情事從這個杯子開始，走向血色的凶殺案。

　　類似的還有《紅樓夢》中的尤三姐，斟一杯酒喝半杯，剩下半杯摟著賈璉脖子開始灌：「我們來親香親香。」唬得賈璉酒都醒了，頃刻明白自己

《紅樓夢》裡的杯子，不只是杯子

不是這老辣女子的對手。

一個杯子，再家常不過的日用品，不知不覺間成了傳情或絕情之物，承載了人類多少微妙複雜、幽怨強烈的情感。

女作家張曼娟寫過一篇散文，內容也和杯子有關。她喜歡過一個男人，但始終保持距離，連指尖都沒碰過。有一個炎熱的夏天，她去辦公室找他，男人急著找清涼飲料給她。她寫：「我斜倚在他的桌邊，看見他喝水的那只極其普通的馬克杯，銀灰色的，杯緣有一個唇痕，握起那個杯，忽然有些衝動地嚷著：『好渴啊，先喝咯。』沒等他反應，我對準唇痕，將杯中的水一飲而盡。」突然沉寂的五秒裡，他看到男人的臉由怔忡變化出細膩溫柔的表情。

後來呢？「既然用這種方式接吻了，接下來當然是免不了談一場戀愛的」。

當你的唇，包覆上我的唇呷過的杯。這種似有還無的接觸，既曖昧又親密，既隱晦又直接，最適用於戀愛將明未明之時的造作，本質上卻是令人心旌動搖的調情、試探、推進。而杯子，便成為關係突破之前最後一道形同虛設的屏障。

「我住長江頭，君住長江尾。日日思君不見君，共飲一江水。」多麼絕妙的比喻。當思唸成災，這浩蕩的長江，也變成了兩人共用的口杯，抵得過多少句「你可知我愛你想你念你怨你深情永不變」。

三

人類要用嘴唇來表情達意，杯子便是最稱手的道具。

妙玉曾經當著黛玉的面，把自己的茶杯給寶玉用。這是對正牌女友黛

細節篇　風吹哪頁讀哪頁

玉赤裸裸的挑釁啊，代入一下，如果是當下，一個女生敢當著另一個女生面這麼囂張地撩對方男友，換個暴脾氣，是要分分鐘下場開撕的。

妙姑娘不是一直號稱自己有潔癖嗎？劉姥姥用妳的杯子喝口茶，你覺得膈應，要把那杯子扔了；別人在妳櫳翠庵的街頭走一走，妳都要用水洗洗地，還不讓送水的小廝進妳的山門。可是到寶玉這裡，連男女有別都不講了，偏把自己的茶杯給他用，也不怕他的嘴唇沾過，口水髒了妳的杯？

即便她嘴上說得那麼硬：「你這遭吃的茶是託他兩個（寶釵和黛玉）福，獨你來了，我是不給你吃的。」可惜呀，一個茶杯就出賣了一顆「欲潔何曾潔，雲空未必空」的多情女兒心。

明明是欲蓋彌彰，司馬昭之心路人皆知，還自以為遮得巧。否則寶玉後來上櫳翠庵討紅梅，黛玉不會攔著要跟著的人：「有了人反不得了。」分明是知之甚深，又不足為慮。閃回到櫳翠庵喝茶那日，寶玉最後用的茶具，是大竹。他到底是沒有用妙玉的杯子喝茶。儘管那雙素袖殷勤捧出的綠玉斗，價值連城世間罕有，與梅花上收的雪水才最配。

四

寶玉與黛玉，也有一個關於杯子的橋段。元宵夜，寶玉在席上從長輩們開始挨個斟酒，當斟到黛玉面前，當著眾人面，黛玉沒喝，卻端起自己的酒杯放到寶玉唇邊，寶玉毫不猶豫一氣喝乾。

這旁若無人的膩歪，讓眾人多少有點愕然。忙得鳳姐連忙湊趣兒化解：「寶玉，別喝冷酒，仔細手顫，明兒寫不得字，拉不得弓。」寶玉則實誠作答：「沒有吃冷酒。」

宋太祖趙匡胤曾經杯酒釋兵權，而黛玉卻敢當著滿堂長輩親戚的面，

276

《紅樓夢》裡的杯子，不只是杯子

用一只酒杯宣告了她在感情上的主權：都瞅清楚了，他歸我。而寶玉，用一口喝乾這個動作毫不猶豫地做出了滿分回應：沒錯，我歸妳。

這差不多相當於一個說：「大家好，跟大家介紹一下，這是我男朋友。」另一個說：「沒錯。」

甚至還要任性，這裡可是古代。

誰的杯子該誰用不該誰用，這是個原則性問題，曹公在這上面從不含糊。

不管是茶杯還是酒杯，曹公都讓它們承載了太多只可意會的關係、欲說還休的心事，甚至悲歡離合關於命運的隱喻。

這本書裡，還有一種最頂級炫酷的杯子忘了說——它叫「萬豔同杯」。

嚴格說來它是一種酒，出產地是太虛幻境，由百花之蕊、萬木之汁、麟髓之醅、鳳乳之曲釀成，有著異乎尋常的清香甘冽。奇怪的是，這神仙酒不叫某某液、某某釀或某某春，偏偏取了個「杯」字命名。正是這個「杯」，定出了整部書的基調——同杯，乃同悲也。

杯與嘴相連，而嘴與心相通。

所以，《紅樓夢》裡的杯子，早已不再是簡單的生活用品，它們有使命，有訴求，有靈魂。如同被曹公施了魔法一般，細細讀去，書中每一只杯子，都在誠實地替自己的主人說著心裡話，靜等一代一代的讀書人，用心地去讀懂，去聆聽。

細節篇　風吹哪頁讀哪頁

哪有一味良藥，能治得了黛玉心中的委屈

一

對林黛玉而言，什麼才是她的頭等大事？千萬不要說是愛情，她生活裡的頭等大事其實是吃藥。初進榮國府，與外祖母抱頭痛哭，與眾親戚相認，眼淚尚未擦乾，正經話也還沒有說上幾句，先得介紹自己吃什麼藥。

因為大家看她身體面龐怯弱不勝，便知有不足之症。於是便有人問了：「常服何藥，如何不急為療治？」連王熙鳳那麼八面玲瓏的人，一見黛玉，問的也是「現吃什麼藥？」

唉，古代人和我們不一樣，擱今天就算唐突，哪有一見面就問人家「你是不是有病」？簡直就是尬聊嘛！

好在黛玉接得住，不是直接懟：「我有病，你有藥啊？」而是大大方方說：對，沒錯，我就是這樣，從會吃飯起，便會吃藥了。

我如今吃的是人蔘養榮丸。

賈母說：正好，我現在正配丸藥呢，讓人幫妳配一料。

那就接著吃吧，路漫漫其修遠兮，吾將上下而吃藥。

二

但是，吃來吃去，補藥那麼多，太醫換了一撥又一撥，從沒見黛玉的身體好轉過。身為一個吃藥「大戶」，反而失去了許多自由和快樂。

哪有一味良藥，能治得了黛玉心中的委屈

寶玉過生日，在怡紅院群芳開夜宴，大家玩得正開心，二更一過，她立即起身說：「我可撐不住了，回去還要吃藥呢。」真是掃興。就算她剛想一個人在外面發會兒呆傷會兒神，紫鵑會從背後趕來，喊她回家吃藥。

和寶玉吵架，一哭一生氣，哇地吐了出來，沒辦法，猜想是天天吃藥，把胃吃壞了，所以稍微受點刺激就吐。吐的也不是飯，是剛吃下去的藥，香薷飲解暑湯。

細節篇　風吹哪頁讀哪頁

　　寶琴送了她一盆水仙,她自己說:「我一日藥吊子不離火,我竟是藥培著呢,那裡還擱的住花香來燻?越發弱了。」又怕屋裡的藥味把花燻壞了,不得已要轉送寶玉。因為從小就吃藥,公認的身子骨弱,她也失去很多展示自我才華的機會。鳳姐兒病了之後找臨時代理,自家人是李紈和探春,再挑不出人來了,就從親戚家的姑娘裡找,選中的是黛玉和寶釵。但黛玉的體質是硬傷,「美人燈兒,風吹吹就壞了」,明知寶釵「不干己事不張口,一問搖頭三不知」,不肯出全力,也不得已只能將就著用。

　　而黛玉呢,不能親自上陣,只能在一旁當啦啦隊。

　　大聲給探春叫好,又忍不住道:「我雖不管事,心裡每常閒了,替你們一算計,出的多進的少,如今若不省儉必致後手不接。」有什麼用呢?身體拖了後腿,再會算帳,也輪不到你算;再會理財,也輪不上你理;再有才幹,也沒人敢冒險讓你上臺施展。

　　總不能這邊有個媳婦子來請示府裡的事兒,那邊讓平兒堵回去:「你忙什麼!你不見姑娘吃藥呢,先出去候著,等一會子再來。」除此之外,還要遭受誤解。比如襲人就在背地裡酸溜溜說黛玉不做針線,說老太太怕黛玉勞碌著了,需要靜養,半年了還沒見黛玉拿針線呢!聽那話外音,好像覺得黛玉太過嬌養了。身體健康的人,沒體會過病人身體上的感覺,所以他們很難產生同理心。只覺得她太矯情,幸而有寶玉替她出言辯護。

　　她在窗外聽到,但能衝進去說理去?只有默默忍了。

■三

　　大家見了黛玉的面寒暄,不是平常人的「吃了嗎」?而是「吃藥了嗎」?

　　第二十八回,王夫人見了林黛玉,問的是:「大姑娘,妳吃那鮑太醫

的藥可好些？」王夫人當時心情應該不錯，開始屈尊體現一下做舅母的關心，說不定那鮑太醫正是王夫人推薦的。

如果黛玉乖巧地說一聲：謝謝舅母關心，我好多了。那就皆大歡喜了。但她偏偏沒有按標準答案答，而是大喇喇據實回答：也就那麼回事，老太太又讓我吃王大夫的藥呢！

這多少有些讓王夫人下不來臺，想想人家秦可卿，瘦得臉上的肉都乾了，面對賈母送來的棗泥山藥糕，還說自己「克化得動」。王夫人沒說話，此時的臉色應該是沉了一沉。寶玉插話說：以後別吃人蔘養榮丸了，吃天王補心丹。王夫人耐心地說：既然這樣，明兒就叫人買些來吃。但寶玉太實誠，得寸進尺讓他媽給他三百六十兩銀子，他要親自為林黛玉配一料丸藥。王夫人有點生氣了，開始爆粗：放屁！什麼藥那麼貴？寶玉不看情勢，說了很多奇怪的藥：頭胎紫河車，就是頭胎人胎盤，這和魯迅諷刺的中藥裡要蟋蟀一對必須是原配有一拼了；接下來是人形帶葉參，龜大何首烏，（一說六足龜，大何首烏）千年松根茯苓膽……都是些聞所未聞的珍奇藥材。這都不算什麼，主打藥更嚇人，是古墳裡死人戴過的珍珠。還言之鑿鑿說這方子給過薛蟠，要寶釵給作個證。

萬萬沒想到，一旁的寶釵，竟一口咬定自己不知道。

她太精了，冷眼旁觀早看出了姨媽的不快，便明哲保身不摻和。多虧鳳姐兒在裡屋聽見了，出來做證說確有此事。

此時，王夫人的耐心已經耗盡，沒好氣冷笑道：「阿彌陀佛，不當家花花的！就是墳裡有這個，人家死了幾百年，這會子翻屍盜骨的，作了藥也不靈！」此話一出，黛玉的尷尬可想而知。

王夫人畢竟是大家出身，在對待黛玉的問題上僅限於就事論事，不會

細節篇　風吹哪頁讀哪頁

做得太露骨授人以柄。

然而她不會，不代表她身邊的人們不會。你看周瑞家的給奶奶小姐們送宮花，先往王夫人院子方向送，再是鳳姐兒院子，最後才是賈母這邊的黛玉。

四

越往後走，隨著賈母日漸年高，王夫人一派漸漸占了上風。世態炎涼，黛玉的日子眼看著會越來越不好過。

早在第四十五回，寶釵曾經建議她少吃藥多吃飯，因為「食穀者生」，光靠藥終究不是長法子。還建議她吃冰糖燕窩粥，慢慢調養，比吃藥強。

黛玉很有自知之明，她說：「請大夫，熬藥，人蔘肉桂，已經鬧了個天翻地覆，這會子我又興出新文來熬什麼燕窩粥」，就算正經主子不說，下人們也是不會饒過她的。連老太太多疼寶玉鳳姐兒，他們都容不下，更何況她這樣來投奔的非正經主子？還是別招人多嫌了。

寶釵聽了她的難處，遂派人冒雨送了一大包燕窩給她。黛玉感激不盡，請跑腿的婆子吃茶，知道婆子有賭局，抱歉地說：「難為妳。誤了妳發財。」給婆子賞了好幾百錢，叫她打酒驅寒。

燕窩的事被寶玉聽到後，就故意在賈母跟前漏了點口風，他深知黛玉的難處，吃完了也不好再去向寶釵要。老太太一聽，可不能讓自家外孫女受這種委屈，於是叫人一天送一兩燕窩過來給瀟湘館。

寶玉開心地對紫鵑說：「這要天天吃慣了，吃上三二年就好了。」

說這話時，就在剛剛，黛玉的丫鬟雪雁從王夫人房中取人蔘回來，解

釋說王夫人睡午覺，她等了好長時間才拿上。原來黛玉要吃人蔘，是需要找王夫人特批的。

紫鵑想說：你不要太天真了，這些人蔘燕窩，正是林姑娘的病根呀。但話到嘴邊卻變成了：「在這裡吃慣了，明年家去，那裡有閒錢吃這個。」謊稱林黛玉要回蘇州老家，引得寶玉發了瘋。

正因為感知到黛玉在賈府裡愈來愈多的不便，紫鵑才咬咬牙放出身手試一試寶玉的真心。她後來勸黛玉趁老太太明白硬朗，「作定了大事要緊」的話，句句戳中黛玉的隱痛：「若娘家有人有勢的還好些，若是姑娘這樣的人，有老太太一日還好一日，若沒了老太太，也只是憑人去欺負了。」

五．

後面的事情越來越印證了紫鵑的預言。

七十四回，王夫人描述她厭惡的晴雯長相，說的是「水蛇腰、削肩膀、眉眼又有些像你林妹妹的」，偏偏要拿林黛玉作比。下一句話說得更狠：「我的心裡很看不上那個輕狂樣子，因同老太太走，我不曾說得。」這彷彿更是在影射什麼了。

等到當晚王善保家的奉王夫人之命抄檢大觀園，原著中一段話更是意味深長：鳳姐兒與王善保家的說不能抄檢薛大姑娘屋裡。王善保家的也說：「這個自然，豈有抄起親戚家來的。」就這樣「一頭說，一頭到了瀟湘館內」。這是不拿黛玉當外人，沒毛病。

進去之後，鳳姐總要給幾分薄面，見黛玉已經睡下，連忙過去按住不讓起來，說「睡罷，我們這就走」，還不忘拉扯點閒話。而王善保家的就不是了，以抄出寶玉的東西為功，還不懷好意地說：「這些東西那裡來

細節篇　風吹哪頁讀哪頁

的？」看那情形，不是鳳姐攔著，是預備潑黛玉一盆髒水。

等到第七十七回王夫人自己要用人蔘為鳳姐配藥卻找不到個像樣的，不得已派人出去買時，這才終於撒出了一肚子邪火：「『賣油的娘子水梳頭』，自來家裡有好的，不知給了人多少。這會子輪到自己用，反倒各處求人去了。」不知道黛玉聽了會不會多心：合著你家那多人蔘都是讓我一個人吃光了？她那麼敏感的人，對周遭環境和人們態度的感受，豈能比紫鵑遲鈍？別看她嘴裡斥著紫鵑「這丫頭今兒可瘋了？」卻在紫鵑熟睡後失眠，直哭了一夜。

這樣的夜晚於黛玉是常態。她曾對湘雲說「大約一年之中，通共也只好睡十夜滿足的」。想必在那些難捱的漫漫長夜，白天裡那些瑣碎、只可意會不可言傳的世態炎涼的細節會一一浮現重演。

沒有被剋扣吃穿用度也算是被善待，但個人精神上的漂泊緊張才是更難癒合的內傷。那種時時刻刻「這裡不是自己家，要自覺點識相點」的自我警示，才是持久的壓力。

那種感覺，就叫委屈。不要忘了，〈葬花吟〉便是黛玉受了晴雯委屈後的肺腑之作。更多的委屈，是叫你感受得到卻說不出，也不能說的，那才是平靜海面下隱藏著的巨大冰山，是真正的委屈。而病軀更是一面鏡子，照得見周圍世界的涼薄。我們的一生中，誰不曾領受過勢利小人奉送的一些委屈呢？但像黛玉這樣，成日裡浸泡在委屈中，那日子想想心裡就先堵得慌。

所以啊，不管吃了多少年藥，換了多少太醫，黛玉的體弱多病從來沒有改善過。除了先天不足、缺乏鍛鍊，還有一個更重要的原因，是沒有一味藥，能專治經年積壓在這心裡的委屈。

六

　　王夫人曾經跟鳳姐議論過一次黛玉的母親賈敏，「妳林妹妹的母親，未出閣時，是何等的嬌生慣養，是何等的金尊玉貴，那才像個千金小姐的體統」。雖時隔多年，語氣裡仍然滿滿的豔羨與落寞，彷彿賈敏是一座翻不過去的高牆。

　　如果賈敏小姐在天有靈，看到最疼的女兒如今客居在娘家的情形，也很難安息吧？

　　看到這裡，讀者不禁會喟然長嘆：為人母者，讓自己好好活著，一路護佑孩子平安長大，才不算失職。

　　「人生無根蒂，飄如陌上塵。分散隨風轉，此已非常身」，枉黛玉祖上襲過四代列侯，是堂堂巡鹽御史的遺孤，但在家千日好出門一日難，寄人籬下就是寄人籬下。即便也算錦衣玉食，千金難買的卻是一個舒展。

　　當然了，我們的黛玉也已經在很努力地讓自己寬心了，否則不會在中秋之夜說，人家這裡的正經主子都不能事事遂心，更何況自己這樣的客居之人。

　　隔著書頁，我們幫不了這個姑娘，生命於她而言，是自有圖案，她唯有臨摹，而我們無能為力無法插手，只能沉默地旁觀，合書一聲長嘆。

　　莊子說過，「無用謂之大用」，不是所有人的故事，都必須要提煉一個主題；也不是所有人的悲劇，都要獲得一個教訓或者啟迪。

　　如果一定要硬拗一個心得的話，這就是了吧——從來沒有哪本書像《紅樓夢》一樣，讓我們透過閱讀來觀照自己：心中需要貯藏多少悲憫與善意，才能洞悉體察他人的不易與委屈。

細節篇　風吹哪頁讀哪頁

《紅樓夢》告訴你：不讀書的人生有多可憐

一

皇上是怎樣養成的？從五歲起開始讀書，全年無寒暑假，一年只得休息六天半。每天早四五點起床溫書，不准午休，到晚上七點才下課，除了一日三餐都在學習。課程有四書五經、諸子百家、天文地理、算數外加多種外語。最頂尖的老師，最嚴苛的管理，數十年如一日，一直到登基。怨不得乾隆皇帝曾對文臣們說：「朕要是參加科舉，未必比你們差。」

這樣的學霸雖然妃嬪眾多，但真正能談得來的並沒幾個，因為提倡「女子無才便是德」，多數妃嬪的文化修養難與之匹配，只工於獻媚。如果遇到一個像甄嬛這樣飽讀詩書能溝通唱和的，怎麼可能不如獲至寶？

所以，「腹有詩書氣自華」的甄嬛一出場，就注定了華妃要失寵。只能翻翻白眼罵一句：「賤人就是矯情。」

這一點，《紅樓夢》裡的鳳姐就比華妃有自知之明。

遇到讀過書的競爭對手探春，鳳姐懂得要避其鋒芒：「她又比我知書識字，更利害一層了。」

又囑咐平兒：千萬別和她唱反調，一唱反調就壞事了。

枉鳳姐要強精明，因為不知書識字，除了在讀書識字的人面前底虛，生活上亦有諸多不便。

料理秦可卿喪事時，看不懂花名冊，需要彩明點名；下人送帖子領東西，需要彩明唸給她聽，數目相合再發放，錯了丟回去重新核算。這些全憑彩明一張嘴，如果彩明不小心唸錯或故意使壞，她一時也發現不了。

再看探春理家,在到底賞多少銀子給自己死去的舅舅時,根本不容他人糊弄。她讓管事的吳新登家的把舊帳拿來,自己看完拿主意:「給他二十兩銀子。」後面還有一句話:把這帳留下,讓我細看看。

這些,不識字的鳳姐做得到嗎?

第二十八回,鳳姐蹬著門檻子拿耳挖子剔牙,看著小廝們挪花盆。見寶玉來了,笑道:「你來的好。進來,進來,替我寫幾個字兒。」不過就是「大紅妝緞四十匹,蟒緞四十匹,上用紗各色一百匹,金項圈四個。」寥寥二十五個字,還得勞煩他人。

不會寫字真是掣肘。

細節篇　風吹哪頁讀哪頁

　　腦瓜子再好使，但好記性終歸不如爛筆頭。府裡的事千頭萬緒，哪一件都不能遺漏，隨年齡增加必然要記憶力減退，到第七十二回時，連賈璉都開始感嘆：「我如今竟糊塗了！丟三忘四，惹人抱怨，竟大不像先了。」鳳姐能倖免嗎？不過是個性要強不肯落人褒貶，靠著常年緊繃的神經在硬撐罷了。

　　如果自己能寫會算，將事情分出個輕重緩急記在小本本上先放一邊，需要的時候拿出來調看，自然能減輕不少腦力負擔和心理成本，勝過凡事都憑肉身強記。她的氣血兩虧是怎麼來的？不就是心力交瘁太過勞累鬧的嗎？還白白可惜了肚子裡一個已經成形的六七個月的男胎。

　　不識字，除了需要多付出心力，還常常被人明著暗著調侃，「無賴泥腿」、「潑皮破落戶兒」，既是在說她的潑辣，也是在嘲她的粗俗。

　　一樣是噎人罵人，讀書人會用文采鍍一層柔光。林黛玉會借《西廂記》裡的句子罵寶玉：「呸，原來是苗而不秀，是個銀樣鑞槍頭」，或者用禪語質問：「爾有何貴，爾有何堅？」寶釵懟黛玉，會拿戲文說事：「你們通今博古，才知道『負荊請罪』，我不知道什麼是『負荊請罪』！」而鳳姐，只會掰著尤氏的臉問：你的嘴裡難道有茄子塞著？不然他們給你嚼子銜上了？大觀園聯詩，大夥兒曾拱鳳姐起個首句，她想了半天，不好意思地說了個「一夜北風緊」，被集體誇好：這句雖粗，卻留給後面人很多發揮空間。這彷彿成了鳳姐最有文采的時刻。其實不然，鳳姐最有文采時是在第七十四回抄檢大觀園時，儘管那天晚上鬧得雞飛狗跳不得安寧。

　　在迎春房裡，他們搜到了司棋的情書，同去的婆子不識字，以為是帳本。但鳳姐卻因為多年看帳本，好多字也混了個臉熟，居然全程不打磕巴地把信唸了出來。驚喜有沒有？真是令吾等讀者喜大普奔老淚縱橫，就差

288

「家祭無忘告乃翁」了：哎喲喂，你們金陵王家的姑娘可算是有識文斷字的了！

二

提起金陵王家的家教啊，真是無語，他們家出產的姑娘都沒文化。俗話說「一個媳婦管三代」，娶了她家姑娘，你家下一代的文化修養就靠天吃飯吧！王家另外兩個長一輩的姑娘是王夫人和薛姨媽。王夫人運氣不錯，她有個好婆婆，好婆婆替她養出了個好女兒，好女兒順便把她小兒子的早教給包攬了。元春入宮前先給寶玉肚子裡灌了幾千字。

而薛姨媽家的薛蟠就沒那麼好運了，他只有好妹妹沒有好姐姐，成長過程裡沒有人教他讀書啟蒙。所以他成了金陵闊少圈裡的笑話，被人稱為「薛大傻」。唐寅他能讀成「庚黃」，行酒令時貢獻出笑破肚皮的「哼哼韻」，連妓女都笑話他；別人送點時鮮東西給他，他形容時辭藻貧乏，只會說「這麼粗」、「這麼長」、「這麼大」。

面對的都是美男優伶，一樣是撩，寶玉會對蔣玉菡文縐縐道：「有一個叫琪官的，她在那裡？如今名馳天下，我獨無緣一見。」而薛蟠相中了柳湘蓮，只會拍著桌子喊：「誰放了小柳兒走了！」結果呢？蔣玉菡解下了自己的腰帶，送給寶玉做見面禮，從此結成莫逆。柳湘蓮解下了自己的馬鞭，將他打得頭面開花，喝了泥水哭爹喊媽。但凡讀點書識點禮，換個方式結交，也不會落得這麼可憐。明明有條件讀書卻沒讀，真是可惜了大好資源。有時候想與其這樣，倒不如勻一些出來給那些想讀書卻讀不了的苦孩子。

細節篇　風吹哪頁讀哪頁

■ 三

　　一個本來看上去千伶百俐的姑娘，或者機靈絕頂的男生，因為少了書香加持，常常令人扼腕嘆息。不僅僅是見識和認知上的局限會鬧笑話，還從此被關閉了階層上升通道。

　　這種事《紅樓夢》裡時時在上演。賈政有一次嚇唬跟寶玉的小廝李貴：「你們成日家跟他上學，他到底念了什麼書……學了些精緻的淘氣。等我閒一閒，先揭了你的皮，再和那不長進的算帳！」李貴嚇得雙膝跪地：「哥兒已經念到第三本《詩經》，什麼『呦呦鹿鳴，荷葉浮萍』，」滿座鬨然大笑，明明是「呦呦鹿鳴，食野之蘋」好嗎？李貴被笑得一頭霧水。翠縷和湘雲聊天，說起茂盛的石榴花，「樓子上起樓子」，一下連了四五枝，湘雲解釋「花草同人一樣，氣脈充足，長得就好」。翠縷問：「那怎麼不見人頭上又長頭？」湘雲解釋「天地之間的陰陽之氣」。翠縷又問什麼是「陰陽」，湘雲再解釋。

　　翠縷不停發問，湘雲不停解釋。直到最後，翠縷得出了「姑娘為陽我為陰」的結論，湘雲笑一笑說：「很是很是。」她已經放棄了，認知差距太大，與對話者南轅北轍，倒不如省點力氣。

　　怡紅院群芳開夜宴，一說行令，襲人便說：「我們不識字，可不要那些文的。」一幫平日裡俊俏靈秀的姑娘自動後退了一步，放棄了這種文字遊戲的快樂。

　　雲在青山月在天，眼前一切都很美好，但是讀沒讀過書如同一道清晰的攔壩石痕，你們在上游，我們在下游。受教育程度不動聲色地在此刻劃分出了階層界限。

　　所以，那些在下游奮力逆流而上的孩子才格外讓人心疼和敬佩。岫

煙，家貧難耐，卻因租的房子與妙玉的尼姑庵有一牆之隔，結來一段善緣。十年來，承妙玉授她讀書習字，才沒有淪為庸脂俗粉。妙玉，善莫大焉！讀書讓岫煙知書明理落落大方，雖荊釵布裙卻姿容秀逸，站在一群白富美中也不落下風。陋室出明娟，更令人刮目相看，為自己贏得了一個幸福歸宿。香菱，一個自小就被拐賣的女童，一路行來受盡苦楚和凌辱，被薛蟠強行擄來霸占，成為寄生在豪門的小妾。這樣一個零基礎的姑娘，卻心高地要學寫詩，寶釵不教她就去找黛玉，心懷感恩，珍重又虛心，廢寢忘食通宵達旦，夜裡夢裡都在學。寶釵嗔怪黛玉把她引入魔了，黛玉回一句「豈有不說之理」？當我們看到出身如此卑微的一個人，跳起來去夠原本不屬於自己階層的東西，表情誠懇而姿態笨拙，滿臉都是「餘雖不敏，然餘誠矣」的熱切，任誰會忍心拒絕呢？

「我以為腋生兩翼就能飛過人間，如果順風，就能抵達太平洋，一路花草繁茂。」學寫詩之於香菱的意義，大概如此。儘管結局幻滅，但終歸是未曾浪費自己途經的那些美好。

當一樣的行令場面出現，襲人們慌忙閃避時，香菱卻已能大方上陣。老曹寫「香菱近日學了詩，又天天學寫字，見了筆硯便圖不得，連忙起座說：『我寫』」。

這一聲「我寫」，讀得人熱淚盈眶：只有我們知道，這個姑娘，她走到這裡有多麼不容易，別人的唾手可得，卻是她的山高水遙，她翻山越嶺，繞了多少路，碰了多少壁，看了多少臉色，出了多少血汗，才找到一處可容靈魂棲息的小小處所。那一句「我寫」裡，藏著多少小小的不可與人言的驕傲：我可以，我也可以！

其實何止香菱，讀書何嘗不是我們普通人縮短與他人距離的唯一路徑

細節篇　風吹哪頁讀哪頁

呢？世界以它的節奏一騎絕塵，我們能做的，只是以夢為馬，以書為糧，緊緊跟隨。不想淪為被世界拋棄的可憐人，就加緊讀書吧！

87版《紅樓夢》的編劇厲害在哪裡？讓這些細節告訴你

一

聽說，《紅樓夢》最近又要翻拍電影版了。

竊以為，劇本上也不要太執念地一味求新了，多照著87版拍，保證「安不出大格」。

其實，老版《紅樓》改的地方很多，特別是後面幾集並沒有按高鶚所續後四十回拍。就前八十回，編劇也添了許多原著裡沒寫到的情節，但是，人家都是以原著為核心，合理地改，合理地添，銜接自然，不突兀不跳戲，以至於許多沒看過原著的觀眾，就以為那是原著裡的情節，許多臺詞以為是原著裡的原話。

比如邢夫人罵平兒：「主子說話，那哪有奴才插話的道理？」

二

再舉幾個「栗子」。

林黛玉進賈府，要和三個表姐妹相認。書裡可以先用文字一一寫清「三春」的容貌，至於過程，一句「黛玉忙上來見禮，互相廝認過」也就完

了。但是要拍出來給人看的話，這樣太籠統交代不過去。況且，觀眾也需要一個近景來認識三姐妹，這就需要加一點情節進來。

首先，需要一個人來介紹，舊版裡選了王夫人分別引薦：「來，都見見，這是你迎春姐姐，這是你探春……」到探春時，王夫人不知道該怎麼介紹了，她不知道誰大，林黛玉立刻會意：「舅媽，我屬羊。」王夫人說：「哦，那是妹妹了。」

細節篇　風吹哪頁讀哪頁

　　原著裡，黛玉這句「我屬羊」也是不存在的。她和探春之間的稱呼並不明顯，但是編劇很巧妙地補了這個梗，一方面體現了黛玉的聰慧，一方面讓黛玉和探春的關係明確起來，方便後面劇情鋪排。

　　第二個發揮之處在賈府過元宵節。編劇加進了一段眾人吃元宵的情節，這個也是編的，但編得合情合理，十分出彩。

　　大家可以上網搜尋這一段影片，拍得真是面面俱到：湘雲「哎喲」一下燙了嘴，伸著舌頭用手搧風，寶玉回頭笑，湘雲嗔怒；一旁的黛玉端著碗抿著嘴看著笑；寶釵不緊不慢地下口；另一邊桌子上坐著三春，迎春背對鏡頭，探春往惜春嘴裡送了一個元宵，咯咯笑著說：「吃吧！」孫媳婦王熙鳳不能吃，她得先伺候大家，忙著端著一碗元宵挨桌送，招呼大家吃熱乎的，老太太、太太、二太太、姨太太挨個都得照顧到；給寶玉碗裡撥元宵時，寶玉自己又下手多劃拉出來一個……好一幅佳節元宵圖。

　　每個人的表現都符合自己的個性特點：湘雲急性子，黛玉嬌俏，寶釵端莊，迎春木訥，探春會照顧，惜春幼弱，王熙鳳的八面玲瓏好張羅，寶玉和鳳姐的親暱，和被寵溺出來的毛手毛腳……這一分鐘裡全都體現出來了。

　　儘管原著裡沒有這樣細細描繪每個人吃元宵的樣子，但大家看了後，也認可這就是她們每一個人應該有的樣子。合理想像在創作上是允許的，只要你貼著人物性格適當發揮，觀眾完全可以接受。

　　這麼會編，叫那些照著文字上的「賈璉找清俊的小廝出火」，就直接拍小廝給賈璉拔火罐的情何以堪？

三

　　個人認為改編得最巧妙的段落是寶玉乞梅。原著裡，寶玉乞梅的過程是沒有的，只說李紈罰他去向妙玉討梅花來觀賞，叫人跟著，讓黛玉攔住了，說有人跟著反而不方便討。

　　圍觀群眾還等著看寶玉到了櫳翠庵，怎麼跟妙玉做小伏低好言好語討，妙玉要怎麼心內小鹿亂撞表面上又裝模作樣，兩個人又怎麼言來語去地打機鋒躲貓貓呢！男女之間張力最強的感情，就在前一步不能、退一步不捨的階段，有一種蓄勢不發的微妙和悸動。

　　結果呢？下一頁一翻，寶玉倒笑嘻嘻扛了一大枝回來了。這太不夠意思了，有點欺負人。然後一共用了好幾行字，細細描寫那枝梅花怎麼怎麼漂亮，連「花吐胭脂，香欺蘭蕙」這麼庸俗的詞都用上了，大家圍著一起欣賞表揚。然後寶玉湊熱鬧寫了一首詠梅的詩，起句還被黛玉批「起得平平」。誰要看這個啊？雖說要詳略得當，重點是寫大觀園內場景，但好歹也要照顧一下八卦如我的閱讀體驗嘛！黛玉不叫人跟著寶玉，就是方便他向妙玉討。這倒好，感覺寶玉都不用討的，好像是趁人不在偷了一溜煙跑回來的感覺。不知道曹雪芹是懶還是偷巧，或者是他自己也覺得不好寫，寫起來分寸感不好掌握，乾脆就跳過了？我讀到這一段都想拍桌子出火，叫曹雪芹退票，不帶這麼糊弄的。但是，好在有87版的編劇們，他們就把這一段憑空補上了，補得那麼唯美浪漫、無懈可擊：雪中，寶玉拾級而上，來到櫳翠庵門外，隔牆欣賞梅花，不由自主詠出了詩句：「酒未開樽句未裁，尋春問臘到蓬萊。」只聽牆內朗聲問道：「牆外吟詩，莫不是怡紅公子吧？」寶玉忙答：「是我，妙玉姐姐，妳也有興踏雪尋梅？」牆內妙玉黃鶯婉轉的聲音再度傳出：「不錯，你到這裡來做什麼？」「我是來向妳求一樣東西？」「什麼東西？

細節篇　風吹哪頁讀哪頁

請說來。」寶玉略加思索又吟出兩句：「不求大士瓶中露，為乞嫦娥檻外梅。」鏡頭給了牆內的妙玉，她停頓了一下，說：「山門外頭怪冷的，快請進來吧。」說著，便打開門走了出來，對著寶玉雙手合十施了一禮。

這時候，悠揚抒情的音樂響起，兩人在梅花樹下漫步，邊走邊賞花，畫面和諧，有一股美好又克制的情緒在流動暗湧，再有一句臺詞都多餘。

鏡頭再一轉，寶玉已經拿到了梅花出來告別了，他又吟出了兩句：「入世冷挑紅雪去，離塵香割紫雲來。」妙玉微微頷首露出讚賞之意。寶玉轉身離去，妙玉站在背後，目光幽幽一直看著寶玉遠去的背影。

寶玉滿臉笑容再次揮手道別，妙玉姿勢優雅地輕輕揮了揮手，黯然進門。

寶玉歡天喜地往回跑，接著吟出了全詩末句：「槎枒誰惜詩肩瘦，衣上猶沾佛院苔。」

這一段巧就巧在把寶玉後面寫的詩用在了和妙玉的對話中，結合得既不乾巴死板，又優雅含蓄。最厲害的是對小說人物個性內心的把握如此精準，到了出神入化的高度，必須是對原著有入木三分的理解才可以做到，真佩服編劇們。

如果按照原著拍，就平鋪直敘了，新版《紅樓》就是這麼這麼平拍的，沒有拍向妙玉討紅梅的情景，寶玉邊走邊吟詩的情節倒是借鑑了。他不吟倒罷了，他吟第一句就讓我吐血三升，「酒未開樽句未裁」，到他嘴裡成了「酒未開樽句未栽」。

把「裁」讀成「栽」，也沒人出來管管，那口碑能不栽嗎？

所以87版《紅樓》至今成為難以踰越的經典，我是服氣的。它的創作班底集結了那麼多的大師學者在坐鎮把關，這樣的盛況今天再難複製。編

劇說：那個年代已經遠去了，當初手把手教他的先生們，也都不在了。

一個時代已經遠去。

拍名著真不是那麼好玩的，如果創作班底功底不夠，就會出力不討好，隨時出洋相。沒素養，砸再多的錢，請再多的腕兒，用再多的特效也沒用，不如知難而退。

紅樓浮影，從紅樓夢看清現實的真情假意：

從大觀園的愛恨情仇中，看見人心底的柔情與倔強

作　　　者	：百合	
發 行 人	：黃振庭	
出 版 者	：崧燁文化事業有限公司	
發 行 者	：崧燁文化事業有限公司	
E ‐ m a i l	：sonbookservice@gmail.com	
粉 絲 頁	：https://www.facebook.com/sonbookss/	
網　　　址	：https://sonbook.net/	
地　　　址	：台北市中正區重慶南路一段 61 號 8 樓	

8F., No.61, Sec. 1, Chongqing S. Rd., Zhongzheng Dist., Taipei City 100, Taiwan

電　　　話	：(02)2370-3310
傳　　　真	：(02)2388-1990
印　　　刷	：京峯數位服務有限公司
律師顧問	：廣華律師事務所 張珮琦律師

-版權聲明 ‐

本書版權為北嶽文藝所有授權崧博出版事業有限公司獨家發行電子書及繁體書繁體字版。若有其他相關權利及授權需求請與本公司連繫。

未經書面許可，不得複製、發行。

定　　　價：399 元
發行日期：2024 年 11 月第一版
◎本書以 POD 印製
Design Assets from Freepik.com

國家圖書館出版品預行編目資料

紅樓浮影，從紅樓夢看清現實的真情假意：從大觀園的愛恨情仇中，看見人心底的柔情與倔強 / 百合 著 . -- 第一版 . -- 臺北市：崧燁文化事業有限公司 , 2024.11
面；　公分
POD 版
ISBN 978-626-416-132-9(平裝)
1.CST: 紅學 2.CST: 研究考訂
857.49　　　　113017445

電子書購買

爽讀 APP　　　臉書